아아, 그러지. 네 눈으로 내가 베겠다. ─ 나의 벗, 나츠키 스바루.

「너랑 운명공동체인 것도 소름이 돋는 노릇이니──후다닥 끝내버리자고.

「어째서……?」

「──널 좋아해, 에밀리아」

──그것이 스바루가 이렇게 상처투성이가 되어 살아가는 유일한 의미였다.

단장(斷章)『나츠키 렘』
Fragments

# Re: Life in a different world from zero

The only ability I got in a different world "Returns by Death"
I die again and again to save her.

## CONTENTS

# Re:제로

## 부터 시작하는 이세계 생활

Re: Life in a different world from zero

나가츠키 탓페이 지음

오츠카 신이치로 일러스트

정홍식 옮김

# 프롤로그 『Re:Start』

1

──어두운, 한없이 어두운 세계가 있었다.

물속을 떠도는 것처럼, 상하좌우가 애매한 세계에 내던져졌다.
몸은 움직이지 않고, 손발의 감각, 눈과 귀의 기능마저 믿을
수 없다.
의식은 뿌옇고, 사고는 뇌에서 흘러나온 것처럼 몽롱했다.
이곳이 어디고, 자신이 누구고, 무슨 일이 생겨서 이렇게 됐는
지, 종잡을 수 없는 의문만이 두둥실 암흑 속을 떠다니고 있다.

『──사랑해.』

그런 어둠 속에서도, 그 목소리는 마음에 강하게 번졌다.
떨릴 고막이 없는 귀에, 뛸 리 없는 심장에, 자아조차 분명치
않은 영혼에.

목소리가 다이렉트로 닿고, 이 마음은 미칠 듯한 감정에 쓸려 통곡한다.

그것은 몹시 덧없고, 마음을 옥죄고 가루로 만드는 외로움으로 가득해서.

영혼을 사를 듯한 사랑이라서, 미칠 것만 같았다.


손만 있으면, 그 목소리의 주인을 만지고 싶다.

입만 있으면, 그 목소리의 주인의 이름을 부르고 싶다.

팔만 있으면, 그 목소리의 주인을 껴안고 싶다.

발만 있으면, 그 목소리의 주인 곁으로 달려가고 싶다.

몸만 있으면, 그 목소리의 주인을 결코 혼자 두지 않을 텐데.


그 모든 것을 이룰 수 없다. 그러려면 손이, 입이, 팔이, 발이, 몸이 부족하다.

같은 마음이다. 아니, 그 이상의 격정인 것이다.

주어진 온기에, 그 몇 배 되는 감정이, 사랑이, 이윽고 죄로 바뀐다.


──슬픔의 눈물을 닦을 수 없는 『나태』가.

──서로 엉겨서 하나가 되고픈 『색욕』이.

──모조리 잡아먹고, 모조리 빼앗고 싶은 『폭식』이.

──사랑하고, 구하고, 원하여, 모든 것을 얻고픈 『탐욕』이.

──그것을 용납하지 않는 불합리와 부조리에 대한 『분노』가.

——그녀 말고는 모든 것을 업신여기는 『오만』이.

　　——그저 사랑스러운 그녀를 감싸는 세계에 대한 『질투』가.

　자각과 함께 검게 칠해진 세계가 압도적인 감정으로, 사랑으로 가득 찬다.
　그러자 아무것도 없었을 그 공간은 일그러지고, 찌부러지다가—— 불가역의 시간을 거슬러 올라간다.

　그저 이해만이 있었다. 또다시 시작하는 거라는 이해가.
　어둠의 끝에서 빛이 발생하고, 그곳을 향해 걸어 나가면 세계는 다시 시작을 맞이한다.

　『——사랑해.』

　목소리에 등을 돌리고 걸어 나간다. 돌아보고 싶다. 그렇지만 돌아보지 않는다.
　——하지만 언젠가 반드시, 그 손을 잡으리라.

　『——사랑해.』

　마지막까지 사랑스러운 그 속삭임과 함께, 나츠키 스바루는—— 다시 시작한다.

# 제1장 『온기라는 이름의 복음』

## 1

"──형씨?"

"아?"

별안간 이름이 불리고 동시에 어깨가 흔들리는 감촉에 스바루의 의식은 회귀했다.

카메라가 전환되듯이 한순간에 뇌에 영사되는 세계가 변화했다. 갑작스러운 정보의 유입에 뇌가 압박되어, 스바루는 현기증 같은 감각에 몇 번쯤 눈을 깜빡였다.

──그 직후, 스바루의 온몸을 꿰뚫은 이해라는 이름의 전율은 헤아릴 수 없다.

"설, 마······."

이마에 손을 대고, 스바루는 자신의 심장 박동과 체내를 도는 혈류의 소리에 맥을 못 추고 있었다.

연속되는 의식에서 발생한 몇 초의 공백, 그것은 스바루가 몇 번이고 맛본 『죽음』을 체감한 것의 영향── 나츠키 스바루의 존재의 소실과 재탄생이다.

죽었다. 죽은 것이다. 스바루는 또다시 『죽음』을 맞이했다.

그것도 그 악랄한 『나태』와의 전투 한복판에서, 나츠키 스바루는 목숨을 잃었다.

"_____."

그 정도의 고난을, 그 정도의 곤경을, 극복한 다음에 생명을 어이없이 잃었다.

백경 토벌. 그 뒤로 토벌대의 단결. 마녀교와의 싸움과 아람 마을로의 귀환.

악전고투 끝에 얻은 다양한 기쁨과 슬픔과 분노를, 전부 망치고——.

"——앙."

"으갸아아아아아——?!"

손바닥으로 얼굴을 가리고 바깥 세계를 차단하던 스바루의 귀를 예상 밖의 감각이 덮쳤다.

따뜻한 숨결과 딱딱한 감촉이 귓불을 감싸는 바람에 몹시 놀란 스바루는 그 자리에 넘어졌다. 기이하게 달작지근한 감촉에 눈을 희번득하는 스바루. 그 모습을 내려다보는 것은 장난기를 띤 노란색 눈이었다.

그 주인은 입술에 손가락을 대어 교태를 부리면서 요염한 미소를 지었다.

"멍하다 싶어서 장난쳤더니, 어쩜 이리두 기쁜 반응—— 페리, 이 짜릿짜릿한 맛을 잊지 못할 것 같아."

황갈색 고양이 귀를 떨며 너스레를 떠는 모습에, 스바루는 아연실색해서 입을 벌렸다. 그렇게 침을 삼키고, 그 여자——— 같이 생긴 남자의 이름을 불렀다.

"페리스, 냐?"

"달리 누구로 보이니? 백일몽으로 모자라 환각 증상도 있니? 백경(白鯨)의 안개를 너무 들이킨 거려나……. 진찰 받을래?"

"……아니, 괜찮아. 방금 말로 듣고 싶은 건 들었어. ——아아, 들었지."

걱정스럽게 안색을 살피는 페리스에게, 스바루는 고개를 내저은 뒤 심호흡하고 주위를 둘러보았다.

바로 옆에 페리스가 있으며, 그 주위에는 다른 얼굴들——— 아니, 정확히는 페리스 주위에 있는 게 아니다. 그들은 모두 스바루를 중심으로 빙 둘러 앉아 있었다.

발밑에는 초원이 펼쳐지고 머리 위에는 동이 다 트지 않은 여명의 하늘이 있다. 주위 시선은 스바루에게 집중되어 있으며 왼쪽에서는 사나운 짐승의 기색이 감돌고 있어서.

"……아까 맨 처음 들은 말은, 네가 한 거냐."

"———? 뭔 소리 하는 기가, 형씨. 방금 완전히 눈깔 가부렀다니께. 잘 좀 하자고."

미심쩍게 얼굴을 찌푸린 것은 큰 덩치에 개 얼굴이 달린 수인(獸人) 리카드다.

그 말에 스바루는 『사망귀환』한 순간의 얼굴을 드러냈나 싶어 손가락으로 뺨을 긁적이다가 다시 일동을 둘러보고 끄덕였다.

"최고로 심장에 안 좋은 생각을 했지. ——또, 과일가게 앞에 돌아왔나 하고."

땅이 꺼져라 한숨이 흐르고, 스바루는 어깨 힘을 빼면서 손바닥으로 지면을 쓸었다.

차가운 흙과 풀의 감촉. 엉덩이 밑에는 드러난 땅바닥. 이곳은 왕도가 아니다.

리파우스 가도. 백경전을 마친 직후의 전체 회의 장면이다.

즉———.

"———세이프 포인트, 갱신해 주었나."

구사일생. 그 사실이 웃음거리도 못 되는, 불행 중 다행이라는 안도감을 주었다.

2

『가장 나쁘다』라는 뜻과 달리, 『최악(最惡)』이라는 것에는 몇 가지 가능성이 있다.

선전분투, 어느 쪽이든 간에 허무하게 패배하고 『사망귀환』한 상황은 진짜 최악이다. 하지만 그 이상의 최악———『사망귀환』의 리스타트 지점이 재설정되지 않아 백경 토벌 이전으로 돌아가는 것에 비하면 이 최악은 최악 중에서도 나은 편이라고 해야 하리라.

적어도 백경 토벌에는 성공했고, 14년에 걸친 『검귀(劍鬼)』의 숙원이 달성된 다음이므로.

"_____."

"스바루 님, 괜찮으십니까? 안색이 좋지 않습니다만."

『검귀』 빌헬름이 얼굴을 살피며 스바루를 걱정했다. 하지만 금세 스바루는 "아무것도 아니에요."라고 고개를 젓고, 느슨해진 사고와 얼굴 표정을 다잡았다.

『사망귀환』 직후의 정신적인 충격 때문이라고 변명할 순 없다. 지금 스바루 일행은 한창 『마녀교 대책 회의』 중이고, 중요한 대화의 국면에 있으니까.

"──그럼 우려도 없어진 시점에서 상황을 정리해 보지."

중간에 흐름이 끊긴 회의를 다시 진행한 것은 손가락을 세운 미남 기사── 율리우스다. 갸름하게 뜬 눈에 이지적인 경계심과 의분을 띠면서 말을 이었다.

"지금부터 우리는 메이더스령으로 이동해 그곳에서 기다리고 있는 비열한 마녀교도를 상대한다. 놈들의 섬멸, 그리고 놈들을 통솔하는 대죄주교 격파가 이상적인 결말이다. 단, 우선시해야 할 것은 이 사건에 말려들지도 모르는 무고한 백성의 안전, 그 대비책으로써──."

"도주용 이동 수단은 아나스타시아 씨 쪽에 부탁해서 행상인을 확보했어. 동맹과 지원군 이야기는 심부름꾼이 저택에 친서를 전했을 거야. ……미안했어. 이제 괜찮아."

스바루는 마음을 가라앉힐 시간을 준 율리우스에게 고마움을 표하고 대화에 복귀했다.

율리우스가 회의 내용을 처음부터 설명해 준 덕분에 『사망귀환』 전에 어디까지 진행됐는지도 파악됐다. 이미 『원숭이라도 할 수 있는 『마녀교 사냥』의 개요는 설명됐으며, 스바루가 준비한 『보험』도 공유가 끝난 분위기다.

단, 그 『보험』은 지난번에 『맹독』으로 바뀐 것이 확인됐다. 친서는 백지가 되어 불화를 불렀고, 모집한 행상인 중에는 마녀교도가 잠복해 있었다.

그 문제들에 관해서도 조속히 대책을 짜야 하지만——.

"——뭔가, 걱정거리가 생긴 듯한 표정인데?"

"남의 안색을 보고 멋대로 넘겨짚지 마라. 네가 무슨 병원의 의사 선생님이냐?"

"그럼 진짜 선생님이 구석구석 조사하는 게 소원이야? 딱히 상관없는데——?"

생각에 잠긴 스바루를 양옆에서 끼고 율리우스와 페리스가 호흡을 맞춰 안색을 지적했다. 그 추궁에 스바루는 속으로 이를 갈았다.

문제와 우려는, 있다. 그러나 그것을 잘 설명할 방법이 떠오르지를 않는다.

대죄주교의 성가신 권능을, 새롭게 부상한 여러 문제를, 동료들이 믿으려면 어떻게 공들여 말해야 할지——.

"——아니, 아니지. 아니었어. 그랬지. 나는 또 잊을 뻔했군."

"음음——?"

눈을 꾹 감고 자기 가슴을 움켜쥔 스바루의 말에 페리스가 고개를 갸우뚱했다. 율리우스도 말없이 미간에 힘을 주는 가운데, 스바루는 자신의 미련함을 반성했다.

똑같은 실수를 몇 번 반복해야 나츠키 스바루는 진보할 수 있다는 말인가.

"―――."

눈을 도로 뜨고, 둥글게 둘러앉은 쉰 명에 이르는 토벌대의 구성원들을 둘러본다.

입을 다문 스바루를 보는 이들의 시선에 긴장은 있어도 의심은 없다. 기대는 있어도 공포는 없다. 희망은 있어도 실망은 없다.

그만큼 몇 번씩 듣고, 그만큼 힘찬 가르침을 받고.

――이렇게 이곳에 있을 수 있는 것 역시, 그 시작은 렘이 지탱해 주었기 때문인데.

"……슬슬 충분히 감상에 젖었을 때일까?"

스바루의 표정과 분위기의 변화를 알아채고 율리우스가 너스레를 가장해 계기를 주었다.

눈치가 빠른 인간이다. 다만 지금만은 순순히 고마워하겠다.

이 자리에 있는 동료들에게 보내는 감사와 신뢰와 똑같은 것을, 그에게도.

"아까부터 영 이상하게 굴어서 미안해. 실은 마녀교 쪽으로 설명한 것에 보충할 내용이…… 아니. 새로 깨달은 점이 몇 개인가 있어. 그 점에 관해 다시 모두와 이야기하고 싶어."

잘 설명할 방법, 그런 것을 고민할 필요는 없다. 시간 낭비다.

그냥 숨김없이, 전할 수 있는 진실을 모두 전해서 저들의 신뢰에 보답한다.

그것이야말로 『사망귀환』한 사실을 밝히지 않아도, 『사망귀환』한 결과를 가지고 돌아올 수 있는 스바루에게 가능한, 미래를 동료들과 공유하는 유일한 수단이다.

황당무계한 이야기를 해도, 저들은 진지하게 듣는다.

──그 이해와 신뢰야말로, 나츠키 스바루가 가진 최강의 무기이므로.

3

지난번 루프에서, 페텔기우스와의 대결에서 새롭게 밝혀진 사실이 몇 가지 있다.

그것은 로즈월 저택에 도착한 『백지 친서』와 피난용으로 고용한 행상인 속에 파고든 『마녀교도』. 그리고 『페텔기우스 로마네콩티』가 지닌 최악의 권능이다.

특히 문제가 되는 것은 마지막 것, 대죄주교 『나태』 토벌에 있어 가장 큰 장애── 페텔기우스 로마네콩티가 가진, 『빙의』라고 불러야 할 권능의 힘이었다.

"누구 알고 있어? 그, 자기 의식을 다른 누군가의 의식에 덮어써서 정신적으로 가로채는 것 같은 힘이라고. 그런 짓 할 수 있는 마법 같은 것 있어?"

──이 세계의 마법은, 스바루의 상상을 초월하는 효과를 가진 것도 많다.

기본적인 네 속성의 마법으로 시작해, 베아트리스의 『징검문』이나 로즈월의 비행 마법, 주술 같은 마법의 아종이나 가호도 그러한 특수한 힘에 포함될 것이다.

그러한 특이 능력이 존재하는 세계라면, 『빙의』도 존재할 가능성이 있다.

그런 기대로 스바루는 그 의문을 입에 담았는데——.

"자신의 정신을 타인에게 덮어쓴다? 뭐야 그거, 믿기지 않는 어처구니없는 생각인데."

"……내 최강의 무기 물어내."

"뭔 소리야?"

용기를 가지고 털어놓았는데 냅다 코웃음이나 듣는 바람에 신뢰의 토대가 크게 흔들렸다.

입을 ㅅ자로 만들고 원망스럽게 자신을 보는 스바루의 모습에 페리스는 고개를 갸웃거리지만, 그 대신 율리우스가 생각에 잠기는 자세로 말했다.

"지금 화제로 꺼낸 걸로 봐서, 너는 대죄주교가 그러한 이능을 사용할 가능성을 예상하고 있다. ……맞지?"

"아아, 그래. 나는 『빙의』라고 부르고 있지만, 거의 틀림없어. 놈은 그걸로 타인에게 옮겨 다녀서 살아남고 있어. 이곳저곳에 얼굴을 내미는 이유도 설명되잖아?"

"_____."

율리우스는 입을 다물고, 스바루의 설명을 머릿속에서 검토하고 있는 기색이다.

그러나 의심스러워도 이것은 엄연한 사실. 그것은 다름 아닌 그 광인과 육체를 공유했던 스바루가 확실히 단언할 수 있다.

놈의 정신에 육체를 점거당해 몸의 자유를 빼앗고 빼앗겼다. 페텔기우스 로마네콩티는 의심할 여지 없이 타인의 육체에 기생하는 정신체—— 끔찍한 사악 그 자체다.

"——이전, 옛 문헌에서 비슷한 연구를 본 적이 있어. 황당무계한 연구였지만."

"사실이야?"

입가에 손을 얹은 채로 그렇게 말을 꺼낸 율리우스에게 스바루는 물고 늘어졌다. 미장부는 자신의 기억을 더듬으면서 그 옛 문헌의 내용을 끌어냈다.

"계승이 끊긴 마법의 연구, 혹은 기록이었을지도 몰라. 400년 전 『대재앙』 전후로 세상은 많은 것을 잃었지. 상실된 마법체계도 그런 사례야. 그렇게 기록상으로만 존재하고 상실된 마법 중에 그것과 비슷한 기록이 있어."

"뜸 들이지 마라. 비슷하다고 하는 그 상실된 마법이란?"

"——영혼을 옮겨서 정착시키는, 전사(傳寫) 기술이다."

다그치는 스바루에게 율리우스가 이른 말은, 마법과 몹시 동떨어진 것처럼 들렸다. 그러나 그 말을 입에 올린 순간, 율리우스의 표정에 혐오가 스친 것은 놓치지 않았다.

그것은 저주스러운 연구였다고, 율리우스는 눈을 감고서 말을 이었다.

"현상 자체로 보면 매우 단순한 기술이지. 술자의 기억과 경험의 집약, 소양과 운명 등도 포함될까. 그것들을 한데 뭉쳐

『영혼』으로 치고. 통째로 다른 이의 『영혼』에 새기는 거야."

"그렇게 하면 기억과 의식을 덧씌운 인간이 완성된다……는 건가."

PC의 파일을 복사&붙여넣기 하는 것과 같은 이치다. 인간의 기억을 파일과 마찬가지로 취급해 타인의 『영혼』이라는 파일에 저장해 덮어쓰기 한다.

그래서 밑바탕이 된 『영혼』은 사라지고, 덮어쓴 『영혼』만이 남는다.

"하지만 현실적이지 않아. 마법의 계승은 끊겼고, 술식은 이론상 전례를 찾지 못할 만큼 고도하고 복잡해. 재현하려면 사람의 경지를 초월한 마법의 재능과 집념이 필요하지. 대죄주교가 그 정도의 지식과 기술을 지니고 있다고는 도저히 생각할 수 없어."

"믿을 수 없다는 것만으로 부정할 이유가 되겠냐. 마녀교 상대라면 더더욱 그렇고."

"스바루큥, 너무 흥분했어. 율리우스도 이유가 있어서 하는 말이라구."

유력한 가정을 부정하는 율리우스. 그것을 물고 늘어지려는 스바루를 페리스가 달랬다. 그리고 겸연쩍은 표정을 짓는 스바루를 대신해 "계속해 봐." 하고 율리우스에게 다음 설명을 촉구했다.

"미안하군. 결론을 늦게 말하는 것이 내 좋지 않은 버릇이지.
——아까 말한 그 기술 말이지만, 술식의 계승이 끊긴 것 말고

도 어려움은 많아. 우선 술자의 영혼을 새길 대상이 매우 한정
돼. 닥치는 대로 아무에게나 쓸 수 있는 기술이 아니야."

"뭐, 당연하겠지. 기억 쪽은 전문 분야가 아니지만, 개개인의
게이트까지 덮어쓰는 건 어지간한 일이 아닌걸. 아마 혈연 같은
게 아닐까냥?"

"혈연자는 조건으로 매우 바람직하지. 페리스의 말대로 게이
트가 친숙하지 않으면 전사된 영혼 자체가 튕길 수 있어. 그리
고 영혼에 영혼을 겹쳐도 육체에는 원래 영혼의 영향이 남고.
육체에 정신이 끌려간다는 염려는 늘 따라다니겠지."

"……듣고 보니 결함이 많은 마법 같군."

두 사람의 견해를 듣고 있으려니, 말마따나 부정적인 요소가
꽤 많다.

페텔기우스가 실전된 마법을 능란하게 다루는 우수한 마법사
──일 가능성을 부정할 요소는 없지만, 놈이 고른 육체 전부
가 혈연자일 가능성은 거의 없다.

애당초 스바루에게 『빙의』한 시점에서 그 전제 조건은 무너
진 것이다.

"그러나 완전히 다르다고 결론을 내는 것도 성급한 짓이야."

"긍정하는 거야, 부정하는 거야?"

"그렇게 격한 반응은 뜻밖이군. 비슷한 마법을 알고 있다는
전제 조건은 일관되고 있어. 그리고 이 기술이 아니더라도 참고
로 삼아야 할 점은 많이 있을 터다."

"……예를 들자면?"

"물론, 영혼의 전사와 마찬가지로『빙의』에도 엄격한 조건이 있을 가능성이지."

강의하는 율리우스의 발언에, 스바루는 미간을 살짝 좁히다가 금세 이해에 이르렀다.

영혼의 전사에는 혈연자 수준의 조건이 필수. 그렇다면『빙의』의 조건도 똑같을 것이다.

"마녀교도……. 그것도 한정된 인원에게만 가능한 술법이라고 추측할 수 있어."

"혹시, 그것이『손가락 끝』이라는 뜻?"

"자신의 예비 육체, 취향이 참 고약하군. 대죄주교답다고 해야 할까."

페리스의 결론에 율리우스가 수긍하고, 그 말을 들은 스바루는 눈을 깜빡였다.

단시간에, 눈 깜빡할 새에『빙의』의 구조에 논리적인 답을 이끌어낸 두 사람. 토벌대 중에서도 마법에 해박한 두뇌파라고는 해도 예상 밖의 성과다.

그리고 동시에 부상하는, 대죄주교『나태』공략의 진정한 방법, 그것은——.

"대죄주교의 예비 육체를 거덜낸다……. 즉,『손가락 끝』을 전멸시키면."

"——영혼을 옮길 곳을 잃는다. 그때가 대죄주교의 최후라고 할 수 있겠지."

힘차게 단언하는 율리우스에게 스바루는 진정으로 훌륭하다고 패배감을 품었다.

반쯤 절망적이라고 믿었던 상황에서, 이들 덕분에 확실한 광명이 보였다. 그리고 그것은 지금까지의 상황과 아무런 모순이 없는 완벽한 해답이었다.

"숲에 잠복한 『손가락 끝』을 우선해서 배제하고, 『나태』와 자웅을 결한다. ──그것이 결론이다."

회의를 마무리하는 율리우스의 발언에, 주위에 둘러앉은 토벌대의 얼굴에서 결의와 각오가 넘쳐 흐른다.

해야 할 일, 달성해야 할 목표가 일치했을 때, 그것은 강한 힘이 되기 마련이다.

백경전에 버금가는 전의를 띠고, 토벌대는 지금 다시 하나가 되어 일어섰다.

"──다들, 한 가지만 더, 꼭 해야 하는 말이 있어."

그렇게 출진의 기세를 드높이는 이들에게 말을 붙이고, 스바루는 자신에게 주목을 모았다.

굳센 눈초리를 받으며 스바루는 일단 정말로 미안한 심정을 참고서 반드시 말해야만 하는 사항을 똑바로 전했다.

그것은──.

"미안. 『손가락 끝』만이 아니라, 나도 대죄주교의 이동 대상일 것 같은데, 그건 어떡하면 좋을 것 같아?"

"뭐?"

지난번 『사망귀환』의 직접적인 원인이자, 극복해야 할 마지막 난국.

그 한심한 사실의 공유와, 대책의 상담이었다.

4

결국 『마녀교 대책 회의』는 최종 결론을 내리기 전에 출발 시간을 맞이했다.

작전은 계속 검토하고 싶지만, 중요한 전장에 늦으면 주객전도 —— 그것을 피하기 위해, 스바루는 율리우스에게 제안했다.

"이봐, 율리우스. 네가 데리고 있는 정령의 마법으로, 범위 내에 있는 인간의 의식을 연결할 수 있을 테지. 그걸 이동 중의 대화에 응용할 수 없어?"

명안이라는 듯이 입에 담은 것은 지난번 루프에서 체감한 의식 공유 마법 『넥트』다.

람의 지레짐작으로 발생한 사태에서 율리우스는 토벌대 전원의 의식을 연결하는 마법을 행사했다. 그것을 응용하면 회의도 가능할 터다.

스바루의 제안에 율리우스가 살짝 놀란 표정으로 페리스를 쳐다보았다. 그 시선에 고양이 귀 기사는 "페리가 아니거든." 하고 손을 내젓고 지룡 쪽으로 갔다.

"뭐가 페리스가 아닌데?"

"……별것 아니야. 네가, 내가 정령사인 걸 알고 있을 줄은 몰라서 말이지. 어디서 들었는지 의문이었을 뿐이다."

"아, 그런가. 정령기사란 건 여기가 첫 등장인가."

율리우스가 자칭하는 정령기사라는 직함은, 지난 루프 막판에 들은 정보다. 이 시점에서 스바루는 아직 율리우스를 1류 검사로만 인식하고 있었을 터다.

 하지만 율리우스의 의표를 찌를 기회는 드물다. 스바루는 얼굴 가득히 기쁨을 드러내고 말했다.

 "너는 네 생각 이상으로 유명하단 거겠지. 뭐, 네가 내게 몰래 자신의 준정령을 딸려 보냈다는 것을 아는 건, 그 유명세와 무관하지마는."

 "——그것까지 간파했나."

 이번에야말로 율리우스는 숨기지 못할 동요를 그 표정에 뚜렷하게 새겼다. 그 반응에 스바루는 웃었지만, 직후에 고개를 모로 꼬았다.

 스바루를 보는 율리우스의 눈에 딱 한순간 고통을 참는 듯한 파랑이 스쳤기 때문이다.

 "네가 지적한 것처럼, 네게는 내 봉오리 중 한 떨기를 붙였지. ——이아, 이리 온."

 하지만 그 감정의 파랑은 금세 평정의 뒷면에 숨었다.

 율리우스가 손짓해 부르자 스바루의 머리카락에서 붉은 빛이 튀어나왔다. 불보다도 흐릿하고 빛보다 따스한 그것은 율리우스를 따르는 여섯 준정령 중 하나다.

 "불의 준정령, 이아다. 너만 따라다니며 살피라고 했지."

 "딱히 상관없지만, 말 좀 해라. 무슨 일이 있었을 때 갑자기 튀어나오면 놀라잖아."

"걱정할 필요 없어. 봉오리들은 우수해. 그런 기회는 거의 있을 수 없지."

"애인 자랑 고맙다. 그렇다면 그거대로——."

허가도 받지 않고 보험을 든 데에 쓴소리를 내자, 율리우스는 조용히 사과했다. 그 사과를 받으면서 스바루는 도중에 위화감을 깨달았다.

지난번 루프 때도 율리우스는 스바루에게 이아를 붙였다.

그 준정령 덕분에 용차 폭발에서 목숨을 건진 건 아직 기억에 선하다. 다만 그것과는 별도로, 이아의 존재에 관한 기묘한 기억이 있다. 그 감각은——.

"——율리우스. 만약, 이아가 내 몸에서 억지로 쫓겨난다면, 그건 어떤 경우에 그럴 수 있지?"

"……질문의 의도를 이해할 수 없다만."

"중요한 문제야. 상황에 따라서는 대죄주교 공략에 직결돼."

스바루의 단적인 말투에 율리우스는 한순간에 당혹감을 잘라내고 대답했다.

"이아를 네게 붙인 상태는, 말하자면 정령사의 임시 계약 같은 거야. 그걸 강제적으로 푼다고 하면, 임시 계약자인 네가 거절하거나, 아니면——."

"아니면?"

"——임시 계약을 밀어내는, 정식 계약."

그것이야말로 이 순간의 스바루가 원했던 답이다.

말하는 중에 감을 잡았는지, 율리우스도 노란 눈에 뭔가 이해한 빛을 드리웠다. 하지만 금세 고개를 가로젓고, "설마······."
하고 부정하려 들었다. 그러나——.

"아무리 황당무계하고 있을 수 없는 가능성 같아도, 부상한
사실 말고 다른 것을 지우다가 남은 결과가 진실. ——명탐정
의 말이지."

"진리군. 하지만 그렇다고 치면······ 어쩌지?"

"이게 마지막 피스야. 나머지는 가는 도중에 확인하고 싶다.
——자격이 있는 사람과, 없는 사람을."

"알았다. 받아들이지."

적은 말로 함께 끄덕이고, 율리우스는 다시 이아를 스바루에
게 붙이고 자신의 지룡 쪽으로. 준정령의 온기를 두피에 느끼면
서 스바루는 칠흑의 애룡——파트라슈의 몸에 올라탔다.

"지난번보다 시간 낭비가 살짝 많아. 분발 좀 하자, 파트라슈."

"——————."

얼굴에서 기품이 느껴지는 지룡은 당연하다는 눈빛을 하고 스
바루의 요구를 들었다.

그리고 토벌대는 리파우스 가도를 따라 메이더스령으로 행군
을 재개했다.


"——『넥트』."

행군 도중, 율리우스는 의식 공유 마법 『넥트』를 사용했고, 그
정령 마법은 토벌대 전원을 영향하에 두었다. 마법은 그야말로
스바루가 의도한 바와 같은 효과를 발휘해 주었다.

다만——.

"——제길, 완전히 까먹고 있었군."

『미안하다. 인과 네스가 조율을 잘못할 줄은 몰랐어. ……이 아이가 따르는 것도 있고, 어쩌면 넌 정령과의 친화성이 좋을지도 모르겠군.』

"그 이야기, 지금은 됐어. 일이 다 끝나면 천천히 들을 테니까."

사념파로 들리는 사과를 받아들이고, 스바루는 귀울림 소리가 느껴지는 관자놀이를 손가락으로 눌렀다.

『넥트』가 발동한 순간, 스바루는 이번에도 밀려드는 일행의 사념파에 희롱당했다. 그 점은 전적으로 부작용을 깜빡 잊었던 스바루의 잘못이다.

어쨌든 그 조정도 안착되어 현재는 달리면서 회의에 집중하는 흐름이었다.

『그래서, 대죄주교의 공략 말입니다만…… 어떻습니까?』

소리로 의사를 전달하는 음성과 달리, 사념파에는 엄밀한 의미로 소리의 구별이 없다. 그럼에도 불구하고 사념의 발신자가 누구인지 알 수 있는 건 그 사념에 색깔 같은 개성이 있기 때문이다.

지금의 사념은 깊은 청색이면서, 그 내측에 홍색의 정열을 간직한 것이다. ——금세 빌헬름의 것이라고 이해할 수 있다.

지룡을 타고 나란히 달리는 검귀는 매서운 표정으로 아직 보지 못한 광인(狂人)에 대한 적의를 높이면서 말을 이었다.

『스바루 님과 율리우스 경의 추측이 옳다면, 적을 베기 위해

방책을 잘 생각할 필요가 있습니다. 눈에 보이지 않는 마수(魔手), 타인의 육체를 빼앗는 권능, 양쪽 모두 돌파하기가 지극히 어려운 장애물.』

"그렇단, 말이죠⋯⋯."

대죄주교 『나태』의 공략에 임하여 극복해야 할 두 가지 권능. 『보이지 않는 손』과 『빙의』는 공략의 돌파구가 보이기 시작하고 있다.

그러나 문제는 두 가지 공략법이 각각 다른 공략의 장애물로 둔갑한다는 점이다.

"페텔기우스의 『보이지 않는 손』은 나밖에 보이지 않아. 그러니 그놈과 정면에서 대결하려면 내가 있어야 해. 그런데 나는 『빙의』의 대상이기도 해. 내가 그 자리에 있으면 빙의당해 결국 놈을 놓칠 가능성이 사라지지 않아."

『⋯⋯스바루 님, 사실은 생각한 게 있습니다. 들어주시겠습니까?』

골똘히 생각하는 스바루의 사념을 주위듣고, 빌헬름이 자신감 있게 끼어들었다. 그 말에 토벌대에 희망이 퍼지자 빌헬름의 사념파가 힘차게 수긍했다.

『대죄주교의 보이지 않는 팔을, 쉽게 드러낼 방법이 떠올랐습니다. 우선 대죄주교의 주위에 모래, 혹은 흙을 뿌리는 거지요.』

『아, 이거 참고가 안 될 느낌이냥.』

도중에 페리스가 물을 흐렸지만, 빌헬름은 개의치 않고 끝까지 설명했다. 그 내용은 스바루도 한 번 목격한 바가 있는, 빌헬름류의 모래 연막을 이용한 권능 봉인이다.

그것은 지난번 루프에서도 효과를 발휘했으니, 실현이 가능한 작전임은 틀림없다.

문제는 상식을 너무 초월하는 것이라 빌헬름 말고 아무도 할 수 없다는 점이다. 실제로 토벌대는 다들 고개를 모로 꼬고 있으며 율리우스와 리카드마저 무리라고 사념을 보냈다.

『연마를 거듭하면 누구나 가능하다고 생각합니다만…….』

『네, 네. 50년이나 연마하고 있을 시간 어디 있어. 빌 영감의 비인간성이 증명된 거야 어쨌든, 어쩔래?』

기분 탓인지 의기소침한 빌헬름을 아랑곳하지 않고, 페리스는 회의 진행을 우선했다. 심정적으로 스바루는 빌헬름의 편을 들고 싶지만, 자세로서는 페리스 쪽이 옳다.

그런 페리스의 물음을 듣고 스바루는 "어디 보자." 하고 운을 떼고 나서——.

"——역시, 대죄주교 공략과 마녀교 대책, 그리고 저택과 마을 쪽 대응도, 처음에 제안한 방법으로 간다. 아마 그게 최선일 거야."

『————.』

사념파로서 전달된 『마녀교 대책 회의』의 결론에 토벌대의 전원이 저마다 반응했다.

동조, 염려, 신뢰, 우려—— 다양한 감정이 밀려들지만 그들의 총의는 스바루의 의견을 존중하는 것이다. 작전은 당초 예정

대로 진행된다.

『──확인하겠지만, 정말로 그 방법으로 괜찮나? 너는, 후회하지 않는 거지?』

다만 주저하는 기분을 남기는 스바루에게 율리우스만이 최종 확인의 사념을 던졌다. 괜히 위세를 꺾는 짓이지만, 토벌대가 망설임을 끊어내기 위해서 필요한 의식이기도 했다.

솔선해서 그것을 맡는 자세야말로, 율리우스를 기사이게 하는 신념이다.

"끄덕져. 발안도 입안도 내가 했는데, 내가 때려치자고 할 순 없잖아. ……그야, 에밀리아에게는 혼나겠다마는."

눈을 감고, 스바루는 눈꺼풀 안쪽에서 사랑스러운 은발 소녀를 그렸다.

혼자서 바라보는 짝사랑. 일방적인 재회는 몇 시간 전에 꺾인 세계에서 벌어진 사건이다. 그래도 그 얼굴의, 의젓한 모습과 가련한 목소리의 기억이 흐려지지 않는다.

그것을 선명하게 떠올릴 수 있기에, 스바루는 이런 결단을 내릴 수 있는 것이다.

"모두의 걱정은 고맙지만, 나한테 싫다고 징징댈 기회를 던지지 말라고. 쥐어짠 것처럼 보이는 내 용기도, 전부 어디선가 빌려온 거니까."

반복해서 각오를 묻는 건 스바루의 의지가 작전의 성패를 좌우하기 때문에. ──그런 야박한 이유는 결코 아니다. 그걸 알고 있기에 끄덕인다.

"그리고 마지막에는 다 잘 풀릴 거라고, 낙관적으로 보니까. 다만 마지막에 다다를 노정이 슬쩍 험하게 보일 뿐. 그렇게 생각하면 식은 죽 먹기잖아?"

『……식은 죽 먹기라고 큰소리칠 수 있는 스바루큥은 사실 대인배 아니니?』

"말 같은 소릴. 소인배라고 자각하고 있거든. 내가 낙관적으로 버틸 수 있는 것도, 최종적으로 에밀리아땅과 뜨거운 포옹을 나누는 것에도 모두의 협력이 불가피한데? 너희 모두가 내 큐피드라는 자각을 단단히 가지고 도와줘!"

『무슨 자각을 가지라고 들었는지는 분명치 않지만—— 그래. 각오는 전해졌고말고.』

답답한 분위기를 털어내려는 스바루의 넉살에 율리우스를 필두로 모두가 수긍했다. 그것을 회의의 결론으로 삼고, 스바루는 진로—— 지평선 저편에 눈길을 던졌다.

저 건너편에서 어렴풋하게 초원의 끝과 삼림지대의 입구가 보이기 시작한다. 초원을 빠져나가면 몇 군데 숲길을 거쳐 메이더스 령에 도착한다.

마음이 술렁이고 삐걱이는 욱신거림을 느끼면서, 그런데도 스바루는 여전히 앞을 바라본다.

"————."

"오? 뭐야. 걱정해 주고 있는 거냐? 요 귀여운 것."

의식의 공유가 풀려 회의에서 해방된 스바루를 염려해 준 것은 달리면서 머리를 쳐든 파트라슈다. 스바루는 그 목덜미를 어루만져 주고 탄식했다.

그리고 등 뒤, 지룡의 안장에 달아 둔 화물을 뒤져 그 물건의 감촉을 확인했다.

짐 안에서 손가락에 닿은 것은 이번 작전의 핵심이 될 중요한 도구다. 그 도구가 스바루에게 넘어온 경위를 떠올리면 당장이라도 가슴에 쑤시는 아픔이 퍼진다.

그 아픔이 있기에 스바루는 공포도 불안도 밀어내고 전진하자는 마음을 먹을 수 있는 것이다.

"자, 이번에야말로 빈틈없이 딱 맞춰 주자고."

"물론, 그럴 작정이고말고. 괜찮아. 이만큼 심혈을 기울여 작전을 짰어. 실패를 고려할 필요는 없지. 준비는 완벽해. 일을 마친다면 너와 축배를 주고받고 싶군."

"이때라는 양 데스노보리 세우고 있지 마──!!"

옆에서 나란히 달리는 율리우스의, 사망 플래그의 개념도 모르는 그 발언에 노성을 터트린다.

멀리, 더 멀리, 메이더스령의 하늘에까지 도달할 성싶을 정도로, 목소리는 높게 울려 퍼졌다.


5


──수면 부족에 시달리는 눈꺼풀에 햇빛이 파고들어, 희미한 아픔과 함께 에밀리아는 눈을 떴다.

"벌써, 아침이구나……."

침대에서 상반신을 일으키고 몇 번쯤 눈을 깜빡인다. 이마에 붙은 은발을 쓸어내고 잠시 멍하니 있다가, 의식의 각성에 맞추어 가냘픈 숨결이 흘러나왔다.

요 며칠, 깊이 잠들지 못하는 날이 이어지고 있다.

어젯밤도 잘 수 있었던 건 날짜가 바뀌는 경계에서 몇 시간 뒤 —— 밤중에 숲에 들어가 마수의 침입을 막는 결계를 고치는 데에 힘을 써서, 실질적으로 잘 수 있었던 시간은 두 시간쯤일까.

머리가 무겁고 사고가 진창에 빠진 듯이 느릿느릿한 것이 느껴진다.

애초에 에밀리아는 잠이 많다. 그러나 요 며칠, 에밀리아의 골머리를 썩이는 여러 문제들을 감안하면 피로와 고뇌에 정신이 마모되는 것도 어쩔 도리가 없다.

——왕선 후보들이 왕성에 모여 소신을 표명한 것이 일주일 전 일이다.

그 뒤로 저택에 돌아와 형식적으로 진영의 대표가 되고 5일.

그 불과 5일 동안에 맛본 중압은, 에밀리아가 맥을 못 추게 하기에 충분했다.

"알고 있다고 생각했는데…… 정말로, 생각만 그랬구나."

자신의 못난 모습에 에밀리아는 침대의 시트를 꽉 움켜쥐었다.

뇌리에서는 순식간에 지나간 일주일이 떠올랐다.

왕도에 소환돼 다른 후보와 대면하고, 뭇사람들 앞에서 소신을 표명하고, 그리고——.

"——스바루."

왕도에 남기고 온 소년의 이름을 입에 올린 에밀리아는 아픔을 참듯이 눈을 감았다.

그 활달하고, 상처 받기 쉽고, 이유도 모르게 남을 위해서 필사적이기 일쑤고, 살짝 억측이 심한 소년은 지금쯤 어떻게 지내고 있을까?

왕성에서 주고받은 격한 말다툼과 버림받은 아이 같은 표정이 눈꺼풀에 각인되어, 에밀리아의 양심은 몇 번이고 애간장을 태운다.

그런 표정을 짓게 한 것도, 그런 말을 하게 한 것도, 그렇게 듣기 싫을 말을 듣게 한 것도, 전부 자기 탓이니까.

"……하지만, 그걸로 잘된 거겠지?"

쌍방의 속내를 함께 쏟아낸 것이 결과적으로 두 사람의 이별을 불렀다.

그러나 에밀리아는 그 감정의 폭발을 피해야 했다고 생각하지 않는다. 오히려 그때 두 사람이 길을 달리한 것은 정답이었다. 스바루는 자신과 함께 있어서는 안 된다.

——에밀리아는 사람들에게 미움 받는 하프엘프니까.

함께 있으면, 곁에 있기만 해도, 누군가에게 똑같이 싫은 기분을 맛보게 한다.

그것은 그 마음씨 착한 소년도 예외가 아니다. 실제로 스바루는 에밀리아의 곁에 있었기에 율리우스와의 결투에서 심신 모두 심하게 상처를 받은 것이다.

더는 그런 상처를 받지 않았으면 하고, 상처를 주기도 싫다.

언쟁 끝에, 스바루는 자신을 단념해 주었을 것이다.

마지막에 툭 내뱉은 말, 그것만이 에밀리아의 본심이고, 미련이다.

스바루라면 자신을 하프엘프라는 존재와는 별개로, 그런 것과 무관하게, 평범한 여자애처럼 대하지 않을까 하는 기대.

——아련하고, 덧없고, 무의미하고 이기적인 기대였다.

"스바루는 나를 특별시할 수밖에 없어. ……그렇게 말했는걸."

멀리하려고 상처를 주고, 그런데도 구원을 바란 자신의 이기심에 실망했다.

하프엘프인 것과 무관하게, 그것은 용서할 수 없는 비열함이다.

"——리아, 미간에 주름이 잡혔어. 예쁜 얼굴을 다 망치겠네."

침대에서 무릎을 끌어안고 있는 에밀리아에게 별안간 목소리가 날아왔다. 시선을 들자 그 시야에 회색 털 새끼고양이 정령이 들어왔다. 에밀리아는 희미하게 웃으며 말했다.

"안녕, 팩. 오늘은 일찍 일어났네."

"안녕, 리아. 오늘 아침은…… 응, 좀 사정이 있어서."

"——? 무슨 일이 있었어?"

"응— 일찍 자고 일찍 일어나자는 마음에……라는 건 거짓말. 사실은 리아가 걱정되어서 그래. 계속 큰일만 있었으니까. 특히 어제는."

미묘하게 시원치 못한 팩. 그 답변에 에밀리아는 눈을 내리깔았다.

어제 사건―― 에밀리아의 수면 부족과 마음고생, 그 가장 큰 원인이 그것이다. 저택 부근의 마을 사람들에게 건네려고 한 손과 말이 거절당한 괴로운 기억이 되살아난다.

공포와 부정, 잔혹한 말이야 없었지만, 시선은 충분히 에밀리아의 마음을 쑤셨다.

"……다 알고 한 일인데 뭐."

"넘어진다고 알아도, 넘어지면 아프고 피도 나는 거야. 내 생각에 결과를 이해하는 것과 실제로 맛보는 것은 다를 것 같아."

아이처럼 허세를 부리는 에밀리아에게, 팩은 가차 없이 도망칠 곳을 막았다.

다만 팩이 심술궂어 그런 것은 아니다. 팩은 나름 순수하게 에밀리아를 걱정하고 있다. 그리고 사실과 본심을 숨기지 않는다. 그뿐인 것이다.

"팩은……."

"응――?"

"팩은 어떡하면 좋을 것 같아? 내가……으응, 나만이 아니라, 모두가 잘하려면. 잘할 수 있게 하려면……."

"――리아가 좋을 대로 하면 되지 않을까? 난 뭘 하든 리아 편이고, 리아를 방해하는 상대의 적일 뿐이니까."

누구보다 든든한 아군의 말이지만, 그것은 지금의 에밀리아를 위로하지는 못했다.

예상할 수 있었던 대답이다. 팩은 에밀리아의 절대적인 아군이지만, 에밀리아가 떠안고 있는 문제에 해답을 주는 것은 아니다. 판단은 어디까지나 에밀리아에게 맡긴다.

팩의 가치관은 에밀리아를 중심으로 완결되어 있으며 그것 외에는 전부 부차적인 문제인 것이다.

"어쨌든 그 마을을 못 본 척할 수 없는 거지? 분홍 머리 아이가 오늘 아침 마을에 또 갔어. 그 보고를 기다려야 하지 않을까."

"……람이 마을에? 그 애도, 내내 쉬지도 않았을 텐데."

"그 아이는 리아보다 훨씬 빈틈없으니까, 일하는 틈틈이 쉬고 있다고. 자기 몸 상태쯤이야 알아서 관리할 수 있을 테니."

람을 냉정하게 평가하는 팩의 말에서 은연중에 자기관리를 못한다고 들은 것 같아 에밀리아는 몸을 웅크렸다. 실제로 지금의 에밀리아는 람에게 기대고만 있는 형편이다.

──요 며칠, 에밀리아는 저택을 비우고 있는 로즈월의 업무를 일부 대행해 영주로서 저택과 아람 마을에 관한 책임을 지고 있다.

주변 유력자와의 절충을 이유로 로즈월은 며칠만 자리를 비우겠다는 말을 남기고 길을 떠났다. 그 막중한 역할에 불안과 긴장은 있었지만, 왕선의 장래를 감안하면 고작 며칠의 소임도 소화하지 못하고 어떡하겠는가.

그런 생각으로 소임을 받고 왕도에 스바루를 남기고 온 죄책감에서 눈을 돌리듯이, 에밀리아는 평소보다 훨씬 성실하게 하루하루에 임하다가── 그저께, 상황이 크게 바뀌었다.

"숲에서 이상한 기척이……?"

"네. 람의 천리안에도 걸리지 않는, 불쾌한 패거리입니다."

보고는 평소와 같은 담담한 것이었지만, 람도 불온한 예감에 눈썹을 모으고 있었다.

람의 천리안은 다른 이의 시각과 동조해 시야를 훔치는 이능이다. 그러나 색적과 정찰에 특화한 천리안으로도 숲에 발생한 기적의 정체를 파악할 수는 없었다.

"마수……하고는 관계없는 거지?"

"결계는 다시 쳤습니다. 무관하다고는 생각합니다만…… 어쩌시겠어요?"

"어쩌고 자시고…… 방치할 수는 없어. 우리가 아무것도 할 수 없다면 하다못해 마을 사람들이 위험한 상황에 처하지 않게 해야지."

"마을 사람들의 안전 확보……. 그럼 마을 사람을 피난시키겠습니까?"

"그게, 좋겠지. ──이 저택이라면 마을 사람들을 들일 수 있을 테고."

숲에 만연한 불온에 대해, 에밀리아와 람은 대화하다가 그렇게 결론을 내렸다.

람이 반대하지 않은 것은 것이 에밀리아에게는 다소 든든했다. 로즈월의 대행인 이상, 멍텅구리 같은 의견을 내놓으면 람이 가차 없이 지적할 터.

따라서 에밀리아는 어느 정도 기대를 품고 코앞의 마을──

아람 마을로 발길을 옮겼다.

　마을 사람들을 설득해 저택으로 피난시킨다. 위험한 상황에 처하게 하지 않겠다고. 하지만——.

　『왕선 이야기는 들었습니다. ——당신이 하프엘프라는 것도. 당신 말은 따를 수 없습니다. 그것이 저희 모두의 뜻입니다.』

　마을을 대표하는 노파는 그렇게 말하며 에밀리아의 제의를 거절했다.

　부정과 거절의 의사는 굳건하다. 그 대답에 에밀리아는 상처 받고, 상처 받은 자신에게 놀랐다.

　거절. 그것은 에밀리아에게 당연한 환경으로, 여태까지 몇 번씩 맛본 좌절이다. 그런데도 아직 마음이 아플 구석이 남아 있었던 것을 자각하고, 동시에 깨닫고 말았다.

　——에밀리아는, 자신은, 변화를 기대하고 있는 거라고.

　왕선이라는 거대한 흐름에 뛰어들어 자신의 존재방식을 바꿀 수 있는 한 걸음을 내디딤으로써, 자연스럽게 주위의 반응이 이전과 달라지는 것이 아닐까 기대했던 것이다.

　최근 2개월 동안 마을 사람들과 교류한 것도 기대감을 높이는 요인이 됐다.

　하지만 에밀리아는 항상 자신의 정체를, 인식 저해의 마법에 기대어 속여 왔다. 한 번도 민낯을 드러낸 적이 없는 상대에게 누가 마음을 터놓고 신뢰할까.

　마을 사람과 친하게 지냈다고 착각한 나날, 그들이 웃음을 보낸 것은 에밀리아가 아니다. 에밀리아의 손을 끌고 마을로 데리고 가 준 소년이다.

에밀리아 자신이 쟁취한 것은 아무것도 없다. 그런데도 뭘 착각하고 있었는가.

"……결국 난 뭘 한 걸까."

제의는 거부당하고 그 뒤의 호소도 닿지 않고, 세 번째 간청도 완강하게 거절됐다. 그리고 실의에 빠진 이튿날, 다음 변고는 왕도에서 날아와 에밀리아를 더욱 괴롭혔다.

『저의 주군, 크루쉬 칼스텐 공작님께서 맡기신 친서입니다.』

저택에 올라 정중한 태도로 사자가 내민 봉서에는 칼스텐 공작가를 뜻하는 사자의 문장이 찍혀 있었다. 에밀리아는 친서의 내용을 상상해 봤다.

크루쉬는 왕선 후보이자 왕도에 남기고 온 스바루의 신병을 맡아 준 상대이기도 하다. 설마 무슨 일이 있었는가 싶어서 허겁지겁 안을 확인해 보니──.

"──편지는 백지였지. 선전포고를 당했다고 분홍 머리 아이가 화내는 것도 무리가 아니야."

방 책상 위에 문제의 그 친서가 있다. 에밀리아의 시선을 따라 사고를 미리 짚어낸 팩이 그 편지──의 내용물이 백지였던 사실을 언급하며 갸웃했다.

그 말대로 전달된 친서는 백지였다. 뒷면에도 겉면에도 아무것도 적혀 있지 않다.

백지 서한은 보낸 사람이 상대에게 『대화할 가치가 없다』고 표명하는 의도가 있다. 그러나 서한의 내용도, 경위도, 크루쉬의 됨됨이와는 너무나 맞아떨어지지 않는다.

그래서 착오를 의심해 사자에게 진의를 물어보았지만, 사자는 끝까지 급히 전달하라는 명령만 받았다고 해서 안타깝게도 원하는 대답을 얻을 수는 없었다.

"사자는 저택에 감금하지요. 여차할 때, 거래 수단이 됩니다."

과격한 람의 주장은 어쨌든, 사자에게는 온건하게 저택에 머무르도록 하고 있다.

그런데도 숲에 나타난 불온한 기적과 백지 친서 때문에 에밀리아의 마음고생은 심해지기만 할 뿐이다.

결국 어젯밤도 얌전히 잠자리에 들지 못하고, 에밀리아는 하다못해 주변 결계에 느슨한 곳이 없는지 둘러봐 마수 피해에 엄중하게 대비하는 정도의 조치만 취했다.

그렇게 동 틀 녘에 방으로 돌아오고, 이후에는 자다 깨기를 반복해 지금에 이른다.

잠자는 에밀리아를 저택에 남기고 람이 마을로 간 것은 마을 사람을 설득하기 위해서인가. 입장을 생각해 보면, 본래는 에밀리아도 동행해 솔선해서 피난을 호소해야 마땅하지만——.

"하지만 내가 없는 편이 꼬이지 않으려나……."

맡기기만 하는 것은 무책임이라고, 의무감이 에밀리아에게 분기를 촉구하려고 한다.

하지만 그것과 비슷한 수준으로, 기피를 당해 상황을 악화시킬지도 모른다는 불안이 에밀리아에게는 있다.

실제로 에밀리아가 동행하면 마을 사람은 두려워하며 제안을 거절할 것이다.

　그것은 사실. 그것은 현실. 에밀리아가 맛보고 또 맛본 차별이라는 이름의 벽이다.

　그렇지만 그것에 저항하기 위해서 숲을 나왔을 텐데——.

　"——이크, 리아. 저택에 누가 들어왔어."

　"……람일까. 마을 상황, 어떻게 됐는지 얘기를 들어야겠네."

　팩의 부름에 사고를 중단하고 에밀리아는 잽싸게 옷을 갈아입고 방을 나섰다.

　평소에는 에밀리아의 몸단장에 잔소리가 많은 팩도, 요 며칠은 자잘하게 따지지 않는다. 배려를 받는다는 사정조차 지금의 에밀리아에게는 자기혐오의 요인이었다.

　"아, 난 잠깐 베티 얼굴을 보고 올게. 무슨 일 있으면 불러."

　"어, 저, 응. 알았어. 베아트리스를 잘 부탁해."

　복도로 나오자마자 팩은 그렇게 말하고 에밀리아의 곁에서 떨어졌다. 화제에 오른 것은 같은 저택에 있는데도 그 얼굴을 전혀 비치려 들지 않는 앳된 소녀.

　생각해 보면 저택으로 돌아온 이래, 한 번도 얼굴을 마주치지 못했다.

　"베아트리스도 스바루를 두고 와서 화내는 걸까."

　스바루와 베아트리스는 무척 사이가 좋았으니까, 그 때문에 화나게 했을지도 모른다.

　나쁜 생각은 끝없이 넘쳐난다. 에밀리아는 탄식하고 잰걸음으로 현관 홀로 향했다.

베아트리스 생각은 나중에 하자. 저택에 돌아온 람과 해야 할
이야기가 많다.

"——에밀리아 님."

홀에 에밀리아가 도착하자 때마침 저택 현관이 밖에서 열렸
다. 문 틈새로 저택에 돌아온 람의 모습이 보여서 에밀리아는
작게 한숨을 쉬었다.

"람, 맡겨만 둬서 미안해. 바로 앞으로 어떻게 할지를……."

"아니오, 에밀리아 님. 그 전에, 손님께서 뵙겠다고 합니다."

말을 꺼낸 에밀리아를 가로막고 고개를 가로저은 람이 문 앞
에서 길을 양보했다. 그 말과 동작에 에밀리아가 "어." 하고 눈
이 동그래지자, 람이 비켜 준 문을 지나 인영이 나타났다.

"에밀리아 님, 느닷없는 방문을 용서해 주십시오."

그렇게 말하고 에밀리아에게 인사한 사람은 듬직한 체격을 가
진 노령의 남성이다. 낯이 익은 장신에 에밀리아는 희미하게 눈
을 좁히다가 금세 기억을 찾아냈다.

"응, 저, 아마…… 페리스와 같이 있던, 용차를 몰던 분 맞죠?"

"옛. 칼스텐 공작가에서 신하의 말석에 있는 몸, 빌헬름 트리
아스라고 합니다. 이번에는 주군을 대신해 방문했습니다."

이름을 밝힌 노인—— 빌헬름은 엄숙한 투로 말하고, 그 자리
에 무릎을 꿇더니 깍듯한 경례 자세를 잡았다. 그 모습에 에밀
리아는 황공스러워 허둥지둥 계단 밑으로 달려 내려와 빌헬름
을 도로 세우려 했다. 그러나 금세 그 기이함을 깨달았다.

피와 진흙으로 범벅된 노인의 모습은 도저히 평시의 사자의

모습이라고 여겨지진 않았던 것이다.

"그 모습…… 무슨 일이 있었어요?"

"보기 흉한 모습이라 죄송합니다. 여기 메이더스령으로 오는 도중, 하찮은 짐승과 조우하는 행운을 얻었기에 이와 같은 꼬락서니가. 눈을 더럽히고 말았군요."

"그건 괜찮은데, 다친 곳 치료는…… 끝났나 보네요."

"걱정하실 필요는 없습니다. 그보다도 제 주군의 의향을 바르게 전달하고자."

자신의 걱정보다 본론을 먼저 촉구하는 빌헬름에게, 에밀리아는 고개를 끄덕였다.

크루쉬의 대리인을 자칭한 노인의 말에 떠오른 것은 어젯밤 도착한 친서였다.

"그 이야기 말인데, 어제 크루쉬 님이 보낸 친서를 받았어요. 그런데 편지가 백지라…… 뭔가 착오가 아닐까 걱정했는데요."

"백지란 말입니까. ——과연, 역시."

"역시……?"

친서 내용에 대해 듣고, 빌헬름이 파란 눈을 가늘게 떴다. 그 몸짓에 묘한 박력을 느끼면서 에밀리아는 불안한 채로 되물었다. 그러나 그는 바로 "아니요." 하고 고개를 가로저으며 말했다.

"부끄럽사오나 전달된 친서와 제 주군이 본래 전하시고 싶은 내용과 거리가 있습니다. 바른 의향은 제가 파악하고 있사옵기에, 부디 걱정하지 마시길."

"진짜 내용…… 그래. 실수인 거군요? 다행이다. 그, 심술이
아니라서."

관계자가 적대 요소를 확실히 부정해 준 덕택에, 에밀리아는
안심하고 가슴을 쓸어내렸다.

마을 사람들에게 부정당한 직후에 받은 편지다. 크루쉬답지
않다고 생각하는 반면, 하프엘프를 향한 멸시를 행동으로 옮긴
건 아닌가 하고 불안해하는 기분도 전혀 없지는 않았다.

마음의 불안은 불필요한 의심과 약한 마음을 끌어들인다. 지
금의 에밀리아처럼.

"결과적으로 혼란을 끼친 점, 깊이 사과드립니다. 제 주군이
신 크루쉬 님께선 그러한 경거망동을 하실 분이 아니십니다. 에
밀리아 님께서도 쓸데없이 무시받을 이유가 없지요. 당당하시
지 않으면, 헌신하는 사람의 면목이 서질 않습니다."

"가, 감사합니다. ……그래서, 저기, 친서의 진짜 내용은요?"

유난히 힘이 들어간 격려의 말. 에밀리아는 그 말에 놀라면서
도 약간 기쁘게 느꼈다.

슬머시 기분이 들썩인다. 그런 에밀리아에게 빌헬름은 깍듯
한 경례를 바치는 자세를 유지하며,

"에밀리아 님, 그리고 람 아가씨. 저택에 남아 계시는 여러분
과 마을 사람들은 일단 모여서 이 주변으로부터 피난해 주십시
오. ──그것이 크루쉬 님의 뜻이십니다."

에밀리아의 미소가 얼어붙을 선고를 입에 담았다.

──맨 처음 충격을 넘어선 에밀리아에게, 빌헬름은 다음과 같이 설명했다.

"최근, 왕국에서 이름이 퍼진 범죄 집단이 메이더스령에 잠복했다는 정보가. 놈들을 토벌할 목적으로 부대를 편성해 제가 대표로 나섰습니다."

"그 사람들이, 주변 숲에 숨어 있다…… 그런 뜻이에요?"

람의 천리안에도 비치지 않는 불온의 정체가 판명되어 에밀리아는 놀라서 눈이 휘둥그레졌다.

엄숙하게 수긍한 빌헬름 옆에서 람도 빈번하게 끄덕이고 있었다. 그리고 람은 자신의 분홍색 머리카락을 슬며시 매만지며 말했다.

"이미 사자님께서 데려오신 토벌대가 마을에서 적 전력에 대비해 전개하고 있습니다. 다만 적도 악명 높은 도적의 왕, 격전이 벌어지면 주위에 피해가 미칠 수 있어요."

"도적 임금님……! 그래서, 우리에게 피난을? 그러기 위한 용차까지 준비해 주시고."

피난을 못 가는 사람이 없도록, 마을 사람과 에밀리아 일행을 태우고 대피시킬 용차는 이미 마을에 진입했다고 한다. 그건 람도 확인을 마쳤다고 보증해 주었다.

"여러분의 피난이 끝나는 대로, 토벌대는 신속하게 놈들을 소탕하기 시작할 것입니다. 위험만 일소되면 안전한 생활로 돌아오실 수 있다고 약속하겠습니다."

이상이 빌헬름의 설명이자 에밀리아 일행을 위해서 준비된 피난 계획이다.

그 빈틈없는 채비에 감탄하면서도, 에밀리아는 순순히 수긍하지 못하고 있었다. 물론 조리는 있고 의심할 생각은 없다. 다만 의문이 있는 것이다.

"하지만, 어째서 크루쉬 님이 이 영지를 위해서 힘을 써 주는 거죠?"

이곳은 메이더스 변경백령이고, 에밀리아와 크루쉬는 왕위를 두고 다투는 정치적 라이벌이다. 선의로 돕는다——는 건 아마 아니다. 아닐 거라고 추측한다.

에밀리아의 그 의문에 빌헬름은 살짝 목소리를 낮추었다.

"여기서만 하는 얘기입니다만, 그 범죄 집단…… 도적의 왕과는 무시할 수 있는 악연이 있지요."

"악연…… 빌헬름 씨에게요?"

"저만이 아닙니다. 유달리 의욕을 불태우는 젊은이도 있습니다. 그리고——."

희미하게 입가에 미소를 드리우다가 금세 웃음기를 지운 빌헬름은 이어서 말했다.

"제 주군은 변경백으로부터, 이번 왕선에서 동맹 관계를 제안받았습니다. 조건은 엘리오르 대삼림의 마석 채굴권 분배…… 이해해 주셨습니까?"

"——읏. ……그래, 숲의 권리. 그런, 거구나."

이어진 말에 에밀리아는 희미하게 동요하면서 이해했다.

에밀리아가 혼자서 골몰하던 뒤쪽에서, 암약하는 로즈월은 이미 최적의 해답을 준비하고 있었던 모양이다. 신뢰받고 있다고 생각한 적은 없지만, 그래도 충격이기는 했다.

조건이 엘리오르 대삼림—— 에밀리아의 고향과 관계가 있다면 더더욱 그렇다.

"……그런데 피난이라고 해도, 말처럼 쉽지는 않을 거잖아요. 어디로 도망치는 거죠?"

"그 또한 생각이. ——먼저 한 얘기와도 관련이 있습니다만, 에밀리아 님께서는 왕도로 가 주셨으면 합니다. 왕도에서 크루쉬 님께서 동맹 체결의 회담을 바라십니다."

"그건…… 응, 괜찮아요. 그렇지만 왕도로 다 같이 피난할 수 있어요?"

왕도까지는 용차로 약 반나절 거리다. 노인과 어린애도 있는 마을 사람들에게는 힘든 노정이다. 범죄 집단의 토벌에 걸릴 시간도 알 수 없으면 수용할 곳이 확보될 수 있는지 불안하다.

그러한 걱정을 남기고 저택에서 벗어날 바에야——.

"숲에 있는 도적 임금님을 쫓아내는 거, 나도 협력하면 빨리 끝날지 모르는데."

"……에밀리아 님의 생각은 감사합니다. 하오나, 그건."

"그렇게 안 보일지도 모르는데, 나, 실력에는 좀 자신이 있어요. 엄—청 강한 정령도 같이 있고, 발목은 안 잡아요."

에밀리아는 이 자리에 없는 팩의 존재도 언급해 토벌 협력을 제안했다. 그 말에 람은 눈을 감고, 빌헬름은 잠시 생각에 잠겼다.

나쁘지 않은 제안이라고 생각했는데, 두 사람의 반응은 왠지 마뜩지 않다.

"문제, 있어요?"

"실은…… 맞아, 실은 변경백의 엄명으로, 에밀리아 님께선 빠르고 신속하게 크루쉬 님과 회담을 가지셨으면 합니다. 이를 어기면 제가 직장을 잃습니다."

"로즈월이 그런 말을?!"

간신히 꺼낸 말을 듣고, 에밀리아는 진짜 화들짝 놀랐다. 그것이 사실이냐고 람을 쳐다보니, 그녀는 담홍색 눈으로 빌헬름의 얼굴을 노려보고, 노려보고, 노려보다가——.

"——. ————. ————. 네, 로즈월 님의 분부십니다."

"어쩜 그럴 수 있어, 로즈월……!"

로즈월에게 충성을 맹세한 람이다. 그녀가 주인과 관련해 거짓말을 할 리가 없다.

아무래도 에밀리아가 거스르지 못하는 것을 알고 진심으로 에밀리아의 행동을 막으려 든 모양이다. 피난도, 동맹도, 모든 것은 로즈월의 손바닥 위에서 벌어지는 일인 것이다.

분해서 주먹을 쥐는 에밀리아의 모습을 보고 빌헬름은 한숨을 쉬었다. 노인은 눈을 내리깐 채로 말했다.

"방금 에밀리아 님께서 불안해하신 것처럼, 마을 사람들을 모두 왕도로 피난시키는 건 곤란합니다. 현재 상황에서 왕도로 갈 수 있는 사람은 절반.”

“그러면, 나머지 사람들은요?”

“나머지 절반은 람이 안내해서 『성역』으로 피난시키겠습니다. 로즈월 님께서 그쪽에 가셨고, 그 장소라면 주민을 받아들일 여유도, 안전도 충분할 테니까요.”

“그, 그렇구나. 상의가 끝난 상태였구나……”

에밀리아가 내세운 불안과 염려는 이미 다 검토된 것이다.

잇달아서 의문이 척척 제거된 까닭에 에밀리아가 반론을 내세울 여지는 하나도 없다.

그건 좋은 일일 텐데도, 지금의 에밀리아는 무력감에 시달릴 수밖에 없었다.

온갖 의문에 답이 준비되고, 불안하게 여기는 점은 모조리 제거됐으며, 시키는 대로 모든 채비가 다 끝나 있어서——.

“저기, 역시 좀 이상하지 않아? 상황이 너무 좋달까……”

“——실례하겠습니다!!”

의문을 거듭 제기하려던 에밀리아의 말이 난폭하게 문이 활짝 열리는 소리에 가로막혔다. 놀라서 그쪽을 바라보자 현관을 걷어차듯이 한 소년이 뛰어들었다.

머리까지 후드를 뒤집어쓰고 하얀 로브로 온몸을 가린 인물이다. 눈이 동그래진 에밀리아 앞을 가로지른 다음 빠릿한 움직임으로 빌헬름에게 경례했다.

“숲에 잠복한 집단에서 기묘한 움직임의 전조가! 이미 한시의 유예도 없습니다! 살육에 굶주린 놈들이 움직이기 시작하면,

이 일대는 지옥 같은 피바다로——!"

"음, 그런가……. 이쪽 예상보다 움직임이 빠르군. 이만한 인원이 마을에 들어가면 놈들이 알아채는 것도 시간 문제이긴 했지만."

"어떻게 하시겠습니까, 대장님…… 아니, 『검귀』 빌헬름 경……!"

"——에밀리아 님."

불필요하게 몸짓이 과장스러운 소년의 보고, 그것을 들은 빌헬름은 시선이 날카롭게 세우며 에밀리아를 응시했다. 그 칼날 같은 눈초리에 에밀리아는 제한 시간을 이해했다.

이미 사태는 움직이기 시작했다. 여기서 이러쿵 저러쿵 떠들 시간도 아깝다. 그렇게 여겨질 정도로.

——몇 가지, 지금까지 나눈 이야기에 의문이 있는 것도 사실이다.

하지만 람이 숲에서 수상한 기척을 감지한 것은 사실이며, 친서 사건과 빌헬름의 내력은 크루쉬의 이름 하에 보증되고 있다.

무엇보다 로즈월이 부재 중인 현재, 저택과 마을의 안부에 결정권을 가진 것은 에밀리아다.

자신의 결단이 많은 인명을 좌우한다. 그러기 위한 결단은 직접 내려야 한다.

그것이 지금 에밀리아의 역할이자 가장 우선시해야 할 사명이다.

"알겠습니다. 호의를 달게 받겠습니다. 마을 사람들에게 설명은…….”

“이미 막힘없이 마쳤습니다, 에밀리아 님.”

가장 큰 현안의 해결이, 람의 입에서 선뜻 전달됐다.

그 사실에 놀라면서 에밀리아는 다음으로 저택 안을 돌아보았다. 저택에 남은 마지막 주민, 베아트리스의 존재가 마음에 걸린다. 피난할 거라면 당연히 그녀도 같이 가야──.

“──베티는 남는대. 금서고는 『징검문』으로 차단할 테니까, 나머지는 피난하든 말든 맘대로 하라더라.”

“팩?!”

갑자기 돌아온 팩이 이미 이야기를 마친 여동생뻘 존재의 의사를 전달했다. 그러나 어깨에 착지하는 새끼고양이를 응시하고 에밀리아는 믿을 수 없다고 고개를 저었다.

“왜 그걸 인정하는 거야? 이곳은 위험하다고 하는데…….”

“베티의 경우, 금서고에 있는 편이 훨씬 안전해. 그리고 그 아이가 저택과 떨어질 수 없는 건 계약 문제. ──이해할 수 있잖아?”

“……그걸 이유로 삼는 거, 엄─청 치사해.”

팩은 얼굴을 씻고 에밀리아의 불만에 그렇게 대답했다. 계약. 그것은 에밀리아든 팩이든, 그리고 베아트리스에게도 무거운 의미를 가진 것이다.

그것을 이유로 들면 에밀리아가 뒤집을 수 있는 말을 찾을 수 없을 만큼.

“그런 이유로, 저택에는 내 귀여운 동생 같은 아이가 남을 거야. 너희도 저택에는 손을 대지 않는 게 나아. 베티는 착하고 어리광쟁이지만…… 사정을 봐주지 않으니까."

"명심하겠습니다, 대정령님."

팩의 충고를 듣고 빌헬름이 엄숙하게 묵례했다. 팩은 그것을 만족스럽게 지켜보고 에밀리아의 머리카락 사이에 파고들었다. 그리고 에밀리아에게만 들리는 목소리로 속삭였다.

"넌 네가 하고 싶은 대로 해. 난 너의, 너만의 아군이니까."

"──피난, 하겠어요. 마을 사람들을, 위험에 처하게 하고 싶지 않은걸."

정령의 말이 마지막으로 등을 떠밀어, 에밀리아는 망설임이 사라진 얼굴로 그렇게 결단했다.

그 지시를 들은 람이 치마를 손끝으로 잡으며 인사하고, 빌헬름도 힘차게 수긍했다.

그리고 보고하러 온 소년만이 에밀리아를 등지고──.

"──그래야, 너답지."

자그맣게 중얼거린 것을, 에밀리아는 듣지 못했다.

7

──에밀리아 일행이 마을에 합류했을 때는 이미 주민들의 피난 준비가 시작되고 있었다.

마을 사람들은 순순히 토벌대를 따르는 모양이라 투정하는 기색도 불안한 표정도 보이지 않아, 용차에 타는 작업은 지극히 순조롭게 진행되고 있다.

"빌헬름 씨 일행은 대단하구나."

자신의 수완과 비교해서, 에밀리아는 처음 보는 마을 사람들의 신뢰를 얻은 그들에게 놀랐다.

하지만 에밀리아의 가장 큰 놀라움은 다음 용차에 타는 인원을 들었을 때 찾아왔다. 피난용 용차로 안내를 받아, '이 용차에 타세요.'라는 지시를 들었을 때——.

"——잘 부탁해요, 언니."

꾸벅 고개를 숙이는 불그스름한 갈색 머리 소녀를 보고, 에밀리아는 곤혹스러운 내색을 내비쳤다.

눈앞에 있는 소녀는 아람 마을에서 여러 번 봤다. 스바루와 친한 아이들 중에서도 특히 잘 따르던 소녀로, 이름은 페트라라고 했었던가.

페트라 말고도, 에밀리아 주위에는 얼굴이 낯익은 아이들이 모여 있었다.

그 아이들 모두가 에밀리아가 타는 용차에 동승한다고 했다.

"응, 저기, 이건 무슨 착오 아니야? 이상해."

"아니요. 엄정하게 상의한 결과입니다. 용차의 숫자와 인원을 생각해 봤을 때, 에밀리아 님께선 이 아이들과 함께 타 주실 수밖에 없습니다. 어쩔 수 없는 조치야."

불안에 쫓긴 에밀리아에게 옆에 시립한 람이 단언했다. 하지만 그 대답은 에밀리아의 예상과 달라 더욱더 불안을 자극할 뿐이다.

──용차라는 밀실에서 아이들과 몇 시간이나 함께 보낸다.

그것은 에밀리아의 불안보다 동승하는 아이들과 그 가족에 대한 배려가 부족한 것처럼 느껴졌다. 피차 불쾌하지 않겠냐고.

"다른 용차에 나눠서 태울 수는 없어? 이 아이들도 그러는 편이⋯⋯."

"──누구든 자신과 같이 타는 건 싫을 터, 입니까?"

"⎯⎯⎯."

속마음이 먼저 읽혀 에밀리아가 숨을 집어삼켰다. 어떻게 보면 폭언에 가까운 그 말을 한 사람은 에밀리아 일행과 마을까지 동행해 용차로 안내해 준 로브 입은 소년이다.

소년은 살짝 흥분한 목소리로, 놀라는 에밀리아를 다그쳤다.

"그걸 이 아이들에게 직접 확인해 본 적이 있습니까? 그저 자신을 미워할 거라고, 꺼릴 거라고 멋대로 믿는 것은 아닌지?"

"그런 건⋯⋯ 안 물어봐도 알아. 그게, 서로를 위한 거라고."

"아이 여섯 명, 용차는 한 대⋯⋯ 여기서 발목 잡혀서, 네 소원을 어떻게 이룰 거지?"

"당신은──."

호소하는 듯한 음색과 분위기로 말하고, 소년은 에밀리아에게서 시선을 떼더니 페트라 앞에 한쪽 무릎을 꿇었다. 소녀와 시선을 맞추고 조용히 물었다.

"어때, 페트라. 너는 저 언니와 같은 용차에 타기 싫어?"

"──윽."

잔혹한 질문을 듣고 에밀리아는 가슴의 통증에 뺨을 굳혔다.

답을 뻔히 아는 질문, 그저 상처만 늘어나는 질문이다. 그리고 사람은 상처 받는 것을 알아도, 상처 받아 느끼는 통증에 익숙해지진 않는다.

팩의 말이 맞다. 어떤 식으로 입은 상처여도, 새로운 상처는 새로운 아픔을 준다. 그런데도 이 소년은 어째서——.

"안 그런데? 나, 언니랑 같이 있는 거, 싫지 않아."

"……어?"

환청인가 싶어 에밀리아는 경악이 섞인 목소리를 흘렸다.

하지만 페트라는 경직된 에밀리아에게 걸어가 힘없이 늘어진 손을 잡았다. 뜨거운, 손끝의 감촉. 놀라움을 채 못 숨기는 에밀리아에게, 페트라는 수줍게 미소를 지었다.

"언니, 감자 도장 언니가 만든 거지? 늘 스바루랑 같이 아침 라디오 체조오 보러 왔었지?"

"그, 건……."

"얼굴은 안 보였지만, 언니가 즐거워한 거, 나도 알거든? 스바루가 엄청 즐겁게 언니랑 얘기하고 있는 거, 보였는걸. 스바루가 엄청 언니를…… 그러니까 나도 언니, 안 무서운데?"

"……아."

페트라의 말을 들으면서 에밀리아는 콧속에 아픔을 느끼고 소리를 냈다.

눈 속에서 뜨거운 것이 치밀어 갑자기 목이 멘다. 뺨이 빨개지고, 귀가 불타듯이 뜨겁다.

"언니, 같이 타자. 모두가 언니를 외톨이로 만들려고 한다고 들었거든. 하지만 난 손을 잡을 테니까."

"──응, 응."

"이제 외로워하지 않아도 되거든?"

"응……!"

잡티 없이, 순진하게, 부조리한 악의와는 무관한, 순수한 시선에 구원받는다.

에밀리아에게는 당연한 소외, 필연적인 박해, 당연한 차별. 그것이 페트라의 목소리에서도, 눈에서도, 온기에서도 느껴지지 않아서. 단순한 사실에 가슴이 턱 막힌다.

"나도──!" "누나랑 같이 있는 게 좋아──!" "빨리 가자──!"

다른 아이들도 떠들기 시작하고, 에밀리아 주위를 맘대로 뛰어다닌다. 그러다가 금세 람에게 용차로 떠밀려 들어가는 모습을 보고, 페트라는 작게 웃음을 터트렸다.

"언니도, 가자? 다들 시끄러울지도 모르지만."

"……으응, 괜찮아. 나는, 옆에서 시끄럽게 구는 거, 두 달 동안에 이골이 나버렸어."

고개를 내젓고 자연히 미소가 떠오르는 걸 알 수 있었다.

잡은 손을 페트라에게 이끌리며 타인의 손의 온기가 바로 코앞에 있음을 실감한다.

"람, 『성역』쪽은 부탁해. 마을 사람을 잘 지켜 줘."

"알겠습니다. 에밀리아 님도 가는 길 조심해."

치마를 손끝으로 잡으며 정중하게 인사하는 람을 향해 희미하게 웃으며 고개를 끄덕인다.

그리고 마지막으로, 에밀리아는 이 대화의 공로자를 시야에서 찾았다.

"당신에게도 고맙다고 인사를 해야…… 어라?"

독려하여 계기를 만들어 준 소년의 모습을 찾는다. 그러나 하얀 로브를 입은 소년은 어디에도 눈에 띄지 않아, 에밀리아는 곤혹스러워했다.

"어디로, 간 걸까?"

버려진 듯한 에밀리아의 목소리에 람만이 기가 막힌 듯이 어깨를 으쓱이고 있었다.

8

──나뭇가지를 헤치며 풀밭을 밟고, 숲의 녹색에 섞여 자세를 낮춘다.

울창한 초목의 덤불에 몸을 숨기고 『그』는 호흡과 기척을 죽이며 어둠과 동화했다.

숲에서 100미터쯤 떨어진 곳, 그곳에 있는 소규모 집락에서는 현재 주민들의 피난 유도가 진행되고 있다. 시련에서 도망치기 위해서.

용서받지 못할 일이다. 있어서는 안 되는 일이 일어나려고 하고 있다. 그렇게 되지 않도록 세심한 주의를 기울여 놈들의 동향에 눈길을 주고 있었건만.

초조함을 참으며 잠복을 유지하는 『그』가 있는 곳으로, 희미한 발소리와 함께 복수의 검은 그림자가 모인다.

자신과 합쳐서 합계 네 명. 봉화를 올리기에는 다소 부족하지만, 발을 잡기에는 충분하다. 예정을 앞당기는 꼴이지만, 이 모든 것은 존귀한 의향에 따르기 위해서.

품속에 손을 넣은 『그』가 꺼낸 것은 손바닥만큼 작은 손거울이다. 단, 그것은 부녀자가 화장할 때 쓰는 거울과 달리 『다른 거울과 연결』하는 용도가 있다.

──멀리 떨어진 곳에 있는, 둘이서 한 쌍을 이루는 거울과 말을 주고받기 위한 『미티어』, 대화경(對話鏡)이다.

희소품인 『미티어』치고는 수가 많아 비교적 입수하기 쉬운 도구이지만, 이것을 받는 자는 신도 중에서도 한정적이다. 말 그대로 신앙심을 인정받은 주교님의 심복──『손가락 끝』으로 선택받은 자만의 영예다.

"────."

『그』는 말없이 대화경에 마력을 흘려 『미티어』를 기동시킨다.

이 몇 시간, 몇 번씩 반복한 작업이다. 동행한 시련의 공물들의 정보를 일일이 유출해 응당 찾아올 시련의 순간에 대비하기 위해서. ──따라서 비상 사태를 전해야만 한다.

동지들에게 전달한 정보와, 공물들의 행동이 크게 어긋난 사실을.

놈들은 『그』와 동지들의 동향을 깨달아, 괘씸하게도 도망치려고──.

"──그렇군. 주위와 어떻게 연락하는지 그 수단만이 의문이었는데, 볼수록 『미티어』는 편리한 물건이군. 하지만 나는 상대의 얼굴을 보고 대화하는 것도 중요하다고 보거든?"

"——큭?!"

별안간 옆에 쭈그려 앉은 동지가 대화경을 들여다보며 그런 말을 꺼냈다.

당황해서 돌아본 직후에 『그』는 지독한 위화감에 엄습당했다. 상대는 바로 옆에 있다. 그런데도 얼굴의 특징을 파악할 수 없다. 마치 뇌에서 이해를 거절한 것처럼.

"얼굴이 아니라 체질로 구별한다. 그 경우, 너희에게는 내가 같은 향수를 뿌린 여자 모임의 동료나 마찬가지인가. 오싹하구만, 썩을 자식."

『하얀 로브를 입은』 동지는 일어나 토해내듯이 말을 뱉었다.

그리고 놀라움에 경직된 『그』—— 마녀교도인 케티 앞에서 동지는 뒤집어쓰고 있던 후드를 걷어 희귀한 흑발과 눈매가 사나운 얼굴을 드러냈다.

"너희 말이야. 나와 에밀리아의 감동적 재회를 방해한 죄는 무겁다고."

여전히 경박한 헛소리를 주워섬기고, 흑발 소년은 도발하는 듯한 대담한 웃음을 지었다.

다음 순간, 소년을 에워싼 기이한 술식이 풀렸다. 케티의 눈에 소년의 모습이 뚜렷하게 상을 이루어 그 정체가 발각된다.

그것은 이 토벌대를 주도해 자신들에게 저항할 자세를 보인 배신자의 모습——.

"————."

가장 용서받지 못할 적을 앞에 두고, 케티는 용수철처럼 일어섰다. 바로 옆에 있는 동지 두 명과 눈짓을 나눌 필요도 없다. 눈앞의 배교자에게 일제히 공격을 가한다. 그러나——.

"——느려."

허리 뒤춤에 찬 십자검을 뽑은 순간, 귓가에 낮은 목소리가 스쳤다.

그 직후, 시야 끝을 은빛 섬광이 내달렸다. 피를 뿜으면서 좌우의 동지가 쓰러진다. 목이 치명적으로 쪼개져, 그 목숨이 끊겼음은 명백하다. 그리고 케티 자신도——.

"저항은 추천하지 않아. 쓸데없는 괴로움을 줄 생각은 없어서 말이지."

목 뒤에 차가운 칼끝이 닿아 완전히 기선이 제압당했다.

배후에 선 것은 호리호리한 몸집의 기사, 두 동지를 벤 것은 노령의 검사다. 더해서 그들의 배후에는 고양이 귀 아인(亞人)이 서 있으며, 그런 그들을 끌고 온 것은 흑발의 배교자——.

"나츠키 스바루……!"

"오오, 당연한 거지만 마녀교도도 말할 줄 아는군. 고마운데."

손을 뒤로 꺾여 구속당해 지면에 눌려 쓰러진 케티는 배교자—— 나츠키 스바루를 노려보았다.

그 눈길을 받는 소년은 이마에 식은땀을 흘리며 동행한 세 사람에게 눈길을 주고 말했다.

"계획대로 풀려서 천만다행이야. 협력 고맙다."

"반신반의 한 것은 부정할 수 없지만, 이렇게까지 예측이 맞으면 인정할 도리밖에 없겠지. ——그들이 네가 기대한 대로 놀아났다면, 더욱더 최고라고 해야겠군."

"그건 틀림없는 것 아냥? 마을 주민들의 피난이 예정보다 훨씬 빨리 시작된 순간, 황급하게 연락하려고 했을 정도고."

소년의 말에 기사와 아인이 찬동하고, 케티는 증오와 몰이해로 머릿속이 혼란에 빠졌다.

대화의 의미를 알 수 없다. 그래서는 마치 모든 게——.

"이해할 수 없다는 표정이구만. 근데 어쩔 수 없다고. 이번은 내 행각이 너무 능숙했어. 너야말로 정보 교환에 협력해 줘서 고맙다. ——이중 스파이라는 자각은 없겠다마는."

"——?"

"쉽게 말해 네가 스파이인 건 처음부터 뻔했거든. 찾아낸 방법은 기업 비밀. 그런고로 기왕 이렇게 된 김에 마녀교의 연락 담당인 네게 함정을 쳤지."

눈을 번쩍 부릅뜬 케티에게 더듬더듬 설명해 주며, 나츠키 스바루는 한쪽 눈을 감았다.

그리고 선고했다.

"——두 시간, 너는 두 시간 늦은 일정을 동료에게 보고했다."

두 손가락을 좌우로 흔들고, 경악해서 눈을 부릅뜬 케티에게 말을 이었다.

"그동안 에밀리아 일행을 밖으로 내보낸다. 그동안 장소를 파악한 『손가락 끝』을 짓뭉갠다. 그동안, 너희의 주교님을 짓밟을 준비를 갖춘다.”

　말 마지막에서 소년은, 나츠키 스바루는 당당하게 웃음을 떠올렸다.

　그리고 전쟁을 선포했다.


　“——모조리 다 앞지름당해 짓밟히는, 그 무서움을 실컷 맛보게 해 주겠다고.”

# 제2장 『철저하게 준비한 백스테이지』

## 1

──시간은 토벌대가 『넥트』를 이용해 이동하면서 회의 중이던 무렵으로 거슬러 올라간다.

"기왕에 스파이가 잠입한 걸 아니까, 잘 역이용해서 거짓 정보를 쥐어 주면, 에밀리아 일행을 안전하게 도피시킬 시간을 챙길 수 있어. 안 그래?"

『───────.』

메이더스령으로 가는 도중, 스바루는 일련의 정보를 밝힌 다음에 그렇게 말했다.

마법으로 의식을 공유하는 토벌대 사이에서는 그 의견을 두고 격론이 오갔다. 그 사념파를 듣고 고개를 끄덕이면서 스바루는 "일단 들어 봐." 하고 손을 들었다.

"회의 때 말했듯이, 대죄주교를 쳐부수려면 『손가락 끝』의 전멸이 필수야. 근데 그 『손가락 끝』 퇴치도 말처럼 쉬운 게 아니야. 우리도 머리를 굴려야 해."

『네 체질을 이용하면,『손가락 끝』을 하나씩 꾀어서 싸울 수 있는 게 아니었나?』

"그건 보증해. 하지만 어차피 스파이가 있는 이상 우리 동향은 다 들켜. 먼저 스파이를 처리해도 정시 연락이 끊기면 수상쩍게 보겠지. 그럼 발상을 역전시켜서, 정보를 거저 주면 그만이야. 단, 거짓 정보를."

율리우스에게 대꾸하면서 스바루는 지난 루프의 막판에 마을이 습격당했을 때의 광경을 떠올렸다.

그때, 마을에는 숲에 남아 있던 모든 적이 총공격을 시도했다. 습격자의 숫자로 봐서도 그건 틀림없다. 페텔기우스가 행상인 사이에 숨은 『손가락 끝』에 빙의했던 것도.

──즉, 잠복한 마녀교도는 케티라는 이름의 행상인이다.

그는 모종의 방법으로 『손가락 끝』과 연락을 취하고 있었다. 아마도 페텔기우스와 동행하는 마녀교도와는 별개로 주위의 정보를 탐색하는 역할을 받았던 것이리라.

"그러니까, 그걸 역이용한다. 스파이를 속일 수 있으면 마녀교 전원을 속일 수 있다는 뜻이지."

『그러려고 행상인을 마중 나간 라지안 쪽 사람들에게 합류를 늦추라고 지시한 기가.』

밑밥을 까는 스바루의 발언을 듣고, 리카드는 의문이 해소된 듯이 수긍한다.

피난에 협력하는 행상인은 지난번과 똑같이 『철 어금니』 단원 몇 명을 시켜 마중을 보냈다.

다만 집합 시간과 인선에는 스바루가 수작을 부렸다. 마녀교
의 스파이가 토벌대에 합류하기 전에 끝마치고 싶은 문제는 무
척 많으니, 시간과의 싸움이다.

참고로 사람을 정할 때는 지난번 루프에서 희생된 여우인간을
추천해 은근슬쩍 싸움에서 멀리 떨어뜨렸다.

『그럼 제안이 아니라 그냥 사후 보고잖아. 스바루큥, 성격 참
고약해.』

『아가씨 같은 술수 아닌교…… 멀쩡하게 못 죽는다.』

"페리스는 어쨌든, 리카드는 자기 고용주를 왜 그렇게 평가하
는 거래?"

섬기는 상대일 텐데, 아나스타시아를 평가하는 리카드의 말
은 참 신랄하다. 그 직후에 껄껄 웃는 사념이 전해졌기에 단순
한 너스레의 일환이라고 생각한다.

어쨌든 스파이 교란 작전은 이미 시작됐다. 그 말을 듣고——.

『간자 대책은 이해했다. 참고로 그 정보의 출처는…….』

"마녀교에 대한 내 후각……이면, 안 되나?"

『——근거는 희박하지만, 그렇다고 치고 선처하지. 그게 내
답변이다.』

설명이 궁한 스바루에게 율리우스는 속내를 알기 힘든 사념으
로 대답했다. 율리우스의 마법이라서 그런지 『넥트』로 전해지
는 사념파가 다른 것과 비교해 묘하게 불투명하다.

하지만 그 협력 의사에 거짓이 없는 건 의심할 여지가 없다. 그
렇다면 지금은 그걸로 족하다.

『그건 좋은데요. 친서는 어떻게 된다요? 백지인 상태로는 곤란하다요.』

『에, 왜? 새하얗다면 뭐든 쓸 수 있어서 편리한 느낌이 드는 것 같기도요? 했다!』

『누나는 조용히 있어 주세요예요.』

이어서 염화에 끼어드는 건 『철 어금니』의 새끼고양이 남매다. 사실 염화 뒤쪽에선 자유분방한 미미의 느긋한 사념파가 연신 흘러나오고 있지만, 다들 부드럽게 흘리고 있다.

한편, 성실하게 작전을 걱정하는 건 그 남동생 티비다. 새끼고양이 남매의 대화에 고개를 숙이고, 스바루는 백지 친서 문제에 대처할 방법을 궁리했다.

누가 뭐래도 이 문제 덕분에 토벌대는 람에게 기습당해 귀중한 시간을 빼앗기는 것이다.

이번 작전은 시간과의 싸움이기도 하다. 그 엇갈림은 반드시 피하고 싶다.

『그래서, 어떻게 한다예요?』

대책을 말해 보라고, 티비는 신경질적인 회색의 사념을 보낸다. 그 밖에 다른 인원들도 스바루의 대답에 마음속으로 주목했다.

그 중심에서 팔짱을 끼고, 스바루는 백지 친서에 어떻게 대응할지 말했다.

그 방법은——.

## 2

세상이 깨어나기 시작한 직후의 새벽, 람은 이해할 수 없는 기척을 깨닫고 고개를 들었다.

야외에서, 저택에서 아람 마을로 이어지는 길을 걷던 중이다. 마을 사람들에게 신뢰받지 못하는 에밀리아를 저택에 두고, 마을 사람들에게 피난을 촉구하러 가려는 참이다.

"_____."

숲이 희미하게 술렁이자, 람은 고운 눈썹을 찌푸리고 딱 한순간 생각에 골몰했다.

람은 뿔을 잃은 오니족(鬼族)이다. 원래 오니족은 산과 숲의 변화에 민감하다. 오감과 다른 육감이, 가도의 저편에서 변화의 바람이 닿은 것을 알린다.

콧방귀를 가볍게 뀌고, 람은 근처에 위험한 기척이 없음을 확인한 뒤 그 자리에 한쪽 무릎을 꿇고 이마에 의식을 집중했다. 이능, 『천리안』이 발동한다.

『천리안』이란 다른 이의 시각에 동조해 시야를 훔치는, 오니족에게 전해지는 비술이다.

다만 능숙하게 사용할 수 있는 건 오니족에서도 극소수이고, 지금은 람밖에 없을 것이다. 발동 중에는 자기 주변에 대한 의식이 약해지기 때문에 써먹기 어렵지만, 색적 능력으로서 잘 활용하고 있다.

람이 충성을 바치는 주인은 적이 많다. 그 이유도 있어서, 이

능력은 유용하다.

"_____."

그런 감정과는 무관하게 람은 이능의 효과에 집중해 다른 이의 시각에 개입한다.

개입하는 대상은 굳이 사람이 아니어도, 시각을 지닌 생물이라면 지장은 없다. 단, 파장이 맞는 상대에 한정되기 때문에 요 며칠 동안에는 정작 중요한 숲 속을 거의 파악하지 못했다.

그러나 이번에는 그렇지 않다. 마을 건너편, 가도로 연결되는 방향에서 밀어닥치는 파장과는 복수의 적합성을 감지한다. 그 중 하나에 개입해 시야를 엿보았다.

"_____."

보인 것은 개입한 인물이 탄 대형 기수―― 라이거라고 불리는 대형견이다. 탑승자는 덩치가 작고, 쉴 새 없이 맹렬한 기세로 주위를 둘러보고 있다. 경계가 아니다. 침착성이 없다.

타인의 시야를 엿보는 힘이다. 당연히 람의 의도와 다른 움직임을 하면 멀미로 이어진다. 람은 곧장 다른 시각―― 옆 적합자의 시야로 넘어가 다시 상황을 관찰했다.

다행히 이번 시야는 얌전하여 진로를 똑바로 바라보고 있다. 눈높이는 직전의 적합자와 비슷한 수준으로, 큰 개에 타고 있는 것도 동일. 무슨 차이였던 것일까?

"……이게 몇 명이야."

그러나 그 의문은 시야에 비친 수많은 인영에 무산됐다.

인원은 4, 50명. 전원이 무장한 집단이다. 가도를 행군해 마을까지 10여 분이면 닿는 거리를 달리고 있다. 그리고 복수의 남자의 갑옷에 어금니를 드러낸 사자의 문장이 새겨져 있는 걸 알 수 있었다.

그건 칼스텐 공작가의 문장이며, 어젯밤 백지 친서로 선전포고한 진영의 증표.

즉 이것은, 왕선의 적대 진영이 실시한 공격 행위──.

"로즈월 님께서 계시지 않는 틈을 타서……!"

즉각적인 결단이 요구되는 절박한 상황에 람은 비상 사태를 이해했다.

적의 목적이 에밀리아 진영에 위해를 가하는 것이라면, 아람 마을도 점령당할 것이다. 그 전에 손을 써야만 한다. 가지고 있는 수단, 전부를 써서.

이를 간 람은 천리안의 접속을 끊고 마을로 뛰어가려고──.

"……뭐?"

그 직전에, 얼빠진 목소리가 흘러나왔다.

달음질을 시작하려던 발이 멈추고, 람은 천리안 너머에서 한껏 얼굴을 찡그렸다.

그 정도로 눈에 비친 광경을 이해하기 어려웠다.

"──바루스?"

집단의 선두에서 달리는 지룡에 탄 흑발 소년은 쳐든 간판을 이리저리 돌리고 있다. 전후좌우 어디서 봐도 문제없도록.

그 간판에는 커다란 글씨로 이렇게 적혀 있었다.

──『편지는 실수. 내가 잘못했어』라고.

3

　백기나 마찬가지인 글귀를 쳐들고 스바루와 토벌대는 무사히 아람 마을에 도착했다.

　단, 마중을 나온 람의 표정은 언짢음 그 자체여서, 스바루는 멋쩍은 나머지 몸을 움츠리면서 그 앞에 섰다. 그러자 람이 갑자기 "핫." 하고 콧방귀를 끼고 말했다.

　"백지 친서가 왔나 싶었더니, 이번엔 무장 집단의 행차? 이곳이 어느 분의 영지인지, 이해력이 딸리는 것 같아."

　"하지만 선제 공격은 없었지. ……대화할 여지는, 있는 거지?"

　"그 간판은 람에게 보내는 말이잖아. 그런 방법으로 뜻이 전해지는 사람은 람밖에 없는걸."

　스바루가 옆구리에 낀 나무판에 눈길을 던지자 람이 기가 차다는 듯 탄식했다.

　간판에는 하얀 도료를 써서 '이 문자'로 큼직하게 쓴 사죄문이 있었다. 행군 도중, 백지 친서 대책으로 스바루가 준비한 비장의 한 수……가 아니라, 보다 성실한 대응이다.

　"글씨가 너무 더러워서 하마터면 안 읽고 때릴 뻔했지 뭐야."

　"너한테 배운 글씨라고! 눈에 익숙하잖아?!"

　"공교롭게도 그런 건 배은망덕한 녀석이 은혜를 잊는 것과 비슷할 만큼 빠르게 잊었어."

"끄응······."

변함없이 신랄한 람의 말투에 스바루는 딱히 대꾸하지 않고 우물거렸다. 람은 그런 스바루의 반응을 보고 팔짱을 끼며 "그 래서?" 하고 말을 이었다.

"람이 듣기론, 바루스는 에밀리아 님의 심기를 거하게 상하게 해서 왕도에 버려졌을 텐데······ 무슨 낯짝으로 돌아온 거니?"

"정말로 가차 없네! 반론도 못하겠지만, 네 말대로 무슨 낯짝 으로 염치없이 돌아오셨다! 빈손은 아니다마는!"

배후에 늘어선 토벌대원들을 손으로 가리켜 왕도에서 가지고 돌아온 성과를 과시한다.

스바루의 발언에 람은 눈을 가늘게 뜨다가, 토벌대를 바라보 며 말했다.

"자랑하는 건 좋은데, 목적을 알 수 없어서 마을 사람들이 경 계하고 있어. 람도 지금부터 무슨 짓을 당할지 불안해서 새처럼 작은 심장이 터질 것 같아."

"심장에 털이 났다는 뜻? 그거 강심장 아냐?"

"자꾸 헛소리만 하면 코를 도려낸다."

"며칠 만에 다시 만나서 분위기를 풀려고······ 코?!"

야만족 발언에 얼굴을 잡고 뒷걸음질 친 스바루는 시선을 람 의 배후에 있는 마을로 돌렸다.

이만한 소동이다. 당연히 마을 사람들도 토벌대가 온 것을 알 아차려 광장에 선 전사들의 모습에 불안이 섞인 눈길을 보내고 있다. 단——.

"——어이, 저기 선두에 있는 건 스바루 님 아니야?"

"진짜네. 람 님과 얘기하고 있는 사람, 스바루 님이야. 돌아오셨나."

"아, 스바루─! 돌아왔어─!"

집단의 대표로 선 스바루를 알아채자 마을 사람들의 경계심도 살짝 풀린다. 그 덕분에 마을 사람들과 일면식도 없는 집단은 『아는 사람이 이끄는 의문의 집단』으로 격이 올라갔다.

"그래서, 이제는 『아는 사람이 데려온 믿음직한 원군』으로 격상할 필요가 있어."

"그렇게 쉬운 얘기가 아니야. 애초에 람도 아직 수긍하지 못했고. ——봉랍까지 된 편지가 실수라니, 순순히 수긍할 수 있는 얘기가 아니야."

"그것도 적의 함정이야. ……숲에 숨어 있는 놈들, 눈치챘을 텐데?"

"————."

목소리를 낮추는 스바루 앞에서, 람이 얌전히 입을 다물었다.

백지 친서와 맞물려 람이 숲에 잠복한 마녀교도를 경계한 것은 지난 루프부터 명백하다. 다소 공평하진 않지만, 람이 품고 있는 의혹에 편승해 스바루는 이야기를 진행했다.

"페리스, 빌헬름 씨, 이쪽으로! 람도 두 사람은 알고 있지?"

부름에 따라 스바루 옆에 두 사람이 다가온다. 곁에 선 페리스와 빌헬름을 응시하고 람은 "그래."라고 대꾸하더니, 표정을 지우고 자세를 바로잡았다.

그 자세에 맞춰서 크루쉬 진영의 두 사람도 묵례한다.

"크루쉬 님의 대행 자격으로 왔습니다. 빌헬름 트리아스라고 합니다."

"마찬가지로 크루쉬 님의 첫째 기사, 페리스예요─. 뒤에 있는 사람들의 단장이 빌 영감이고, 페리의 역할은 홍일점이란 것일까냥."

엄숙한 빌헬름과, 끝까지 가벼운 페리스의 태도는 보기 좋게 대조적이다. 그 양극단적인 인사에 대해, 람은 정중하게 치마를 손끝으로 잡으며 인사했다.

"정중한 인사, 황송합니다. 람이라고 합니다. 로즈월 L. 메이더스 변경백의 저택에서 시종장을 맡고 있습니다."

시종장이라고 직책을 댄 람의 뻔뻔함에 스바루는 얼굴을 찌푸렸지만 말참견은 참았다. 렘이 자리를 비운 동안 저택의 관리가 람의 직무인 건 틀림없다. 개인적으로는 시종장 대리, 혹은 1일 서장 비슷한 일주일 시종장 정도의 직함을 대 줬으면 하는 바이지만.

"어쨌든 두 사람과 뒤쪽에 있는 사람들은 크루쉬 씨의 진영과 협력 관계가 됐단 증거야. 이건 로즈월의 바람이기도 해. 불만 없지?"

"로즈월 님의 의향이라면 람은 따를 뿐. ──왕도에 남은 목적은 달성했다고, 그렇게 파악하면 될 것 같네. 친서가 백지였던 시점에서 바루스의 목이 배달될까 싶었는데."

"저기, 그 뒤숭숭한 발상 그만두지 않을래? 왜 그렇게 사고가

야만족 같아?"

전국시대 같은 마음가짐을 지적했지만, 람은 산뜻하게 무시했다. 그 대신에 지원군의 두 대표 쪽으로 돌아섰다.

"우리 수습 사용인과 동행이니, 심중을 헤아리겠어."

"다소 엉뚱한 언동과 감정 표현이 눈에 띕니다만, 스바루 님은 유망한 인재입니다. 이 나이를 먹고 배운 것이 많습니다."

"페리는 빌 영감 만큼 감화되지 않았으니 순순히 람의 말을 받아들여 보지만. 뭐, 조금은 나아졌을까냥— 하고 생각해."

빌헬름과 페리스의 평가에 람은 더욱더 본의가 아닌 듯한 얼굴로 탄식했다.

참 낯간지러운 대화였지만, 스바루는 뺨을 긁으면서 속마음을 얼버무렸다. 그리고 바로 손뼉을 치고 다시 람에게 상황을 자세히 설명했다.

"좌우간, 숲의 적을 잡는 일은 토벌대에 맡겨 줘. 너는 그것과 다른 방향으로 협력해 줬으면 해. 들어주겠어?"

"내용에 따라서. 가볍게 떠맡았다가 바루스의 엉큼한 독니에 걸리고 싶지 않아."

"나는 너한테 엉큼한 눈길 보낸 적이 별로 없는데?!"

"전혀 없다고 말 못하는 구석이 남자애구냥."

람의 독설과 페리스의 딴지에 매서운 눈길을 보내고, 스바루는 헛기침했다.

때가 무르익고, 스바루는 자신의 계획과 이번 사태의 표면적인 사정과 속사정을 공개했다.

"네게 부탁하고 싶은 건, 마을 사람들의 피난처 선정과 유도 활동이야. 숲에 있는 적과 싸울 동안, 마을 사람들은 말려들지 않게끔 하고 싶어."

"무슨 말을 하려는 건지는 알겠어. 그런데 도망친다고 해도 수단이 없어."

"이동 수단은 우리가 준비했어. 조금만 더 있으면 곳곳에서 긁어모은 용차 행상인들이 마을에 올 거야. 그 용차를 타고 마을 사람들을 밖으로 데리고 나간다."

"곳곳에서 모았다……? 어떻게?"

"──돈으로. 출처는 그, 넘어가 줘."

스바루의 『보험』에는 거금이 든다. 수단으로 삼은 지갑은 로즈월 것으로, 덤으로 당사자의 허가는 받지 않았다. 스바루의 말투로 그 사실을 알아차리고 람은 탄식했다.

"……알았어. 람도 거들겠어. 비상 사태인걸."

"진짜냐?! 살았어! 최악의 경우, 출세해서 갚는 걸로 용서받을 작정이었는데!"

"그건 장래에 출세할 만한 가능성이 있는 사람만 쓸 수 있는 권리야. ──다만, 이번 사태는 람의 승낙을 얻은 것만으로 끝날 만큼 쉽지 않아."

미래를 엄정하게 심사한 다음, 람은 그 이상으로 엄격한 시선을 배후로 돌렸다. 그 시선을 따라갈 필요도 없다. 람이 무슨 말을 하고 싶은지, 스바루도 알고 있었다.

──람의 배후에는 아직도 상황을 불안해하는 아람 마을 사

람들이 있다.

피난 유도를 진행할 때 가장 큰 장애물은 마을 사람들을 설득하는 일이다.

지난번 루프 때도 체험한 사건이지만, 그때의 결과는 지금도 씁쓸하게 떠오른다. 기억이 불러일으킨 감정은 공포, 그런 말에 가깝다.

──에밀리아를 향한 부정과 차별, 그 표층을 체감하고 만 사건이다.

"_____."

시간은 한정되어 있다. 마녀교를 거짓 정보로 교란해서 번 귀중한 시간이다.

그런데도 가장 먼저 무슨 말을 꺼내야 할지, 스바루는 그 부분에서 주춤대고 있었다.

"만약, 스바루큥이 말 못하겠으면, 내가…….."

"──페리스."

스바루를 배려해 대신 나서려고 하는 페리스를 빌헬름이 불렀다. 검귀는 눈짓만으로 페리스의 배려를 막고, 그 눈으로 스바루를 바라보며 말했다.

"이것은 스바루 님이 하셔야 하는 일. ──아시겠지요?"

빌헬름의 나직한 물음에 스바루는 딱 한 번 눈을 감았다가, 굳세게 끄덕였다.

마음을 써 준 페리스에게 눈짓으로 감사를 표한 뒤, 스바루는 람의 옆을 지나 광장 한복판으로 나섰다. 정면에는 불안한 표정을 지은 마을 사람들이 있고, 등 뒤에서는 토벌대 동료들의 긴장이 꽂히고 있었다.

가장 처음 꺼낼 말. 그것이 가장 중요하다.

뭐라고 할지 아직 결정하지 못했다. 하지만 마을 사람들의 불안과 공포를 씻어내기 위해서 가장 적합한 말을.

"모두……."

"──스바루 님. 돌려 말하지 마시죠. 우리 마을 사람들은 다 알고 있습니다."

그러나 대책도 없는 스바루의 말은 초장부터 꺾였다.

말을 가로막고 스바루에게 말을 건 사람은 마을 사람들의 중심── 백발의 작은 노인이다. 마을 사람들에게서는 『이장』이란 이름으로 불리는, 촌장과는 무관한 인물. 평소에는 치매를 의심할 만큼 흐릿한 태도를 보이는 노인이지만, 지금 목소리와 눈초리에서는 그런 낌새를 조금도 느낄 수 없다.

그 눈빛에 기세가 꺾인 스바루에게, 노인은 수염을 매만지면서 말을 이었다.

"으리으리한 분들을 데려오신 것은 유사시에 대비한 까닭. 이미 람 님께도 언질을 받았습니다. ──숲에서, 수상쩍은 움직임이 있다고."

"아니, 그건……."

"그만 얼버무리십시오! 우리도 진즉에 다 알고 있습니다!"

이장의 추궁에 이어서 비통한 소리를 지른 것은 청년단의 젊은이다. 지난번에도 그 청년의 호소를 계기로 마을 사람들의 불안과 공포가 표출됐다. 그리고 그것은 이번에도 마찬가지다.

"역시, 숲에 있는 건⋯⋯!"

"영주님은 어째서, 이렇게 될 줄 충분히 예상하셨을 텐데!"

"왜 영주님은 하프엘프를⋯⋯ 반마(半魔)를 지지한다고 하신 거지⋯⋯."

젊은이의 한탄을 기점으로 마을 사람들이 서로 얼굴을 살피며 불안과 공포를 앞다투어 주고받는다. 그 반응은 스바루가 가장 두려워하던 것으로, 가장 피하고 싶었던 모습이다.

『사망귀환』으로 시간을 거슬러 모든 사건에 대처하려고 분투해도, 유일하게 어떡하면 막을 수 있을지 모르는 채로 도달한 최악의 광경——.

"————."

뿌리 깊은 차별 의식을 이 순간에 모두 제거할 수는 없다. 그것은 지난 루프 때도 느낀 것으로, 이번에도 비슷하게 타협하면 편해질 수 있다.

임박한 마녀교의 위험을 감안하면 이 자리의 문제를 뒤로 미루는 것이 올바른 선택이다.

일단 억지로 납득시키고, 피난을 우선한다면——.

"——내가 아는 그 아이는, 강한 척하고, 고집불통 옹고집인 주제에, 외로움을 잘 타서 누가 봐주지 않으면 걱정되는 애거든."

"————."

그렇게 생각하는 속마음과 반대로, 스바루는 전혀 관계가 없어 보이는 말을 입에 올리고 있었다.

마을 사람들은 당황하고, 스바루가 무슨 말을 하는지 몰라 눈이 휘둥그레진다. 토벌대 사람들도 비슷한 반응을 보였다. 그러나 금세 표정에서 놀라움은 사라지고 귀를 기울이기 시작했다.

스바루가 잇는 말에 귀를 기울여 주고 있다.

"남을 위해서 손해 보는 일만 골라서, 상처 받기 쉬운 주제에 자신이 상처 받는 방법만 골라. 다정하고 포용력이 있나 싶었더니 애처럼 작은 일에 고집을 부리질 않나, 피말을 못 먹어서 울상을 짓질 않나, 웃는 얼굴이 귀엽질 않나……."

"대체, 무슨 이야기를……."

"──저택에 있는 하프엘프의, 에밀리아의 이야기야."

가로막으려던 말에, 스바루는 차분한 말로 대꾸했다.

그 대답을 들은 마을 사람들은 놀라고, 스바루의 입가에 떠오른 희미한 웃음에 더욱 놀랐다. 그것은 조금 전까지의 상황과 술렁이는 그들의 말과는 너무 어울리지 않는 반응이어서.

"너희의 불안은 이해해. 그 원인이 영주인 로즈월…… 님이, 왕도에서 시작된 왕선의 후보, 하프엘프 여자애를 지원하기 때문이란 것도."

"──────."

"그 아이의 이름은, 에밀리아야. 너희도, 사실은 오래전부터 알고 있었을 거야. 그 아이가 요 몇 달쯤, 너희와 함께 지낸 것도."

스바루의 호소에 마을 사람들은 시선을 주고받았다. 그것은 짚이는 곳이 있다는 반응이다. 그들의 기억 속에도 남아 있을 것이다. 줄곧, 민낯과 정체를 드러내지 못했어도, 스바루와 함께 몇 번씩 마을에 모습을 드러내고 적지 않은 시간을 함께 보낸 누군가가 있었음을.

"너희가 무서워하는 것도, 불안해하는 것도 이해해. 그렇게 됐을 때, 뭔가 알기 쉬운 것에 뒤죽박죽한 기분을 발산하고 싶어지는 심정도 이해하지."

가까운 존재에 감정을 발산하는 것은 자신의 마음을 지키기 위해 필요한 본능이다. 스바루는 그 행위를 책망할 수 없다. 스바루가 누군가를 책망할 자격은 없다.

그런데도 자각과 이해가 책망하듯이 마음을 괴롭힌다.

스바루가 그랬듯이. 지금 마을 사람들의 얼굴에 아픔을 참는 기색이 있듯이.

"하지만 너희도 사실은 알고 있을 거야. 누구 탓으로 돌려도 겉으로만 불안이 가실 뿐이고, 진짜로 편해질 일은 절대로 없다는 것을."

"————."

"그 아이는 모두와 함께 웃을 수 있는 아이야. 웃고 싶다고, 그렇게 생각하는 아이야. 그렇게 말했었을 터야. 그 사실을 무시하고, 그 아이에게 상처를 주는 짓은 그만했으면 좋겠어."

자신의 목소리에, 불안과 비탄이 깃들어 있지 않다고 할 자신이 없다.

무슨 낯짝으로 그런 말이 나오냐고 자신을 때리고 싶은 충동도 있었다. 누구보다 에밀리아에게 상처를 주고, 그 마음을 무시하고, 짓밟은 것은 스바루인데.

그때의 후회는, 지금도 스바루의 마음을 계속 꿰뚫고 있다. 그렇기 때문일까.

그런 얼굴을 본 후회도, 그런 얼굴을 보이게 할 후회도, 아무도 맛보길 원하지 않는다.

"부탁하자. ──부탁합니다."

머리를 숙이고, 스바루는 마을 사람들에게 간청했다.

그것은 본론과 완전히 빗나간 부탁이다. 소중한 시간을 헛되이 낭비하고 있다.

피난 이야기를 해야 하는데, 스바루가 전한 것은 전혀 다른 말이다. 에밀리아에 대해 거듭 전달하고, 자신이 얼마나 지독했는지 재확인했을 뿐이다.

"────."

실제로 스바루의 말을 들은 마을 사람들은 어떻게 반응해야 할지 난감한 표정을 짓고 있다. 그들이 화제로 꺼내긴 했지만, 논점과 결론은 정면에서 충돌했다.

피차 곤혹스럽고, 당혹스럽다. ──그러나 생겨난 감정은 그것만이 아니다.

"──페트라?"

작은 발소리가 들려서, 스바루는 곁에 다가온 소녀를 불렀다.

불그스름한 갈색 머리 소녀── 페트라는 스바루와 친하게 지내던 마을 소녀다. 이름을 부르는 소리를 듣고 고개를 끄덕인 그 소녀는 스바루의 옆에서 뒤돌아, 마치 마을 사람들에 맞서듯이 섰다.

그리고 그것이 『착각』이 아니라는 것을, 이어지는 말이 증명했다.

"왜 다들, 스바루의 말을 들어주지 않는 거야?"

그것은 몹시 솔직하고, 가식이 없는, 그렇기 때문에 마음을 헤집는 규탄이었다.

"스바루가 이렇게나 곤란해서, 울상을 짓는데. 왜 도와주려고 안 해?"

"그건……."

"나도, 모두도 곤란할 때, 스바루가 어떻게든 해 줬는데? 오늘도, 어떻게 해 주러 온 거란 말이야. 그런데, 왜?"

페트라가 거듭한 것은, 굴레를 떠안는 어른은 할 수 없는, 어린아이만의 순수함을 이용한 공격이다. 입을 다문 어른들을 슬픈 눈으로 보며, 페트라는 스바루의 손을 잡았다.

"저택에 있는 언니면, 늘 하얀 옷 입고 있는 언니 맞지? 라디오 체조오 때, 도장 들고 오는."

"……응, 맞아. 그 도장 언니야. 끼고 싶은데 솔직하게 말하지 못하는, 그런 언니야."

평화로운 일상의 추억을 더듬고, 스바루는 페트라의 말에 입술이 누그러졌다.

매일 아침, 스바루는 에밀리아를 데리고 마을로 내려가 마을 사람들과 라디오 체조를 하고, 스바루가 깎은 감자 도장을 찍어

주는 게 일과였다. 에밀리아도 늘 그것을 보고 있었다.

――그것은 마을 사람과 만든 끈끈한 관계, 일상의 풍경 속에 에밀리아도 존재했다는 확실한 증거다.

그 사실에 어른들의 얼굴에 납득과 고민이 떠올랐다. 하지만 어른이 머뭇대고 주저하는 문제에 아이들은 주춤대지 않는다. 손을 들고 다른 아이들도 스바루 옆으로 달려왔다.

"나도 누나 괜찮아!" "페트라가 아무렇지 않으면 나도 아무렇지 않다고!" "형만 폼 잡게 할 수 있겠냐!" "스바루가 울 거 같으니까 도와주마―." "그러자구―!"

아이들이 떠들기 시작하는 목소리에 그때까지의 분위기가 날아간다. 모인 아이들의 시선을 받고, 불안을 호소하던 어른들서로 눈치를 살폈다.

마지막 한 수가 필요하다. 주저하는 그 모습을 보고 스바루는 앞으로 나섰다. 두 손은 아이들에게 잡힌 채라 참으로 폼이 나지 않지만.

"너희가 금방 납득할 거라고 생각하진 않아. 하지만 기회를 줬으면 해. 무조건 안 된다고 꺾지 말고, 그 아이한테 기회를 줬으면 해."

"기회……."

"그 아이가 너희와 친해질 수 있다고, 서로 이해할 수 있는 기회를."

더듬더듬 말하고, 스바루는 아이들에게 잡힌 손을 풀었다. 그리고 머리를 숙이는 것 이상의 각오를 보이기 위해, 마을 사람들에게 잘 보이도록 무릎을 꿇었다.

　"＿＿＿＿＿＿＿."

　소란이 퍼지고, 람도 눈을 크게 떴다.

　다만 뒤에 시립해 있는 빌헬름과 페리스, 토벌대원들만큼은 스바루의 탄원을 잠자코 지켜보고 있었다.

　그걸로 충분하다. 부끄러워할 것도, 주저할 이유도 없다.

　"＿＿＿제발 모두, 여러모로 하고 싶은 말은 있겠지만, 지금은 이해해 줬으면 해. 그리고 한 가지 더, 그 기회를 만들기 위한 시간을, 우리가 지킬 수 있게 해 줘."

　"＿＿＿＿＿＿＿."

　"부탁합니다. ＿＿난 그것 때문에 돌아온 거야."

　말문이 막히고, 마을 사람들이 침묵한다.

　그럴 수밖에＿＿ 그들에게 은인이기도 한 스바루가, 자신의 이마를 땅바닥에 대고 애원하고 있다. 『지킬 수 있게 해 달라』고, 간청하고 있는 것이다.

　이래서는 상하관계가 뒤죽박죽이다. 하지만 그것은 그들이 아는 스바루의 모습으로＿＿.

　"＿＿＿아아, 참, 별수 없는 사람일세, 스바루 님은."

　그렇게 말하며 난폭하게 머리를 쥐어뜯은 것은 누구일까. 처음에 불안을 분출한 청년단의 젊은이다. 겸연쩍은 얼굴로 스바루 앞으로 걸어나와 손을 뻗었다.

　그 손을 멍하니 보고 있자, 답답한 듯 스바루의 어깨를 잡고 일으켜 세웠다.

그리고 아직 아무 말도 하지 않는 스바루에게 말했다.

"그렇게 열심히, 지키겠다고 하는데…… 어쩔 수 있겠어요?"

난감하다는 젊은이의 발언은, 그야말로 맨 처음의 불안과 비슷하게 전염된다.

그 젊은이의 말을 기점으로, 마을 사람들은 목소리를 떨면서 저마다 말했다.

"나이를 먹으면 못 쓰겠으이. 왠지 눈물이 헤퍼져서……."

"정말로 난감한 사람이야. 거참, 어쩜 이런 식으로 협박할 수 있습니까?"

푸념 같은 목소리에 안도와 온기가 있어서, 스바루는 눈이 휘둥그레졌다. 이마에 흙을 묻힌 스바루에게 페트라가 손가락을 들이댔다.

"스바루, 얼굴이 새까매."

페트라의 그 말에 참다못한 웃음의 충동이 마을에 퍼졌다.

무리수가 있었다. 분위기에 휩쓸린 것도 있을 것이다. 그런데도 부탁을 받아들여 주었다.

마을 사람들의 웃는 얼굴을 보고, 스바루는 탄식했다.

그것은 여태까지 지낸 나날 속에서, 확실하게 존재했었던 광경과 같은 것이다.

"……다들, 고마워."

"──그건 우리가 할 말이지요, 스바루 님."

마을 사람들의 뜻을 대변하는 이장의 말에, 이번에야말로 스바루는 울음이 나올 것만 같았다.

# 4

——그렇게 끝나면 미담으로 칠 수 있겠지만.

"중요한 이야기를 하나도 하지 않은 것처럼 느껴지는 건 람의 착각일까?"

"아, 아앗——!"

울먹이는 걸 숨기고 돌아온 스바루에게, 상황을 방관하고 있던 람이 말했다. 그 말에 일련의 대화를 되짚어 보고 나서야 중요한 설명이 쏙 빠졌음을 깨달았다.

시종일관 에밀리아 이야기만 하다가, 마을 사람들의 피난 계획을 언급하는 것을 완전히 까먹고 잊었다.

"아뿔사, 난 무슨 짓을……."

"조금은 유능해진 줄 알았는데, 결국 바루스는 바루스구나."

실망한 듯한 람의 눈초리 앞에서 변명할 수 없는 스바루는 곧장 마을 사람들이 있는 곳으로 돌아가 설명하려고 했다. 하지만 스바루를 본 람이 "어쩔 수 없지." 하고 고개를 가로저으며 입을 열었다.

"피난과 보상 설명은 람이 대신 할게. 바루스는 나쁜 수작이나 부리러 돌아가 봐."

"어, 그래도 돼? 아니 그보다, 괜찮냐?"

"바루스만 빼고 다 괜찮아. 아까 그러고, 곧장 마음을 바꿔서 마을 사람들과 현실적인 이야기를 할 수 있어? 그렇게 재주도 좋은 성격은 아니잖아."

"그러게요! 창피하니까 언니분께 부탁합니다!"

"──?"

경례하고 호의를 받아들이자, 람은 영 미심쩍은 눈치로 고개를 갸우뚱하다가 그대로 마을 사람들 있는 곳으로 갔다. 저래 봬도 람은 이해력과 통찰력이 뛰어나다. 이후의 설명을 떠넘겨도 상관없을 것이다.

그렇다면, 다음 문제가 남는데──.

"──스바루. 슬슬 다음 상황으로 넘어가기 위한 이야기를 하고 싶군."

의식을 교체한 순간, 율리우스가 스바루에게 말했다. 그 말에 고개를 끄덕이고, 스바루는 토벌대 대열로 돌아왔다. 상황을, 다음 페이즈로 진행시켜야 한다.

돌아온 스바루를 보고 페리스가 손을 살짝 들어 웃음을 날렸다.

"스바루쿵, 아까 이야기 감동적이더라~. 페리도 찡했어."

"자꾸 끄집어내지 마! 그리고 거짓부렁 마! 그리고 역시 끄집어내지 마! 창피해!"

"창피하긴. 너다운 말투였는데. 그래서 마을 사람들도 감동하고……."

"끄집어내지 마! 파묻어서 봉인해! 다음 계획 이야기하자고!"

악의로 뭉친 페리스와 악의가 없는 율리우스에게 소리를 지르고 이야기를 원점으로 되돌린다.

앞으로의 전개는 행군 중에 협의한 바와 같다. 마을 사람들 설득이 끝나면 행상인을 맞이하러 간 별동대와 합류해서 피난. 그

동안 대처해야 하는 사항은 마녀교의 정보 교란과——.

"에밀리아 님을 교묘한 말로 속여서 마을 사람들과 함께 멀리 쫓아낸다……였지."

"표현 보게! 내용은 같아도 어감이 너무 안 좋잖아!"

"그치만 수긍이 안 간단 말이냥. 어째서 에밀리아 님을 보낼 필요가 있어? 에밀리아 님에겐 싸울 이유도, 힘도 있어. ……페리 말이 틀려?"

작전 방침에 항의하는 사람은 이것 하나만 의견이 맞지 않는 페리스다. 스바루와 페리스가 벌이는 논쟁의 초점은 작전에서 에밀리아가 차지하는 위치다.

스바루는 에밀리아를 싸움에 끌어들이고 싶지 않다. 그러나 페리스는 그 의견에 반대한다.

돌이켜보면 지난 루프 때, 마을에서 있었던 마지막 싸움에서 에밀리아를 참전시킨 건 페리스였다. 람도 설득한 듯하지만, 페리스는 에밀리아의 실력을 바르게 평가하고 있다.

에밀리아에게는 페텔기우스와 겨룰 수 있는 힘이 있다고——.

"——그래도 나는 에밀리아를 마녀교와 싸우게 하기 싫어."

"하아, 평행선……."

어이없다는 듯이 어깨를 축 늘어뜨린 페리스에게는 미안하지만, 스바루도 의견을 거둘 수 없다.

이것만큼은 양보할 수 없다. 궁극적으로 말하자면 에밀리아를 마녀교와 접촉하게 하기 싫은 건 스바루의 욕심—— 가슴에 응어리진 꺼림칙한 예감에서 기인한 고집이다.

그 예감은 분명 지난 루프 막판에 페텔기우스를 쓰러뜨린 에밀리아의 얼굴을 본 것이 원인이다. 그 광인이 죽은 것을 보고, 스스로 이해할 수 없는 눈물을 흘리는 에밀리아를 봤기에──.

　"──페리스. 스바루 님에게는 스바루 님의 방식이 있다. 네가 크루쉬 님께 기대하는 본연의 자세가 있듯이, 스바루 님에게도 에밀리아 님께 바라는 본연의 자세가."

　"빌 영감……."

　"네게도 기대받는 본연의 자세가 있겠지. 그것에 충실하다는 것은 이해할 수 있을 터."

　그쯤에서 지금까지 논의를 지켜보던 빌헬름이 끼어들었다. 노검사의 말에 페리스는 뺨을 굳히고 허리에 찬 단검을 무의식중에 만졌다.

　"네가 크루쉬 님을 흠모하듯이, 스바루 님도 에밀리아 님이 건전하시길 바란다. ──좋아하는 여자의 안녕을 바라는 건 남아로서 자연스러운 일이야."

　"그렇게 딱 부러지게 말하면, 멋쩍기도 하고 한심하기도 하는데요……."

　뺨을 손가락으로 긁적이며 스바루는 빌헬름의 지원 사격에 청승맞은 표정을 지었다. 하지만 부정할 수 없는 건 그것이 옳은 지적이기 때문이다. 그리고 페리스도 토라진 표정이지만 그 이상 반론하려고 들지 않았다. 주위에 있는 기사들도 뜨뜻미지근한 눈으로 스바루를 보고 있다.

　"좌우간! 앞으로의 흐름은 회의 때 이야기한 것과 같아! 에밀리아를 설득할 시나리오는 완성됐어. 설득력을 보강하기 위해 페리스와 빌헬름 씨는 협력 잘 부탁해!"

"알겠습니다." "알겠음~."

설명 담당들의 승낙을 재차 얻고, 스바루는 지금 대화에 일단락을 지었다. 마을 사람들 설득을 람이 달성해 주면, 남은 문제는 많지 않다. 스바루는 고개를 돌리며 말했다.

"그래서, 율리우스. 아까 부탁한 것 말인데, 어떻게 됐……."

"——그건 내 얘기야? 그거라면 똑바로 들었어."

"—————."

대화 마지막, 그 자리에 끼어든 제3자의 목소리에 전원이 숨을 집어삼켰다. 딱 한 사람, 스바루만이 목소리 주인의 정체를 깨달아 자연히 머리 위를 올려다보았다. 그리고——.

"여어, 오랜만인데, 팩. 잘 지냈냐?"

둥실둥실 공중에 떠서 긴 꼬리를 살랑이는 새끼고양이——팩에게 웃음을 던졌다.

갑자기 나타난 대정령의 존재에 토벌대에서는 극도의 놀라움과 긴장이 넘실댄다. 그 반응을 거들떠보지 않고, 스바루의 인사를 받은 팩은 자신의 수염을 만지고 말했다.

"응. 내 상태는 좋아. 지금이라면 사랑스러운 딸에 들러붙은 못된 벌레도 쉽게 날려버릴 수 있을 것 같아."

"외람된 질문입니다만, 그 못된 벌레라 함은……."

"말로 해야 알아듣겠어?"

동그란 눈동자 그대로, 팩의 온몸에서 압도적인 살기가 흘러넘친다.

그 서슬 퍼런 기운에 스바루만이 아니라 토벌대 전체에 긴장이 퍼졌다. 그들이 창졸간에 칼자루에 손을 얹은 것은 살기에 민감한 기사로서 당연한 반응이다.

그렇게 경계 어린 시선을 받으면서 팩은 여전히 살기를 줄이지 않고 말을 이었다.

"스바루, 네게는 하고 싶은 말이 여럿 있어. 알겠어?"

"……나는 에밀리아와의 약속을 어겼지. 게다가 당부도 거슬러서 돌아왔어. 그건 변명할 여지가 없는 내 죄야."

"————."

스바루의 그 대답에 팩의 뺨이 움찔 떨렸다. 그것은 정령이 던지려던 물음에 대한 회답—— 스바루가 한 번 팩의 분노를 산 경험의 추가 시험이다.

그때, 스바루는 화내는 팩에게 아무 말도 못했다. 자신의 이기적인 행위로 에밀리아에게 상처를 주고, 급기야 죽게 해 놓고서, 아무 말도. 그렇기에——.

"그것 때문에 네가 화내는 건 당연. 벌을 주어야 직성이 풀리겠다면, 얌전히 그 벌을 받을 각오는 있어. ……하지만 그건 지금이 아니야."

약속을 어기고, 소원을 짓밟고, 스바루는 그때와 같은 죄를 거듭해 되돌아왔다. 하지만 가장 마지막 잘못—— 에밀리아를 죽게 하는 것만은, 절대로 하지 않는다.

그래서 스바루는 지금까지의 잘못도 전부 안고 돌아온 것이다.

"에밀리아에게 위험이 닥치고 있어. 난 그걸 어떻게 하고 싶어. 그 애에게 지독한 경험을 주려는 운명에 초를 치고, 없었던 걸로 할 거야. 그러니 협력해 줘."

"……꽤나, 약삭빠른 얘기인걸."

"그래. 난 약삭빠른 남자라고. 몰랐었냐?"

낮아지는 팩의 목소리에 스바루는 한쪽 눈을 감고서 그렇게 응수했다. 그 말을 듣고 팩은 짧은 팔로 팔짱을 끼었다. 그러고 나서 새끼고양이는 작게 신음하다가 말했다.

"뭐라고 할까……. 변한 것 같으면서도, 변하질 않았네."

"인간의 성질이란 그리 쉽게 바뀌는 법이 아니니까."

"그러게. 방식이야 어쨌든, 네가 리아를 소중히 여기는 것도 변하지 않은 것 같아."

그렇게 말한 직후, 그때까지 주변을 지배하던 강렬한 압박감이 풀린다.

몸이 얼어붙을 듯한 위압감에서 해방되어 스바루는 숨을 길게 내뱉었다. 그것은 토벌대, 율리우스와 빌헬름도 마찬가지다. 특히 페리스는 야단스럽게 가슴을 쓸어내리고 말했다.

"이, 이제 괜찮아? 대뜸 살해당하진 않구?"

"안심해. 같은 고양이 귀 동지잖아. 내가 그렇게 무서운 정령으로 보여?"

페리스의 우려에 너스레로 응수하고, 팩이 볼을 툴툴 부풀렸다. 조금 전까지 보였던 태도를 감안하면 웃기지도 않는 농담이지만, 어쨌든 정령은 분노를 부드럽게 죽인 모양이다.

"하긴 처음부터 그렇게 화나지 않았지마는. 아까 마을 사람들에게 했던 얘기도 몰래 들었거든."

"그때부터 있었던 거냐?! 그럼 내 목적도 알고 있었던 거잖아!"

"응. 좋은 이야기더라. 나도 무심코 찔끔 나왔을 정도지."

"기억 떠올리지 마! 진지한 얘기나 하자! 에밀리아를 위한 대화 말이다!"

평소와 같은 대화가 기쁘면서도 한편으론 멋쩍어서, 스바루는 이내 얼버무리려 들었다. 그리고 곁에 있는 율리우스에게 고개를 돌리고 얼굴을 찌푸렸다.

"너도 팩의 호출에 성공했었으면 말 좀 해라. 쫄았잖냐."

"의도해서 놀래킨 건 아니야. 봉오리들이 돌아오자마자 대정령님이 와 계셨어. ……평화롭게 대화가 끝나서 안심했지 뭐야."

"그건…… 나도 동감이다만."

율리우스와 안심을 공유하고, 스바루도 정말 못 말리겠다고 어깨를 으쓱였다.

──마을에 팩을 호출하는 것은 스바루가 율리우스에게 부탁한 일 중 하나다. 준정령을 심부름꾼으로 저택에 보내 에밀리아에게 들키지 않고 팩만 데리고 나온다.

그 목적은 에밀리아를 피난시키기 위한 사전 준비의 협력을 요청하는 것이다.

"람과 마을 사람들, 그리고 팩까지 구워삶으면……."

"리아도 이상하다고 반대할 수 없겠지. 그렇다 쳐도 무척 공을 들인 준비지만."

스바루의 주도면밀함에 팩이 쓴웃음을 지었다. 하지만 그런 새끼고양이에게 스바루는 고개를 가로저었다.

　"상대는 마녀교야. 그놈들 상대라면 뭘 해도 과할 건 없어."

　"마녀교……."

　그 단어에, 팩이 희미하게 아련한 눈빛을 띠었다. 뭔가 의미심장한 반응이다. 실제로 지난 루프 때 팩은 마녀교를 끔찍하게 싫어했다. 그것은 놈들이 에밀리아에게 위해를 가했기에, 그 이상의 인연이 있기 때문이라고 여겼었지만.

　"——그래서, 리아를 속여서 끌고 나올 방법 말인데, 자세한 방법은?"

　"표현 좀 보게! 너까지 그런 투로 말하면 기가 죽잖냐!"

　그러나 그 인연을 언급하기도 전에, 평소 분위기로 돌아온 팩이 화제를 바꾸었다.

　계획의 자세한 내용을 알려고 하는 팩의 자세는 옳다. 의문은 뒤로 미루고 지금은 에밀리아 일행의 피난 계획을 우선시하는 게 정답이다.

　"너도 엿들었다면 계획은 알고 있을 거 아냐. 나머지는…… 비밀 병기의 등장이지."

　"비밀 병기?"

　고개를 갸우뚱하는 팩의 호기심을 자극하고, 스바루는 히든 카드를 공개했다.

　그것은 화물 속에 보관 중이던 하얀 로브다. 스바루가 날렵하게 몸에 두른 그 로브는 본래 주인에 비해 큼직하게 만든 것이라서 스바루가 입어도 문제없다.

"그리고 은은하게 풍기는 달콤한 향기가 내 의욕을 끌어올린다……!"

"사실은 그게 비밀 효과일 리는 없겠지만, 묘한 술식으로 짠 로브 같은걸."

"내 에밀리아제 결핍증에 공헌하기만 하는 로브가 아닌 건 확실하지."

이 하얀 로브의 본래 소유자는 다름 아닌 에밀리아다. 참고로 『에밀리아제』란 스바루가 고안한 에밀리아만이 가진 산소다. 에밀리아와 대화하거나, 접촉하거나, 잔향을 맡으면 섭취할 수 있다. 결핍되면 정서가 불안해진다.

어쨌든 에밀리아제는 농담이지만, 로브 자체의 힘은 여흥이나 농담이 아니다.

"이 로브는 로즈월이 직접 만든 편의성 아이템으로, 듣자니 『인식 저해』의 술식인지 뭔지를 새겼다나 보더군. 원래는 에밀리아의 개인 용품으로…… 훔친 건 아니다?"

입수한 경위는 다시 떠올리는 것도 저주스러운 순간까지 거슬러 올라간다. 왕성에서 사이가 틀어져 언쟁을 벌이고, 그때 에밀리아가 내던진 것이 바로 이 로브다.

그 이후로 버리지 않고 화물에 처박아 두었는데, 그것이 지금 도움이 된다.

"출처는 머잖아 추궁하기로 하고, 그걸로 뭘…… 아아, 그런 뜻인가."

"설명하기 편해서 좋은데, 다 이해했다는 표정을 보니 열이 받는군."

"타고난 성질이란 성가신 법이지. 네 성질도 참으로 복잡한 것 같지만."

다 간파한 듯한 율리우스의 말에 스바루는 과장스럽게 콧방귀를 뀌어 불만을 표현했다. 그리고 마지막으로 팩에게 시선을 옮겼다.

"그런 이유로, 에밀리아 상대로 연극을 한번 한다. 너도 연극하고 일을 정리한 다음의 설명이나 지원 같은 데에 협력해 줘야겠어."

"연극이야 어쨌든, 화해는 스스로 노력해 봐. 그건 스바루의 책임."

"으그그……."

마지막에 가서 버림받은 스바루는 분한 듯 끙끙댔다. 에밀리아와 화해하는 데 팩의 도움은 기대할 수 없다. 그 부분은 알아서 성취하라는 통달이시다.

그렇다면 기타 사항에서 팩에게 협력을 청하자. 그건——.

"그래서, 팩에게는 한 가지만 더 부탁할 게 있어."

"웅——, 뭔데?"

"뻔하지. ——저택에 남아 있는, 방구석 폐인의 설득이야."

그렇게 말하고 스바루는 마지막 문제에 착수하기 위해서, 팩에게 윙크했다.

# 5

"──그 얼빠진 얼굴, 또 볼 기회가 있을 줄은 몰랐던 것이야."

방에 들어가자마자 서고의 주인인 소녀가 가시 돋친 목소리로 맞이했다. 귀에 익은 신랄한 인사를 듣고, 스바루는 무심코 웃을 뻔했다.

그곳은 신비한 공간. 무수한 서가와 그것을 가득 채우는 책이 지배하는, 이 세상 어디에도 없는 서고── 사서 베아트리스가 지키는 로즈월 저택의 금서고다.

『징검문』이라고 하는 전이 마법으로 저택에 있는 문과 무작위로 연결되는 금서고. 스바루는 그렇게 인식했었는데, 이번에는 놀랍게도──.

"설마 마을에 있는 문과도 연결할 수 있었을 줄이야. 너, 사실은 꽤 엄청난 마법사?"

"……그런 얘기나 하고 싶은 것이었다면, 빠냐의 부탁을 들은 게 실수였어."

"방금 그건 본론에 들어가기 전에 사소하게 운 떼는 거잖아. 참을성 없는 녀석 보게……."

평소 이상으로 신랄한 대답을 듣고 스바루는 살짝 난처한 얼굴로 갸우뚱했다. 그런 스바루를 상대하며 외견에 안 맞게 피곤한 탄식을 내쉬는 건 화사한 드레스를 입은 소녀. 은은한 금발 머리를 롤 형태로 꾸미고, 목제 접사다리에 앉아 언짢은 표정을 짓고 있다.

베아트리스―― 그것이 소녀의 이름으로, 소녀는 이 금서고를 지키는 사서다. 하기야 스바루는 저택 생활의 떠들썩한 동거인이란 인상이 강하다.

그렇기에 그녀 또한 스바루가 이 저택에 남기고 갈 수는 없다고 생각하는 관계자 중 한 명이다.

――이것은 금서고와 마을의 문을 팩이 연결해 주어 실현된 상황이다. 정확히는 팩의 부름으로 베아트리스가 『징검문』을 행사해 준 결과라고 해야 할까.

적어도 대화에는 응해 주고 있다. 그 사실에 안도하면서 말을 꺼낸다.

"바깥 상황은 얼마나 알고 있어? 아니 그보다, 들었어?"

"딱히 아무것도, 아무에게도 듣지 않은 것이야. 원래 저택의 인간들과 친하게 얘기하는 관계도 아니라고. ……다만 대략적인 사정은 알고 있는 것이야."

"대략적이라면……."

"――마녀교."

말을 가리는 스바루를 대신해 베아트리스는 진정으로 가증스러운 듯이 그 단어를 입에 올렸다.

"그 발칙한 것들이 저택 주위를 어슬렁대고 있는 건 알고 있어. 너와 빠냐가 그 반편이 계집애에게 숨기고 몰래 뭔가 꾸미고 있는 것도 아는 것이야."

"그런가. ……아니, 거기까지 안다면 편하지. 오히려 무척 다행이야."

예상보다 사정에 밝았던 것에 놀라지만, 설명을 덜 수 있는 사실은 대환영이다. 특히 마녀교의 위협, 그 설명이 없어도 되는 것만으로도 이야기는 꽤 달라진다.

마녀교는 세계 공통으로 악의의 상징, 천재지변과 같은 것이므로——.

"좌우간 네가 말한 바와 같은 상황이야. 에밀리아 몰래 움직이는 것도 부정하지 않을게. 람과 팩에게는 애기했으니까 이제는 너도 같이……."

"베티는 가지 않아."

"아?"

곧바로 짐을 꾸리게 하려는 스바루의 말을 베아트리스는 한마디로 딱 끊었다. 그 발언을 들은 스바루가 눈을 크게 뜨자, 베아트리스는 두 눈을 가늘게 떴다.

그리고 감정을 살필 수 없는 눈으로 말을 이었다.

"베티는 안 간다고 말한 것이야. 이 금서고에서 멀어질 생각도, 하물며 저택을 나갈 생각도 없어. 그것만 기억하고, 얼른 나가는 것이야."

"잠깐 기다려 봐! 무슨 말을…… 넌 상황을 잘못 짚고 있어! 처음부터 설명할게!"

"설명 따위 필요 없어. 베티는 이곳에 남는다. 논의할 생각도 없는 것이야."

딱 잘라 말하고 베아트리스는 고개를 숙여 무릎 위에 얹은 책을 보았다. 너무나 큰 책에 집중하는 모습은 평소와 같아, 진심으로 피난할 생각이 없는 것 같았다.

"그렇다고 물러설 수 있겠냐고. 너도 맘대로 이야기 다 끝난 것처럼 굴지 마."

"베티가 할 말은 끝났어. 네가 맘대로 계속하고 싶을 뿐이지, 계속해도 베티의 결론은 바뀌지 않아. 시간을 낭비할 수 없는 건 너도 마찬가지일 터인 것이야."

"윽……. 그것도 알면 협력하시지. 얌전히 나를 따라 나와."

"사절이야. 누가 와도── 그래, 누가 와도, 이 금서고에는 발을 들일 수 없어."

스바루에게 눈길도 주지 않고 그렇게 이른 베아트리스 쪽에서 차가운 귀기가 스바루에게 흘러들었다. 등골을 훑는 그 감각이 소녀에게서 넘쳐 나온 마법력의 여파라고 이해했다.

"──────."

베아트리스는 힘 있는 마법사다. 『징검문』만이 아니다. 실제로 마녀교에게 밀리지 않는 실력이 있을지 모른다. 그것은 지금의 여파로도 짐작할 수 있었다.

"──윽. 그래도 난 널 데리고 갈 거다."

"아직 그런 소리를……."

"네가 강하다거나 약하다거나, 그런 얘기가 아니라고! 넌 여자애고, 조그맣고, 그것만으로도 충분해! 내가 널 위험한 곳에 남기기 싫은 이유가, 그것 말고 더 필요하겠냐!"

서고의 바닥을 단단히 밟고, 압박감에 밀리면서도 스바루는 소리를 쳤다.

앞으로 나서며 열을 올리는 그 모습을 보고, 베아트리스가 눈을 크게 떴다. 그리고 소녀는 아픔을 참는 듯한 얼굴로 눈을 감고 말했다.

"……베티는, 너하곤 가지 않아. 더는 현혹하지 말길 바라는 것이야."

"나는 잘못하지 않았어. 너는 잘못됐어. ──내 대답은, 그걸로 끝이다."

"고집불통. ──그런 구석이, 싫은 거야."

허약하게, 그렇게 중얼거린 베아트리스에게 걸어간 스바루는 그 가는 팔을 잡았다. 아무리 힘이 있는 마법사더라도 이렇게나 팔이 가는 여자애다.

이곳에 혼자 남겨두다니, 하고 싶지 않고 해서도 안 된다.

"──────."

말없는 베아트리스의 팔을 끌고 소녀를 접사다리에서 바닥에 내린다. 그대로 금서고의 문을 넘어 마을로 돌아가면 베아트리스도 자꾸 불평할 리 없다.

"이곳이 아무리 소중해도, 목숨과 바꿀 순 없으니까."

"──윽."

"베아트리스?"

문을 목전에 둔 곳에서, 갑자기 베아트리스가 발길을 멈추었다. 그 반응에 스바루는 의아한 표정을 짓고 돌아봤다가──겁내는 듯한 소녀의 표정을 보고 숨이 턱 막혔다.

베아트리스는 금서고 문과 스바루, 둘을 번갈아 쳐다보더니.

"……역시, 안 되는 것이야."

"안 된다니 뭐가……."

"계약이, 있어. 베티는 금서고의, 이 방의 지킴이. 그건 양보할 수 없어……."

"또 계약 얘기인가……."

스바루 앞에 수도 없이 막아서는 『계약』이란 한마디. 그것은 에밀리아만이 아니라 베아트리스마저 얽매어 스바루의 행동을 막으려 든다.

"이제 슬슬 지긋지긋해. 임기응변으로 생각하라고. 그런 계약에 너무 구애되지 마!"

"──윽! 너는, 이 계약의 무게를 모르는 것이야! 베티나, 빠냐에게 계약이 얼마나 중요한지……! 너 같은 인간은!"

"툭하면 인간, 인간, 무슨…… 어이, 잠깐, 베아트리스!"

울상을 짓고 스바루의 팔을 뿌리친 베아트리스가 왼손을 겨눈다. 시끄러운 스바루를 방 밖으로 쫓아낼 때의 동작이다.

평소 같으면 다음 순간에 마법력이 발사된다. 하지만 이번에는──.

"──윽."

한순간, 망설임이 있었다.

그렇기에 그 틈을 이용해 스바루는 다시 베아트리스의 팔을 잡았다.

"잡았……."

"아──."

순간, 두 사람의 눈이 마주쳤다. 그리고 스바루는 베아트리스의 두 눈에 공포와 거절의 감정이 강하게 드러나는 것을 목격하고, 붙잡은 줄 알았던 손가락이 소녀의 옷자락에서 벗어난다.

충격을 먹는 바람에, 1초 뒤에야 발이 금서고의 바닥에서 떨어졌다.

"베아——."

"——안녕."

이름을 부르는 것조차 제때 못 맞추고 시야가 일그러진다. 공간의 왜곡에 육체가 삼켜지고, 있을 리 없는 문을 존재가 지나쳐 금서고와의 연결이 강제적으로 단절된다.

"————."

소리를 질렀다. 하지만 그것은 닿지 못한다. 빛만이 시야를 가리고 모든 게 보이지 않는다.

금서고의 문도, 베아트리스의 우는 얼굴도, 모든 게——.


"——머니."

눈앞의 문이 닫히고 소년의 모습이 시야에서 사라지는 것을 지켜보았다. 그리고 소녀는 떨리는 자신의 팔을 붙잡고 나지막이 중얼거렸다.

"——어머니."

작게, 울 것만 같은 목소리로, 베아트리스는 그저 그 말만 입에 담았다.

눈은 메말라 눈물은 이미 사라졌다. 그런데도 표정만은 변함없이 서러운 채.

"베티는 앞으로…… 대체, 얼마나 더……."

당장에라도 주저앉아 울 듯이, 베아트리스는 방 한복판에 있는 접사다리에 쓰러졌다. 그리고 팔을 뻗어 접사다리의 반대쪽 —— 뒤쪽 발디딤대에 실려 있던 책을 잡고 가슴에 안았다.

"어머니. ……어머니, 어머니……!"

매달리듯이, 부모와 떨어진 어린아이처럼, 베아트리스는 두꺼운 책을 가슴에 껴안고 흐느끼는 목소리로 그저 그렇게만 불러댔다.

그 팔에 껴안긴 검은 표지의 책은, 아무런 대답도 해 주지 않다——.

6

——시야가 일그러지고 충격이 찾아온다. 등부터 딱딱한 무언가에 부딪혀 숨이 턱 막혔다.

"——하."

짧게 숨을 내뱉어 찾아든 충격을 받아 흘렸다. 대(大) 자로 뻗은 스바루의 시야에는 푸른 하늘이, 등에는·대지의 감촉이 있다. ——별안간 그 푸른 하늘의 시야가 가로막혔다.

"네게는 이따금 놀라지만, 지금 건 그중에서도 유달리 크군."

"그러셔. 나도 네 새끈한 말에 이따금 열 받으니까 쌤쌤이군."

거꾸로 뒤집힌 시야에 비쳐든 율리우스에게, 스바루는 드러누운 채로 악담을 퍼부었다.

장소는 아람 마을의 한구석, 금서고에서 튕겨 나온 직후——베아트리스에게 거절당하는 바람에 『징검문』으로 전이해서 다시 마을로 돌아온 모양이다.

그 사실을 이해하고 스바루는 다리를 크게 흔들어 몸을 일으켰다. 그리고 머리를 저으며 말했다.

"누가 고집불통이냐고, 그 꽉 막힌 로리. ……그런 낯짝 하고서, 뭐가 같이 갈 수 없단 거야, 젠장. 이리 되면 억지로라도 데리고 나와서……."

"그건 그만두는 편이 좋지 않을까."

떨어질 적에 본, 베아트리스의 비통한 표정이 머릿속에서 떨어지지 않는다. 그런 스바루의 기개에 찬물을 끼얹은 것은 불쑥 율리우스 뒤에서 나타난 팩이다.

새끼고양이 정령은 자신의 수염을 만지면서 흙과 낙엽으로 범벅된 스바루를 쳐다보며 말했다.

"진흙투성이인걸. 베티에겐 호되게 내쫓겼나 봐."

"설득 직전이었어, 라고 분한 김에 말해 두마. 근데 예상에서 벗어나지 않은 결과였다고 할까. 역시 네가 가는 편이……."

"그건 안 돼. 난 베티를 설득할 수 없어. 계약이라고, 말하지 않았어?"

"요즘에, 내가 가장 듣기 싫은 단어 랭킹 1위가 그거다."

악의 없는 표정을 짓는 팩에게, 스바루는 요란하게 얼굴을 찌푸리며 그렇게 대답했다.

베아트리스가 남으려 하는 이유는 계약, 팩이 설득하지 않는 것도 계약, 스바루가 에밀리아와 틀어진 계기도 계약. 계약, 계약, 계약——.

"네가 말하면, 베아트리스도 들을 텐데. 그런데도 안 돼?"

"응, 안 되겠어. 그리고 내가 말하더라도 베티는 안 들을 거야. 처음에, 스바루를 금서고로 보낼 때도 말했었지? ——나는, 베티를 구하지 못해."

"————."

살짝 눈을 내리깐 팩의 대답에 스바루는 아무 말도 못하고 말을 흐렸다.

금서고에 남은 베아트리스의 설득. 스바루는 맨 처음 그것을 팩에게 맡길 작정이었다. 평소 새끼고양이와 소녀의 접촉을 감안하면 그게 적임이라고 확신할 수 있기 때문이다.

하지만 뚜껑을 열어 보니 팩은 그 제안을 승낙하지 않았고, 대신에 스바루를 보냈다. 그리고 아니나 다를까, 설득은 실패했다. 그런데도 팩은 스바루를 보고 말을 거듭하는 것이다.

"——스바루가 안 된다면 아마 다른 누구여도 안 돼. 그게 베티의 대답이야."

"네가 무슨 말을 하고 싶은지, 나는 모르겠다……."

동그란 눈에 떠오르는 감정, 그것은 스바루에게는 전혀 읽히지 않는다. 새끼고양이 정령은 그렇게 감정을 내비치지 않은 채로 그 작은 어깨를 으쓱였다.

"뭐, 베티가 금서고에 남으려는 건 나쁜 생각이 아니야. 자기도 모르게 베티의 『징검문』을 깨트릴 수 있을 것 같지도 않고, 저택 안이라면 자기방어 수단도 있어. 믿어도 괜찮아."

"그래도 데려오고 싶다고 생각하는 건 내 욕심인 거냐고."

"욕심은, 그걸 실현할 수 있을 만큼 제 몫을 다하는 어른만이 말해도 되는 희망이야. 스바루는 어떨까? 자신이 제 몫을 하고 있다고, 그렇게 생각해?"

"——대정령님."

자비가 없는 팩의 발언에 뺨이 굳은 스바루를 보다 못해 율리우스가 끼어들었다. 기사의 부름에 팩은 자신의 긴 꼬리를 껴안고 말했다.

"미안해. 심술부리려는 건 아니야. 네가 리아와 베티를 구하고 싶다고, 그렇게 생각하는 것은 고마워. 그건 사실이야."

"대정령님의 말씀은 신랄하긴 해. 하나, 진리다. ——그래서? 어떡하지?"

사과하는 팩에게서 눈을 떼고 스바루는 율리우스의 말에 눈썹을 모았다.

"어떡하긴."

"슬슬 라지안 일행이 행상인을 이끌고 마을에 합류한다. 네 예측이 옳으면 마녀교의 간자가 잠복한 무리지. 가용할 수 있는 시간은 더 이상 없어."

마녀교에 거짓 정보를 흘리고 에밀리아 일행을 안전하게 피난시키는 계획—— 그것은 마녀교의 스파이가 이쪽에 합류한 시점에서 실수 하나 용납되지 않는 상황이 된다.

베아트리스는 미련이 남는다. 그러나 그 소녀를 데리고 나올 시간은 상실했고——.

"원망할 거다, 베아코. 네가 순순히 나왔으면……."

"후회는 나중으로 미뤄야 마땅해. 결과가 따르지 않았더라도 너는 시간이 허락하는 만큼 저항했어. ——하나, 나는 여기가 분수령이라고 판단한다."

율리우스의 지적에 입술을 깨물고, 스바루는 머리를 부둥켜안으며 발을 굴렀다. 다음에는 "아——!" 하고 목소리를 짜내고, 눈이 동그래진 율리우스와 팩을 돌아보았다.

"……계획을, 실행으로 옮기자. 행상인들과 합류해 마을 사람들을 피난시킨다. 에밀리아에게 말할 시나리오는 아까 얘기한 바와 같아. 팩도 부탁하자고."

"——상관없는 거군?"

"없긴 뭘. 엄청 상관있다. ……하지만 별수 없지."

분한 마음에 이를 갈며 스바루는 저택 쪽—— 지금도 저택에 남아 있는 베아트리스를 생각했다.

완고하고, 꽉 막혔고, 제멋대로고. 과거 스바루의 마음을 구원해 준 그 소녀를.

"에밀리아 일행은 밖으로 피난시킨다. 하지만 저택에도 손가락 하나 못 대게 하겠어. 마녀교를 완전히 봉쇄해 그 로리의 롤 머리를 요리조리 잡아당기며 불평해 줄 테다."

그것이 지금의 스바루가 할 수 있는, 모두를 구한 다음 베아트리스에게 할 앙갚음이다.

그렇게 자신의 마음에 맹세하고, 스바루는 망설임을 뿌리치듯이 팩을 올려다보았다.

"팩! 에밀리아는 얼추 한 시간 동안 바깥 사정을 감지하지 못했지?"

"괜찮아. 곤하게……는 아니지만 자고 있어. 마음고생이 걱정이어서 내가 좀 넉넉하게 마나를 빨아서 재웠거든. 왜, 돌아온 스바루를 내가 얼음덩이로 만들었을 경우, 리아가 발견하고 충격을 받으면 불쌍하잖아?"

"갑자기 심장에 안 좋은 말 꺼내지 말아 줄래?!"

농담인지 진심인지 모를 팩의 발언을 받아내면서 스바루는 율리우스를 돌아보았다. 미장부는 스바루의 각오 어린 표정을 보고 자신도 그 단정한 표정을 다잡았다.

"페리스와 빌헬름 님도, 마을 사람들도, 마음의 준비는 다 됐어. 이제는 건 네가 시작하자고 호령하는 것을 기다릴 뿐이지. 물론, 나도 마찬가지고."

힘찬 수긍을 받은 스바루는 마을 중앙으로 눈길을 돌렸다. 그곳에서는 이미 람의 설명을 들어 피난 계획에 따를 준비를 시작한 마을 사람들과 이를 돕고 있는 토벌대가 보였다.

그 광경 옆에서는 각자의 역할을 맡은 페리스와 빌헬름, 람이 스바루를 기다리고 있다. 그들을 데리고 저택으로 향해 에밀리아를 속인다──.

"이것도 전부 널 위해……라고는 말하지 않겠어. 완전히, 내가 멋대로 하는 짓이니까."

"말했잖아. 실현할 수 있으면 욕심이 아니라 희망이라고."

스바루의 중얼거림에 그 어깨에 사뿐히 앉은 팩이 그렇게 말했다. 새끼고양이는 그 말랑한 발바닥으로 스바루의 뺨을 찔렀다. 그리운 감촉에 스바루는 살짝 웃었다.

기다리는 고난, 사랑스러운 소녀를 속이는 작업, 그것을 앞두고 참 태평하다고 생각하면서.

"그럼, 시작하도록 할까. 그 뭐냐, 희망찬 수작이란 걸 실행하기 위해서."


──에밀리아를 내보내고 기분 좋게 마녀교를 맞이할 채비를 하자.

# 제3장 『자칭 기사와 가장 뛰어난 기사』

1

"──당신들에게, 정령의 축복이 있기를."

그것은 피난용 용차에 타고 아람 마을을 벗어난 에밀리아가 토벌대에게 남긴 기원의 말이며, 스바루에게는 가호와 동등한 힘을 내려주는 축복이기도 했다.

──시간은 에밀리아를 위한 채비를 갖추고, 요란한 연극으로 속여 마을 사람들과 함께 아람 마을에서 내보낸 직후의 장면으로 바뀐다.

그것은 행상인에 숨어 있던 마녀교도──『손가락 끝』이던 케티를 포박해 『사망귀환』의 효과를 족히 발휘한 다음이기도 했다.

떠나가는 용차 무리를 전송하면서 스바루는 대열에 있는 기사들에게 눈길을 돌렸다.

피난하는 용차에 호위로서 동행하는 건 토벌대에서 선발한 십

여 명의 기사다. 마녀교에 피난이 들킬 가능성은 적을 테지만,
만일에 대비한 포진이었다.

용차의 행선지는 왕도와 『성역』두 군데. 후자는 스바루도 이
름밖에 모르는 토지지만, 람이 안전하다고 보증한 이상 근거가
있을 터다. 저들의 안전은 마녀교와의 결전을 앞둔 스바루 일행
보다 더 완벽할 것이다.

누가 뭐래도 에밀리아 일행의 호위로는 토벌대 최고 전력이
따라가므로.

"──스바루 님, 무운을 빕니다."

"빌헬름 씨야말로 잘 부탁하겠습니다."

대열의 최후미에 붙은 빌헬름이 지룡 위에서 스바루에게 말을
건네고 출발한다.

앞으로 있을 싸움에서 빌헬름을 빼는 것은 일종의 도박이다.
그러나 다가올 페텔기우스와의 결전에 한정하면 검귀의 존재
는 광인을 쓰러뜨릴 요건을 채우지 못한다. 그 때문에 그에게는
억지를 감안하고 에밀리아 일행의 호위를 부탁해 쾌히 승낙받
았다.

"에밀리아도, 애들이 잘 받아들였고."

스바루가 원한 대로, 아이들은 에밀리아와의 동승을 기꺼이
받아들여 줬다.

아이들의 손에 이끌리고, 거절당하지 않은 것에 안도하는 에
밀리아. 그 광경을 떠올리는 스바루의 가슴에는 따스한 감동과
함께 죄책감이 치민다.

"기쁜 마음으로 얼버무려서, 상황에 편승해 에밀리아를 내보낸다. ……나도 퍽 사람의 마음을 가지고 노는 말종이 됐군. 사람의 마음도 분위기도 모른다는 소리를 듣던 시절이 거짓말 같구만."

자조로 뺨을 일그러뜨리며 스바루는 자신의 머리를 난폭하게 쥐어뜯었다.

에밀리아가 무사하기를 바라서 하는 일이라고 변명하기는 쉽다. 그래도 그 마음의 안녕에 편승한 것은 사실이다. 그리고 아이들에게 동승을 부탁한 데에는 타산도 있다.

"가령 거짓말이 들켜도, 누군가 에밀리아를 만류하면……."

진심으로 걱정하는 누군가의 손이라면, 다정한 에밀리아는 떨쳐낼 수 없다.

그렇기에 스바루는 의도적으로, 에밀리아와 아이들을 연결해서 상황을 연출했다.

"나중에 알면 경멸당할 것 같으니 평생 비밀로 하자……."

팩도 그러는 편이 낫다고 찬성했다. 연극에 협력해 준 공연자…… 아니, 공범자인 정령도 에밀리아의 곁에서 떨어질 수 없다.

에밀리아의 안전은 이전보다 훨씬 굳게 보장되고 있다──고 믿고 싶다.

"──마을 녀석들과 반마 아가씨는 벌써 나간 모양이여. 잘 해쌌구만."

술회하는 스바루의 등 뒤에서 걸걸한 카라라기 사투리가 날아왔다. 돌아보니 다가오는 건 큰 도끼를 멘 리카드다. 그 수인의 개 얼굴을 스바루는 노려보며 말했다.

"내 귀여운 에밀리아땅을 반마라고 부르는 거 집어쳐, 반개."

"오오! 그 반개라고 불리는 기 의외로 굴욕인디! 공부가 됐다 카이!"

비아냥을 요란하게 웃어넘기는 호방함에 스바루도 맥이 빠져서 쓴웃음 지었다. 그러나 스바루는 금세 얼굴을 굳히고 리카드와 나란히 숲 쪽으로 돌아섰다.

"그래서, 어땠지? 부탁한 일은 마쳤냐?"

"거처가 들키고, 공격받는단 생각도 못 하는 패거리에게 기습이라꼬? 그런디 실수하면 현역 은퇴허야지. 만사 즈알 풀렸데이. 지도 덕 톡톡히 봤다!"

도끼에 들러붙은 피를 과시하며 리카드는 복대에 끼운 지도를 손바닥으로 두드렸다.

"그렇단 말은, 지도에 나온 표식은 놈들의 거점이 틀림없었다 이거군."

"계획적이고 꼼꼼하던 게 역효과가 난 기제. 공 세웠다카이, 형씨."

어금니를 드러내는 리카드. 그 허리춤에 있는 지도의 본래 임자는 마녀교도 케티다. 스바루의 술수에 빠져서 포박된 케티는 연락용 대화경과 함께 지도를 가지고 있었다. 그것은 메이더스 령을 상세하게 그린 지도이며, 지도에는 표식이 열 군데 그려져 있었다.

아마도 표식은 마녀교도의 거점―― 그렇게 점찍고 확인을 위해서 가까운 한 곳에 리카드 일행을 보냈다. 결과는 기대한 바와 같다는 것이다.

그 보고를 뒷받침하듯이 숲에서는 잇달아 라이거에 탄 『철 어금니』의 구성원이 튀어나오고 있다. 마을 광장을 기운차게 뛰어다니는 그들 중에 부상자는 없는 눈치다.

"핫하――! 몰살이다――!"

"포로도 잡았습니다요! 누나는 누가 듣고 오해할 말 하지 말아예요!"

흐뭇하고도 피비린내 나는 남매의 대화. 스바루는 안도해서 가슴을 쓸어내렸다.

승리도 그렇지만 아무도 빠지지 않은 것이 바람직하다. 승산이 아무리 높아도 내보내는 쪽은 늘 불안한 법이다. 그 불안도 지도 덕분에 꽤 경감됐을 터다.

"그리고, 말이여. 형씨, 꽤애나 운이 돌아왔다 아이가."

"――? 그건 무슨."

"대충 고른 거점에, 요놈이 떨어져 있었단 말이제."

고개를 갸웃한 스바루에게 리카드가 복대에서 꺼낸 뭔가를 내던졌다. 순간적으로 그것을 받아들고 스바루는 손아귀의 가벼운 감촉에 눈을 부릅떴다.

그것은 손거울―― 완전히 똑같은 종류의 것을, 코앞에서 본 직후다.

"대화경…… 게다가 이거, 케티가 갖고 있던 거랑 한 쌍인가!"

"우덜 정보를, 잡아논 마녀교도가 거울로 전달한다. 그걸 방금 치우고 온 놈들이 받고, 다른 마녀교도에게 파악 전달한다. ……이 꼴로 봐선, 형편 좋게 놈들의 연락망을 짓뭉갰다는 거데이. 징조가 좋은 데에도 정도가 있제!"

바라지 못한 성과에 눈이 동그래진 스바루에게 리카드는 큰 입을 벌리고 대소한다.

그 추측이 사실이라면 확실히 마녀교 상대로 새로운 어드밴티지를 얻은 것과 마찬가지다. 다만 이 순조로운 감각은 지난번 루트 때도 질릴 만큼 맛본 것이라서──.

"───."

"뭐꼬, 형씨. 머얼 또 마뜩잖은 얼굴 하고 있노."

"……짓뭉갠 거점에서, 놓친 놈은? 한 명이라도 있다간 다 망친다."

"뭘 위해서 코가 밝은 우리가 간 줄 아는 기가, 당연하제. 다만 말여……."

힘차게 가슴을 두드린 리카드가 갑자기 거북한 듯이 성조를 낮추었다.

"흘린 기는 아닌디, 사실은 거울과는 별개의 문제가 있데이."

"역시 그러냐! 뭐야! 무슨 일이 있었어?! 뭔가 치명적인…… 이번 작전이 근간부터 뒤집힐 충격적인 문제인 거지?! 제길! 너무 잘 풀린다 싶더라고!!"

"대체 뭐꼬, 그 피해망상! 대장이 고래 불안해하믄 안 되지! 그리고 나쁜 일이 있었다고 단정하는 기도 관두그라!"

창백해져서 매달리는 스바루에게 리카드는 너무 겁을 줬다고 반성한 얼굴이다. 그리고 나서 개 인간은 스바루의 머리를 거머 쥐고 가시지 않는 의심덩어리를 풀고자 말을 가렸다.

"잘 듣그라? 딱히 나쁜 일이 아이다. 거어냥, 마녀교 때려잡 은 기까정 괜찮았는디…… 아, 말하기보다 보는 편이 빠르겠데 이. 여봐, 아까 가 데리고 온나!"

머리를 잡힌 채로 스바루가 얼굴을 찌푸리자 리카드는 동료에 게 지시해 뭔가를 들고 오게 했다. 운반된 것을 보고, 스바루의 표정은 불안·의혹으로 차례대로 변화했다.

——그것은, 라이거의 등에 실려서 온몸이 밧줄로 묶인 한 인 간이다.

"~~~읍!"

그 인물은 스바루와 리카드를 알아채자 말이 되지 못하는 신 음성을 질렀다. 그것은 부당한 취급에 대한 항의이자, 혹은 목 숨 구걸 같기도 하여——.

"마녀교 소굴 안쪽에 있대. 아마 재수없게 놈들에게 잡혔을 뿐이라꼬 생각하는디…… 뭐꼬, 와 그러노."

설명 도중에 리카드가 이상한 눈치를 보인 것은, 스바루의 눈 이 그 명석말이 상태의 인물에 못 박혀 있었기 때문이다. 그러 나 그것도 당연한 반응일 것이다.

왜냐하면 그곳에서 둘둘 말려 있던 인물은——.

"풉."

견디다 못하고 스바루는 뿜어냈다.

손발이 묶이고 몸통까지 밧줄로 둘둘 말린 청년을 손가락질하며 폭소하고,

"너, 나오질 않는다 싶었더니 잡혀 있었냐, 오토!"

너무 재수가 없어서 여태까지 나올 차례가 없었던, 마지막 등장인물의 이름을 외쳤다.

2

──실컷 웃어젖힌 다음에, 스바루는 오토를 풀어 주었다.

"구해 주셔서 감사합니다……라고 순순히 말하고 싶지 않은 심정인데요."

"어──이, 생명의 은인들에게 무슨 말버릇이 그래. 나쁜 소문 돌면 곤란한 거 아니고?"

"개말종이냐! 무슨 이런 사람이! 아아 진짜, 감사합니다! 덕분에 목숨 건졌습니다! 산 것 같지가 않았었으니까요, 빌어먹을!"

적지 않은 사정을 아는 스바루의 위협에 반은 자포자기하며 오토가 고마움을 전했다.

오토가 발견된 곳은 리카드 일행이 습격한 마녀교의 거점이다. 산간의 동굴 안에 매달려서 산 제물 직전이던 상황에서 구출된 모양이다.

"뭐, 마녀교도일 가능성도 내버릴 수 없었던기라, 일단 묶어서 들고 왔지만."

"신중한 건 알겠지만, 그 상황과 이 녀석 어디에 마녀교 요소가 있어? 비상시, 산 제물로 삼기에 편리! 하다고 고이 간직했다거나?"

"초면에 무슨 평가가 그래요! 저, 당신에게 무슨 짓을 했었던가요?!"

묶여서 붉게 부은 손발을 돌리며 지독한 스바루의 발언에 오토가 아우성친다. 하지만 스바루는 "그건 그렇고."라며 그 분노를 받아넘겼다.

"그래서, 무슨 경위로 붙잡힌 거야? 사정이 있으면 얘기해 보라고."

"그건, 저…… 대단히 말로 꺼내기 힘든 개인적인 사정이 있어서 말이죠."

"말하고 싶지 않다면 됐어. ──그런데 다른 얘기지만, 지금 이 영지에 모인 행상인은 메이더스 변경백의 저택에 푼돈 목적으로 모인 놈들이 태반이더라."

"다른 얘기가 아닌데요?! 다 알고 묻고 있는 거죠?! 아아, 그래요! 돈벌이 건수에 얼쑤 달려들어서 모두를 제치려고 험한 길 내달려 일등으로 도착하려다가, 재수 없게 놈들에게 잡힌 얼간이가 저예요! 자, 웃을 테면 웃어!"

"그러냐……. 무사해서 다행이군. 쯧, 눈물이 찔끔 나왔잖아……."

"뭐야 그 싸구려 눈물! 수상쩍은 걸 넘어서서 석연치 않습니다만!!"

억지 기운을 내서 고백한 오토를 동정하고, 부조리하게 한탄하는 그 모습을 뜨뜻미지근하게 지켜본다.

아무래도 그 상인 근성과 살짝 무모한 행동력은 타고난 것 같다. 전에 조우했을 때와 달라지지 않은 그 인상에 스바루는 안심하고 있었다.

그런 심술궂은 스바루의 태도에 오토는 노골적으로 낙담한 한숨을 내쉬었다.

"참 내…… 난 생명의 은인에게 솔직하게 감사하고 싶었을 뿐인데, 무슨 사람이……."

"뭘. 생명의 은인인 건 맞지만 뻐기진 말라고. 빚 하나 진 거다!"

"엄청나게 큰 빚을 하나 진 느낌이라, 솔직히 못 배기겠네요!"

검지를 세운 스바루의 빚 선언에 오토는 요란하게 얼굴을 찌푸렸다.

그 뒤, "빚, 빚이라……." 하고 괜스레 어렵게 받아들인 얼굴을 하는 오토를 웃으며 바라보고── 동시에 스바루는 그 거동에 수상한 점이 없는지 신중하게 눈을 훑고 있었다.

"────."

비슷한 경계는 둘의 대화를 옆에서 바라보는 리카드도 하고 있다.

적의 거점에서 데리고 나온 만큼, 오토의 입장은 미묘하기 짝이 없다. 행상인의 리더 격이던 케티가 내통자였던 사실을 감안하면 지난번 루프에서 케티와 친했던 오토도 엄준한 눈으로 볼 수밖에 없다.

섣불리 신용하다가 배신당하면, 지금까지의 노력이 전부 물 거품으로 돌아가므로——.

"……나도 징그런 놈이 되기 시작했구만."

"뭐라고요?"

"네가 무사해서 다행이라고 했어. 그렇지? 미미. 다행이지!"

"음—? 오— 그거 맞아! 질질 짜던 오빠야, 건강해서 무지 다행이다!"

"그건 비밀로 해 주겠다고 약속하지 않았는지?!"

대충 말을 돌린 미미가 오토 구출의 뒷사정을 폭로한다. 그 사실을 입에 담은 미미는 "그랬어?" 하고 갸웃거리고, 오토는 그 자리에 털썩 주저앉았다.

"아, 울어버린 건 어쩔 수 없지. 안심해. 아무에게도 말 안 해. 나와, 너와, 미미와, 리카드와, 그리고『철 어금니』와, 토벌대 사람들만의 비밀……."

"그거 이미 공공연한 비밀인 게……?"

"좌우간 이 마을에 있으면 마녀교에게 습격당할 걱정은 없으니 대기해. 그리고 울상 지은 일이 애통한 김에, 돈벌이 쪽도 애통하게 됐다."

"애통하다니…… 설마?!"

이 세상의 종말 같은 표정으로 오토는 아연실색하며 마을 내를 둘러보았다.

"혹시, 이미 여러분은……."

"마녀교에 잡혔다가 살아남은 걸로 넌 천운을 얻은…… 아니, 마녀교에 잡힌 시점에서 천운에겐 버림받았군. 뭐냐, 굳세게 살아라."

"위로할 거면 끝까지 보살펴 주지 그래요?!"

허물어진 채 눈물을 글썽이는 오토의 어깨를 두드리고 스바루는 리카드에게 눈짓했다.

개 인간은 그 콧등에 주름을 잡고 의젓하게 턱을 주억였다. 아무래도 역전의 용병의 눈에도 오토는 불쌍할 뿐인 안전패로 판단된 모양이다. 불행 중 다행. 그렇게 생각하자.

"그래서, 지금 이곳은 대 마녀교의 최전선이다. 할 일은 많······지만, 네게 시킬 일은 안 떠오르는데. 다른 행상인이 두고 간 화물의 목록이라도 정리할래?"

"급료는 받을 수 있어요?!"

"생각보다 잘 낚여서 놀랐다. 낼게, 낸다고. 누가 오토랑 같이 가 줘."

의심이 풀린 오토에게 일을 주고 일단 그쪽 일은 뒷전으로 돌렸다. 대신에 스바루는 편제를 마치고 정렬하는 토벌대와 그들을 통제하는 율리우스 쪽으로 향했다.

"지인과의 재회인 거지? 옛정을 다지는 건 이제 충분한가?"

말을 붙이기 전에 스바루의 접근을 알아챈 율리우스가 돌아보았다. 그 말에 스바루는 얼굴을 찌푸리고 화물에 맞서는 오토에게 어깨 너머로 시선을 보냈다.

"바보처럼 웃고 수다 떨면서 뭔가 꾸미는 게 없는지 슬쩍슬쩍 의심했다고. 내가 생각해도 너무 성격 더러워서 끔찍하군."

"그 더러운 성격 덕분에 우리에게 피해가 없는 현재가 있지. 네 성격은 긍지로 여겨도 좋고말고. ——남에게는 말하지 않는 편이 좋겠지만."

"네 성격도 만만치 않다. 내가 보증하지."

"그래그래, 거기 성격 더러운 두 분. 얘기 좀 해도 돼—?"

스바루와 율리우스의 대화에 고개를 갸웃거리는 페리스가 심술궂게 웃음을 던졌다.

싸잡아 취급당한 분풀이로 스바루는 요란하게 입술을 뒤틀었다.

"뭐야, 성격 더러운 고양이 귀."

"세상에, 무슨 말투가 그러냐. 페리, 모두를 위해서 열심히 헌신하고 헌신하고 헌신하고 있는데—."

"네 헌신에는 항상 도움을 받고 있어. 그래서? 알아낸 점은?"

"웅. 붙잡은 마녀교도 말인데, 『손가락 끝』에 관해선 왠지 그냥 알아냈어."

율리우스가 묻자 페리스는 웃음을 지우고 접수한 오두막을 손가락으로 가리켰다. 그 안에는 포로가 된 마녀교도 케티가 있으며, 페리스가 직접 온몸을 조사했을 터다.

지난번 루프 때, 페리스는 마녀교도의 자해를 막지 못하고 분한 경험만 거듭했었다. 그 때문에 케티의 육체 검사에는 스바루도 불안이 있었지만——.

"우선 교도에겐 자해용으로 맹독이 되는 마석이 삽입된 것 같아. 다만 『손가락 끝』은 특별 취급 같아서…… 독 대신에 폭렬 술식이 들어가 있었다. 자살 겸 물귀신 용이지."

"정보 누설 대책보다, 대죄주교의 『빙의』를 위한 것 같군. 죽는 것을 전제로 몸을 갈아치우는 거라면, 기절이나 구속당하는 등의 대책으로 자살은 필수고."

"자해용……. 하나 아마도 외부에서 발동시킬 방법도 있겠지. 그 경우는?"

"그게 무서워서 술식을 통째로 벗겨 무효화했습니다~."

율리우스의 염려에 페리스는 간단한 일처럼 대답했다. 하지만 눈이 휘둥그레진 율리우스의 반응을 보건대 쉬운 일은 아닌 것이리라. 그런 다음에 페리스는 말을 이었다.

"그리고 스바루큥이 신경 쓰던 『손가락 끝』의 특징. 게이트에 막힌 곳이랄까, 이상한 마나 덩어리가 있더라. 아마 그것의 유무가 『손가락 끝』과 일반 신도와의 차이일 거야. 대죄주교는 그게 심어진 아이한테만 건너 탈 수 있다고 봐."

"그게 일반 회원과 프리미엄 회원의 차이, 『빙의』 조건이라 이건가. 그 마나 덩어리란 건 어떡했지?"

"녹이고 휘저어서 배출시켰어. 그러니까 이젠 『손가락 끝』이라고 못 부르지."

"무효화까지 해 주었나! 잘했어!"

페리스의 보고에 목소리가 들뜨고, 스바루는 가는 손을 잡아 아래위로 거칠게 흔들었다. 단시간에 여기까지 조사한 수완에는 혀를 내두를 수밖에 없다.

"냐냐! 뭐, 페리니까 당연하달까냥? 하지만 이것도 자해라든가『손가락 끝』만의 특징이라거나, 사전에 스바루큥이 간파해 준 덕도 있어."

"아니, 그것도 전부 네 공훈이야. 실패했다간 네가 엄청 분할 것 같았어."

"뭐야 그거. 페리가 이런 사람들 때문에 분할 리 없잖아."

혀를 내밀고 페리스는 스바루의 팔을 풀어냈다. 그 악담을 뱉은 태도에 쓴웃음 지으면서 스바루는 남몰래 페리스가 지난번의 설욕을 달성한 것을 축하했다.

그리고 페리스의 분투 덕분에 가설은 거의 다 입증된 것이다.

"그리고『빙의』조건을 무효화했단 말은, 포로 본인도 죽지 않은 거지?"

"위에 달린 입은 싫어해도, 몸 속의 게이트는 솔직……. 왕도로 잘 데려가서 귀중한 정보원으로 대우할 거야. 지금은 술식 뜯어낸 통증으로 기절 중~."

한쪽 눈을 감고 페리스는 케티의 생명만은 보증했다. 하기야 술식이 벗겨진 아픔은 상상도 할 수 없지만. 그리고——.

"——포로를 한 명 확실하게 잡았어. 더 이상의 위험은 무릅쓸 수 없어. 무슨 뜻인지, 이해해?"

"소중한 사람들이랑 그놈들하고, 이제 와서 내가 저울에 올리고 고민할 것 같냐."

각오를 캐묻는 페리스의 눈에 스바루는 한순간의 주저도 보이지 않고 끄덕였다.

대죄주교『나태』를 꺾기 위해서는『손가락 끝』을 포함한 마녀교도를 전멸시켜야만 한다. 그것은 말 그대로 완전한 섬멸전을 의미한다.

그리고 그것은 다름 아닌, 나츠키 스바루의 호령을 계기로 시작되는 싸움인 것이다.

"……흐응. 정말로 스바루큥은 나아졌구냥."

주먹을 쥔 스바루의 얼굴을 보고 그 눈을 가늘게 뜬 페리스가 자그맣게 중얼거렸다. 그 내용에 쓴웃음 지은 스바루는 "이보셔." 하고 어깨를 으쓱였다.

"나아졌단 표현이 거시기한데. 칭찬 듣는 느낌이 아니야."

"칭찬한 게 아니거든요—. 나빴던 게 평범해졌을 뿐. 우쭐대지 마."

얼굴은 귀여운 주제에 페리스는 끝까지 스바루에게 신랄하다.

아마도 페리스야말로 왕도에서 만난 사람들 중에서도 가장 스바루를 엄격하게 평가하고 있는 인물일 것이다. 그것은 필시 스스로 싸우기 위한 힘이 결여된 사람들끼리 느끼는 동족혐오에 가깝다.

엄격하게, 그러나 동시에 올바르게, 페리스는 스바루의 약한 면을 평가하며, 싫어하고 있다.

"싫어했었어. 지금은 보통. 이해했어?"

"보통이라. 그래. 하지만 좀 기쁘다."

"——남에게 신조를 접게 하면서까지 하기 싫은 일을 시키는 거니까. 시킨 스바루큥이 망설이고 주저하면 안 돼. 그러니 그 각오는 흔들리지 마."

스바루의 너스레에 반응하지 않고, 페리스는 딱딱한 목소리로 그렇게 일렀다. 그것은 희미하게 느슨해진 스바루의 가슴에 박혀 각오라는 해원에 자각이라는 닻을 내린다.

그렇다. 페리스의 말을 들을 필요도 없다. 자각하며 앞을 바라보아야만 한다.

"준비는 완벽하다. ──스바루, 언제든지 갈 수 있어."

그런 스바루에게 계기를 만들기 위해서 토벌대를 정렬시킨 율리우스가 말을 걸었다. 그만이 아니다. 정렬한 토벌대가, 『철어금니』가, 일제히 스바루의 말을 기다리고 있었다.

결전을 앞두고 사기가 오르고, 마을 광장을 중심으로 전장의 기운이 부풀어 오르기 시작한다.

"────."

그 전의를 느끼면서 스바루는 고개를 슬쩍 기울여 하늘을 올려다보았다.

불안 요소를 모조리 없앨 수는 없다. 그래도 에밀리아 일행을 피난시키고, 빌헬름에게 호위를 맡기고, 페리스 덕분에 『손가락 끝』의 정체를 파악하고, 율리우스가 호령을 기다리고 있다.

사람이 할 수 있는 일을 최대한으로 마치고, 나머지는 하늘의 도움을 끌어올 뿐.

"──하자, 다들. 계획대로 시작하겠어."

하늘에서 시선을 내리고, 정면에 늘어선 토벌대원들을 향해 말을 꺼냈다.

그 말을 듣고 전사들은 말없이 기수에 올라타 행동으로 스바루의 말에 응했다.

"＿＿＿＿＿."

"그래. 고맙다, 파트라슈."

어느덧 스바루의 곁에도 나설 차례를 고대하던 칠흑의 지룡이 따라붙고 있었다. 그 딱딱한 피부를 손바닥으로 어루만지고, 스바루도 파트라슈의 등에 올라탔다.

옆에서, 스바루를 사이에 두둣이 율리우스와 리카드의 기수가 나란히 붙는다. 홀로 지상에 남은 페리스의 진지한 눈을 보고 고개를 끄덕인 뒤, 스바루는 대열의 선두에 섰다.

그리고 마지막 개전의 호령을 외친다.

"자, 이번에야말로 결판을 낸다. ──『나태』와 운명님에게 따끔한 맛을 보여 주자고."

### 3

──페텔기우스의 『빙의』에 대해서, 스바루는 몇 가지 가설을 세웠다.

첫 번째로, 페텔기우스의 『빙의』는 타인의 육체로 넘어가 빼앗는 힘이다.

두 번째로, 페텔기우스가 옮겨 다니는 대상은 『손가락 끝』이라고 불리는 놈의 심복이며, 페텔기우스를 쓰러뜨리려면 모든 『손가락 끝』을 격파해야 한다.

세 번째로, 모든 『손가락 끝』을 잃었을 경우, 페텔기우스는

『손가락 끝』을 대신하는 다른 육체로 옮겨 가려고 한다. 가장 유력한 후보는 스바루의 몸이다.

정신에 기생하는 그 힘은 강력하여, 혼자 힘으로 저항하는 건 거의 불가능. ──이상이다.

"새삼 조건을 나열하고 보니, 공략을 모르면 죽는 수준을 넘어서는군. 여기에 『보이지 않는 손』까지 가지고 있으니 완전 흉악해서 웃음거리도 못 돼."

대죄주교의 두 권능── 아무것도 모르고 도전하면 백 번 도전해서 백 번 죽을 자신이 있다.

이렇게 기억을 가진 채로 거듭 타개책을 찾아야 비로소 광명이 보이는 난적이다. 마녀교가 400년 동안 전 세계에서 활개를 친 것도 수긍이 간다.

그 정도까지 1회차 사냥에 특화한 광인, 페텔기우스 로마네콩티──.

"──그렇기 때문에, 내가 있어."

1회차 사냥에 특화한 적에 대해, 유일하게 1회차가 아닌 경험을 가지고 도전할 수 있다.

『사망귀환』하는 나츠키 스바루야말로 페텔기우스 로마네콩티의 천적인 것이다.


나무가 울창하게 우거진 숲을 지나서, 스바루는 여러 번 발길을 옮긴 암벽을 향한다.

주위는 사방이 녹색에 뒤덮어 방향 감각마저 미심쩍은 세계다. 그러나 스바루의 발걸음에 망설임은 없다. 감각이, 발이, 기억에 새겨진 경험이, 스바루를 인도해 준다.

"——시작한다."

빨라지는 고동을 느끼고 쓴웃음을 지으면서, 스바루는 그렇게 중얼거리고 자신의 가슴을 가볍게 두 번 두드렸다. 그리고 앞을 향한다. 그 장소가, 보이기 시작한다.

——여태까지 한 번도, 스바루는 그 장소에서 싸울 각오를 품고 간 적이 없다.

지난 루프 때는 시간을 벌기 위한 미끼로써, 그 이전에는 살의와 자살 욕망에 빠지면서.

하지만 이번에는 다르다. 이번만은 지금까지와 다른 것이다.

스바루는 이곳에, 스스로 싸울 결의를 다지고 찾아왔다.

기나긴 인연에, 반복하고 반복한 싸움에, 직접 결판을 내고자.

"——잘 오셨습니다. 총애의 신도여."

별안간 숲이 탁 트이고 스바루는 기쁨에 떨리는 환대의 말로 마중을 받았다.

정면. 숲을 벗어난 시야에는 드높이 깎아지른 벼랑이 펼쳐지고, 그 암벽 바로 앞에는 깡마른 남자가 두 팔을 벌리고 서 있다. 그 두 눈은 형형히 빛나며 스바루를 환영하고 있었다.

이렇게 대면하는 것도 벌써 네 번째가 될까.

몇 번씩 얼굴을 맞대면 어떤 상대여도 다소는 마음을 터놓게 된다. 그 율리우스마저도 그렇다. ——하지만 역시 이 남자만큼은 불가능해 보였다.

"저는 마녀교도 대죄주교, 『나태』 담당——."

자해해 피투성이가 된 손을 내뻗으며 광인은 변함없는 대사로 운을 뗐다. 눈동자를 광기로 적신 남자는 몸을 뒤로 꺾고, 혀를 내밀고, 눈을 번쩍 부릅뜨며——.

"——페텔기우스 로마네콩티, 입니다!!"

검은 법의를 나부끼며 큰 소리로 이름을 밝힌 광인이 피로 물든 두 손을 딱딱 튕겼다. 페텔기우스는 그대로 지면을 밟고 그 자리에서 폴짝거리면서 즐겁게 웃었다.

"좋은 날입니다. 훌륭한 날입니다! 설마 시련을 내릴 날에, 이렇게 새로운 사랑의 총아를 맞이할 수 있을 줄이야! 감루, 감동, 감격으로 제 가슴은 터지기 직전입니다!!"

침을 튀기며 광인은 자신의 뼈와 거죽뿐인 몸을 껴안았다. 그 괴이한 꼴에 스바루는 혐오감을 품지만, 놈 앞에서 표정을 다스리는 건 이미 도가 텄다.

그런 다음에 스바루는 사전에 결정한 바와 같은 작전을 결행한다. 그것은——.

"——처음 뵙겠습니다, 대죄주교님!"

그렇게 말하고 페텔기우스에게 달려간 스바루는 광인의 발밑에 무릎 꿇었다. 그리고 가슴에 왼손을 대고 오른손을 쳐들면서 고개를 숙이는 깍듯한 경례를 취한 채 말했다.

"이번 시련, 직전에 합류하게 되어 부끄러울 따름! 하오나, 이 몸, 이 영혼! 아무쪼록 교도의 말석에, 주교님의 『손가락 끝』에 들여 주시길 청하고자 달려왔습니다!"

아예 호들갑스러운 기세로, 스바루는 당당히 그렇게 거짓말했다. 준비한 대사를 목청껏 단언하고, 허울만이나마 최대한의 경의를 담아 광인의 반응을 가만히 기다린다.

"_____."

스바루의 탄원에 페텔기우스의 반응은 없다. 침묵. 그리고 움직이지 않는다. 불온한 스바루는 침을 삼키고 광인의 다음 움직임에 경계와 주의를 높인다.

그대로 침묵이 10초쯤 이어지고, 그것이 느닷없이 풀리더니.

"——오오, 오오오! 어찌, 어찌 이리도 때 묻지 않고 정열적인 신도인 겁니까!"

목소리를, 온몸을 떨며 감격에 눈물 흘리는 페텔기우스가 두 팔을 하늘로 뻗으며 하늘을 우러렀다.

"어찌나 해맑은 눈으로 사랑을 외치는 신도인 겁니까! 이토록 제 몸의 나태를 저주한 적은 기억에 없는 겁니다! 당신의! 당신만큼 경건한 사랑의 총아를! 여태껏 놓치고 못 본 이 몸의 부덕함을! 부디 저의 나태를 용서하길 바라는 겁니다——!"

무릎 꿇은 스바루의 정면에서 페텔기우스는 뛰어들 듯이 땅바닥에 팔다리를 내던졌다.

바위결에 주저 없이 오체투지해 광인은 땅바닥에 몇 번이고 이마를 찧었다. 가차 없이 자신을 벌해 이마에서 피가 흐르지만 상궤에서 벗어난 자해는 놈에게 일상다반사다.

그 몸이 타인의 것이라고 안 지금, 그 행위에 대한 혐오를 지금까지 이상으로 강하게 느낀다.

어쨌든 그 자해가 지나쳐서 죽어도 지금은 난처하다. 작전은 보이지 않는 곳에서 진행 중——여기서 실수로 몸이 교환되어서는 죄다 물거품이 될 수 있다.

"그쳐 주십시오, 주교님! 그와 같은 행위, 마녀님도 기뻐하시지 않습니다!"

"아아, 그러나! 그러나그러나그러나그러나러나아아아! 저는 저 자신의 나태를! 대죄를! 사랑에 보답하지 못하는 불성실함을! 그것 말고 갚을 방법이 없는 겁니다!"

"그렇지 않습니다! 마녀님이라면 사랑해야 할 신도가 상처 입는 모습보다, 총애에 보답하려는 정성 어린 자세에, 시련을 수행하는 의지에, 기뻐하실 터!"

땅바닥에 계속 박치기하는 페텔기우스를 스바루는 입에서 나오는 대로 뱉어내며 만류했다.

하지만 그 말에 페텔기우스는 별안간 움직임을 멈추고 크게 눈을 부릅떠 스바루를 응시했다. 그 메마른 두 눈에 스바루는 특별히 의미도 없이 힘차게 끄덕였다.

그러자 페텔기우스는 썬 것이 떨어진 듯한 얼굴로 한 줄기 눈물을 흘렸다.

"——전부, 당신의 말씀이 맞습니다."

"——윽?!"

이상하게 온화하게 말한 직후, 스바루는 페텔기우스에게 세게 껴안기고 있었다.

장렬한 생리적 혐오감에 목이 턱 막혔지만, 광인은 그 반응을 개의치 않았다. 페텔기우스는 눈물을 흘리며 이마의 피를 닦지도 않으며 처절하게 웃었다.

"아아, 저는 틀렸습니다. 잘못하고 있었던 겁니다! 그래! 시련! 지금의 제게 요구되는 것은 자해도 자학도 자결도 아니라, 시련! 그것을 잊고 자해의 기쁨에 젖다니 이 무슨 나태! 당신의 말로 깨어난 겁니다! 감사! 감사아!"

껴안긴 스바루를 휘둘러대며 일방적인 감사를 전하고 페텔기우스는 위를 보았다.

이마의 상처를 소매로 닦고 자해 따위 어리석다고 주워섬긴 그 입에, 자신의 오른손 손가락을 찔러 넣고 잇달아 물어 터트린다. 엄지, 검지, 중지 순서대로.

"나태한 제게 가치는 없는 겁니다! 근면함이 이 세상에서 가장 존귀한 일이며, 나태함은 이 세상에 가장 혐오스러운 악덕! 하면 저는 근면함으로, 자신의 숙업인 나태와 결별하는 겁니다! 아아, 아아, 아아, 사랑에 보답하는 겁니다!"

이미 언동에 일관성이 없고 논리는 지리멸렬한 것으로도 모자라 아주 괴멸 상태다.

자해를 반성하면서 손가락을 터트리고, 자신의 경거망동을 부끄러워한 직후에 웃기 시작한다.

그 광기적인 인간성에 스바루는 벌써부터 견디기 어려운 것을 느끼고 품속에 손을 넣었다. 하지만 바라는 반응은 아직 손바닥에 없다. 작전의 진행에는 아직 시간이 필요하다.

"주교님. ──시련의, 이야기를 할 수 없겠습니까?"

심호흡해 속마음을 감추고, 꺼림칙한 침묵이 내려앉을 것을
두려워해 스바루는 그렇게 말을 꺼냈다.

의제로 삼은 것은 시련—— 지난 루프 때 페텔기우스에게 알
아내는 데 실패해, 그 자세한 내용은 아직 알지 못한다. 시련이
라고 부르는 이상, 뭔가를 시험하려 하고 있다. 마녀교는 그 가
르침에 따라 에밀리아의 무언가를 시험하려 하고 있는 것이다.

그것이 무언지 탐색하고 싶다. 에밀리아와 마녀교의 악연이,
앞으로도 이어진다면——. "

"주교님과 합류함에 있어, 부디 이번 시련에 관해 들려주시길
청하겠습니다."

"시련……."

나직히, 그렇게 읊조린 페텔기우스의 표정에서 불현듯 감정
이 빠져나갔다.

조금 전까지의 광란은 어디로 사라졌는지, 공허한 눈매로 스
바루를 쳐다보는 광인은 이미 피로 범벅된 오른손, 그 남아 있
는 약지와 새끼손가락을 동시에 입에 넣어 깨물어 터트렸다. 그
리고——.

"시련, 그래! 시련입니다! 시련인 겁니다! 시련을 집행해 시험
해야 할지니! 이번의 반마가 그릇에 마땅할지, 마녀를 내리기
에는 마땅할지, 시험해야만 하는 겁니다!"

뒤집힌 기성과 비릿한 숨을 스바루에게 퍼부으며 페텔기우스
는 그 자리에서 춤추기 시작한다. 그 광인의 발언에 스바루는
경악과 혐오를 집어삼키고 얼굴을 찌푸렸다.

"마녀를 내릴, 그릇……?"

"적합하면 좋도다! 적합치 않으면 좋지 않도다! 반마로서 삶을 얻은 그 그릇! 마녀에 어울리는지 안 어울리는지, 마녀의 사랑을 봉하기에 족한지 아닌지! 시련으로, 시험하는, 겁니다!"

의문을 머금은 스바루의 목소리에 광인은 머리 위로 팔을 뻗으면서 미친 목소리로 대답했다. 그 발언을 듣고 스바루는 하늘의 계시 같은 이해를 얻었다. 그리고 섬뜩함을 느꼈다.

그릇, 마녀, 내린다——. 그 말들이 해석과 같은 의미를 띤다면.

"시련의 결과, 반마가 그릇에 어울린다면, 그 몸에 마녀를 내린다……."

"머잖아 올 운명의 날에, 마녀는 이 세상에 다시 태어나리——입니다! 그 순간에 입회하기 위해서! 그러기 위해서『손가락 끝』과 함께 만전을 기한다……. 그것이 제 사랑인 겁니다!"

감격에 겨운 눈물을 흘리며, 페텔기우스는 자기 세상에서 더할 나위 없이 행복한 시간을 보내고 있다. 그런 광인의 모습을 눈앞에 둔 스바루는 진심으로 구역질을 느꼈다.

지금 이야기는, 다시 말해 이런 말이다. 놈들은 그만한 잔학행위를 저지르고, 그만한 학살을 부르고, 그만큼 스바루의 마음을 깨트릴 만큼 몰아넣고——.

"——에밀리아 본인에게는, 아무 가치도 보지 않은 건가."

놈들에게 에밀리아의 존재는 마녀의 영혼을 채워서 넣기 위한 용기에 불과하다.

마녀의 부활—— 그 대목적 앞에서 마녀의 영혼을 넣을 용기에 어떤 뜻이 있고, 어떤 자상한 마음을 가졌으며, 어떤 노력가인지. 그런 건 아무 의미도 없는 것이다.

그것은 에밀리아라는 한 소녀에 대한 끝없는 모욕이며, 그 소녀의 존재에 마음이 동하는 나츠키 스바루에게도 견디기 어려운 굴욕이었다.

"——괴물놈."

딱 한순간, 한마디만 흘린 스바루의 본심을 페텔기우스는 깨닫지 못한다.

그 악랄한 목적을 달성하기 위해서라면, 과정으로 한 마을을 불사르는 것도 아무렇지 않게 여긴다. 해친 생명 하나하나에 이야기가 있고, 꿈과 내일이 있음을 업신여길 수 있다.

그렇기 때문에 마녀교는, 페텔기우스는, 나츠키 스바루의 적인 것이다.

"……주교님, 귀한 말씀 잘 들었습니다. 마녀교의 이념, 들던 것 이상인 그 각오, 정녕 감복할 따름입니다. 이번 시련, 반드시 성취하지요."

"오오오오! 역시 당신은 훌륭해! 그렇습니다! 우리는 하나로 뭉쳐 일심불란하게 이 몸을 던져 숙원에 임하는 겁니다! 총애를 받은 그날부터 저라는 존재는 온 마음을 바쳐 사랑에 보답할 뿐인 티끌…… 아아, 사테라! 당신의 것인 겁니다!"

말뿐인 스바루의 찬동을, 페텔기우스는 의심하기는커녕 크게 기뻐하며 받아들인다.

"당신이야말로 정녕 존중받아야 할 이상적인 신도인 겁니다! 그 향기로운 총애의 기적, 당신이 『손가락 끝』에 들어올 의사만 있으면 지금 당장에라도 인자를 나누어 주고 싶습니다만."

"그러하시면 꼭 주교님의 『손가락 끝』 중 하나로 들여 주십시오!"

"그 요청, 실로 기대 이상의 기쁨! 그러나, 그러나…… 이미 제 손가락은 열 개, 모두 갖춰진 겁니다. 당신에게는 더 어울리는 자리가…… 그래요!"

피로 범벅된 손가락을 헤아리는 페텔기우스가 거기서 떠오른 듯이 법의에 손을 넣었다. 그 품속에서 빠져나온 것은 한 권의 검은 책——복음서다.

광인은 그 표지를 사랑스럽게 만지고, 그 내용을 눈으로 훑으며 숨이 거칠어졌다.

"복음서에 기록된 말이, 사랑을 설명하는 모든 것이, 저를 미래로 이끄는 겁니다! 그러므로 이곳에 모든 것이…… 제게 마땅한 모든 것이 있는 겁니다!"

페이지를 넘기면서 페텔기우스는 입가에 거품을 물고 웃었다.

한 번, 그 복음서를 빼앗은 적이 있는 스바루에게는 그 검은 책의 내용물이 읽어낼 수 없는 기묘한 것이라고 알고 있다. 하지만 소유자인 페텔기우스는 그 문자를, 이야기를 읽을 수 있는 것이다. 그리고 그 기록에 따라서 행동하고 있다.

그렇다면 진정한 적은, 그 복음서의 기록을 만들어 내는 존재 ——.

"──복음의, 제시를."

소리를 내며 복음서를 덮은 페텔기우스가 그 한마디를 입에 담고 있었다. 광인은 목을 90도 기울이며 허리를 같은 방향으로 굽히고, 스바루를 무감정한 두 눈으로 응시하고 있다.

그것은 페텔기우스의 가장 경계해야 할 발언이다. 지금까지의 경험상, 가까스로 대화가 성립했었다고 해도, 이 질문은 그 흐름을 싹둑 잘라내려 든다.

마녀교도라면 한 명도 빠짐없이 소유하고 있어야 할 복음서. 출처도 입수법도 알 수 없는 검은 책은, 마녀교도 사이의 신분 증명서 같은 물건이다.

따라서 페텔기우스도 스바루에게 신분을 증명하라고 요구한다.

여기서 뭐라고 대답할지가, 이 상황을 크게 가르는 결과가 되지만──.

"──왜 그러는 겁니까?"

침묵하는 스바루에게 페텔기우스는 목을 기울인 채로 긴 혀를 늘어뜨렸다.

그저 복음서만 보이면 된다. 그뿐인 증명을 하지 않아 페텔기우스는 불온한 기척을 풍기기 시작했다. 그 으스스한 기척 속에서, 스바루는 천천히 품속에 손을 넣었다.

그리고 꺼낸 물건을, 페텔기우스의 눈앞에 들이대었다. 그러나──.

"──그것, 은?"

"보는 바대로, 『미티어』입니다, 주교님."

눈을 부릅뜨고 쳐다보는 페텔기우스. 그 눈앞에 들이민 것은 손거울── 대화경이다. 그것도 광인에게는 본 적이 도구임이 틀림없다. 왜냐하면 그것은 광인이 『손가락 끝』 중 한 명에 들려 주었을 물건으로, 그것이 스바루의 손에 있는 사태에 광인은 곤혹스러워한다.

하지만 놀라움은 그것으로 끝나지 않는다. 그 눈앞에서 거울 면이 희미하게 빛나기 시작하고──.

『아, 비친다 비쳐. 와, 듣던 것 이상으로 무서운 얼굴!』

거울을 통해서 들린 것은 참으로 상황에 맞지 않은 가련한 목소리다. 스바루에게는 그 거울면이 보이지 않지만, 페텔기우스에게는 목소리 주인, 고양이 귀 기사가 보이고 있을 것이다.

장난이나 농담 같은 상황── 그러나 그것이야말로 작전의 신호다.

"도대체, 당신은…… 아니요! 당신들은 무슨 짓을!!"

『그럼, 어흠. ──토라토라토라!』

"──큭?!"

몰이해에 화내는 페텔기우스에게 거울 속 상대── 페리스가 갑자기 그런 말을 던졌다. 광인은 그 의미를 모른다. 따라서 스바루가 해설해 주었다.

"우리, 기습에 성공했다──."

손에 든 거울을 손가락으로 가리키고, 눈을 까뒤집는 페텔기우스에게 웃어 보였다.

조금 전까지의 꾸며낸 웃음이 아니라, 스바루 본연의—— 악동 같은 웃음으로.

"하, 아?"

"무슨 소리인지 모르겠다는 낯짝이로군. 아, 안심해도 좋아."

동요하는 페텔기우스에게 스바루는 함박웃음을 띤 채로 머리 위에 손을 들었다.

그리고——.

"——네가 한 말도, 내게는 똑같이 하나도 알 수 없었거든!"

"뭐——?!"

스바루가 전의를 말로 표현하고, 쳐든 손가락을 높이 딱 튕겼다. 그 적의에 반응해 페텔기우스는 순간적으로 대비한다. 하지만 옆에서 질주해 뛰어드는 그림자의 움직임 쪽이 빠르다.

그림자는 광인의 마른 몸을, 아무 주저도 없이 있는 힘껏 치어버렸다.

"꺼, 허어——."

비명을 지르며 날아가는 광인이 공중제비를 돌며 바위밭에 거세게 나뒹굴었다.

"————."

그것을 지켜보며 기다리다 지쳤다고 말하듯 이 울부짖는 것은 광인을 친 칠흑의 지룡이다.

무의미한 대화는 끝이라고, 그렇게 결론을 내린 용의 포효가 숲 속 하늘에 메아리쳤다.

# 4

품속에 도로 집어넣은 대화경에서 열기가 전해진다. 작전은 두 번째 단계로 이행했다.

그 사실에 각오를 새로 다지고, 스바루는 눈이 휘둥그레진 광인을 향해 가운뎃손가락을 세웠다.

"아까 한 대화 말인데, 전부 사절한다는 걸로 부탁하마."

"뭐, 뭐, 뭐⋯⋯."

"모르겠으면 알기 쉽게 말해 주지. ──신중하게 검토를 거듭해 봤으나, 귀사의 사풍과는 치명적으로 맞지 않습니다. 그러하므로 진정으로 자의적입니다만 입사를 취소하겠습니다. 귀사의 차후 활약과 발전을 기원하겠습니다, 라는 거다."

정중한 듯 무례하게, 도리어 알기 어렵게 스바루는 대화의 파담을 표명. 그대로 옆에 다가오는 파트라슈에 날렵하게 올라타 고삐를 쥐고 광인을 내려다보았다.

그 모습을 혼란과 함께 쳐다보던 페텔기우스는 이윽고 뒤늦게 이해가 따라잡자 스바루의 폭거에 노발대발하며 부르짖었다.

"당신은, 본인이 무슨 짓을 하고 있는지 알고 있는 겁니까?! 저는 대죄주교! 마녀의 은총을 받은 대죄주교인 겁니다! 당신도 같은 총애를⋯⋯."

"미안하지만 그쪽 이야기는 듣다 질렸어. 마녀 따위 엿이나 먹으라고, 페텔기우스."

"왜! 왜인 겁니까! 왜, 사랑을 거절하는가! 당신이 마녀교의 총애를! 은총을 거절하는 이유가! 저는 전혀 모조리 남김없이! 이해할 수 없는, 겁니다!!"

머리를 쥐어뜯고 페텔기우스는 격정으로 침을 튀기며 말을 거듭했다. 그 필사적인 호소는 설마 스바루를 설득할 심산인 걸까.

그렇다면 페텔기우스와 말을 나눌 가치는 정말로 한 점도 존재하지 않는다.

"너를 보고 있으면, 남의 일 같지 않을 때도 있어. 하지만 이 말만은 할 수 있지."

광인의 망언을 흘려들으면서 스바루는 자신의 마음에 발생한 착잡함과 폭주를 떠올렸다.

자신이 옳다고 주장하며 주위가 틀렸다고 강요하고, 그렇게 해서 어린애처럼 발작을 일으키고 아우성만 치던 시간이 있었다.

과연, 차마 두 눈을 뜨고 볼 수가 없다. 반면교사의 극치인 셈이다.

"미친 건 너다. 지금은 내가 옳아. ──여기서 끝나라고, 페텔기우스!"

결별. 그렇게 표현하는 건 그릇된 단절이다.

스바루와 페텔기우스 사이에는 처음부터 아무것도 연결되지 않았었다. 모든 것은 거짓 연기였다고, 광인도 즉각 이해했다. 직후의 판단은 매섭고, 잔학하게──.

"폭거, 폭언! 사지를 뽑아 마녀에게 영혼을 바쳐 그 대가를 치르도록── 합니다!!"

한탄하는 시늉도 찰나, 페텔기우스의 그림자가 폭발적으로 퍼져 부풀어 오른 칠흑이 몇 겹씩 풀려나와 팔을 이룬다. 그것은 압도적 밀도와 물량으로 폭포처럼 스바루에게 밀어닥쳤다.

선언한 대로 스바루의 사지를 뽑고 목을 뜯어내 영혼을 능욕하기 위해서. 하지만──.

"어이하여──?!"

"이리 와 술래, 손뼉 치는 쪽으로── 아니 이거 두 달 전에도 마수 상대로 했었잖아!"

스바루의 조잡한 고삐 조종에 반응한 파트라슈는 지시 이상의 것을 짐작해 스스로 움직여 주었다. 그 현룡의 움직임은 닥쳐드는 마수(魔手)를 보기 좋게 회피하고, 피해 범위에서 날 듯이 도망치고 있었다.

피아의 거리가 벌어진다. 완벽하게 첫 공격을 처리한 사실에 페텔기우스는 경악을 숨기지 못한다. 그는 당황하며 찢어져라 입을 쩍 벌리고 떠들어댔다.

"지금의! 움직임은?! 당신은 제게! 주어진 총애를?! 있을 수 없어, 있어서는 아니 돼! 왜, 제 권능이, 보이는 겁니까?!"

"글세? 내 몸에 잔향 묻히고 가는 마녀에게나 물어봐. 이크, 나랑 달라서 너는 마녀와 자유롭게 면회할 수 있는 허가증이 없었던가?"

"──! 그건 무슨…… 마녀와, 사테라와 친밀하다는 듯한 불경을!"

"하트를 꼭 틀어잡힌 사이야, 말 그대로."

윙크에 최대한의 조소를 담아서 스바루는 페텔기우스를 도발했다.

그 순간 광인의 인내는 즉각 임계점에 달하고, 격분으로 얼굴이 붉어진 페텔기우스는 자신의 손가락 밑동까지 물어 터트렸다. 손톱과 뼈와 살점이 뭉개지고, 이가 부러지는 둔탁한 소리가 주변에 울려 퍼졌다.

그 격정에 호응해 광인을 에워싼 그림자의 밀도가 짙어졌다. 숫자가 늘어나고, 불가시의 마수가 눈에 보이는 스바루에게도 난이도는 폭등했다.

그러나 그 증대한 마수의 숫자에 누구보다 놀란 것은 다름 아닌 페텔기우스다.

"나의 『손가락 끝』에 맡겼을 터인 인자가 돌아왔다……?! 어이하여, 『손가락 끝』에 무엇이?!"

"『손가락 끝』에 나누어 준 마녀 인자가 돌아올 때마다 쓸 수 있는 자기 팔이 늘어난다. 그럼 대답은 명백하잖아? 자, 계산해 보라고 주교님! 당신, 나태하군요!"

"——큭! ——크윽!!"

혼란과 격정에 희롱당하는 페텔기우스를, 스바루는 반복해서 도발하고 약을 올렸다.

다른 사람의 신경을 긁는 데에 관해서 나츠키 스바루를 능가하는 사람은 별로 없다. 하물며 상대가 도발 내성이 전혀 없는 녀석이어서는 손바닥 위나 마찬가지다.

꿍꿍이대로 안색이 검붉어질 만큼 격분한 페텔기우스는 스바루에게 살의의 손바닥을 보내 목숨을 쥐어뜯고자 인정사정 봐주지 않고 팔을 내리쳤다.

"파트라슈——!"

그 폭격 같은 『보이지 않는 손』의 공세를, 지룡은 스바루의 뜻을 참작해 무시무시할 정도로 정확하게 피한다. 너무 믿음직해서 정말로 고개를 들 수 없다.

그대로 공격의 제1파를 극복하자, 스바루는 결단했다.

"작전 제3단계, 가자!"

"무슨 소리를, 얼마나 잔재주를 부리든 간에! 나의 근면함 앞에서는 전부 무의미…… 아?!"

반격에 대비한 페텔기우스가 직후의 스바루가 취한 행동에 목이 막혔다.

"등을, 보이고…… 얼마나, 저를 우롱해야 직성이 풀리는 겁니까!"

"미안한걸! 하지만 숨이 구려서 더 이상은 생리적으로 무리, 뭔가 눈이 따가워."

파트라슈에게 명령해 스바루는 바위밭에서 떨어져 침로를 숲 속으로 돌렸다. 초목을 거칠게 짓밟으며 바람처럼 험로를 주파하는 파트라슈가 적에게서 멀어진다.

"놓칠 거라고! 도망칠 수 있을 거라고! 여기지 마는, 겁니다!"

외치는 페텔기우스는 말과 정반대로 그 자리에 쭈그러 앉았다. 그러자 다음 순간, 무릎을 세우고 앉은 페텔기우스의 몸을 그림자가 잡고 광인이 하늘을 향해 던져졌다.

마치 구기 종목의 공처럼, 가볍게 날아오른 몸을 다른 마수가 받고, 던진다. 던진다. 던진다── 그것을 반복해서, 페텔기우스는 도망치는 스바루와 파트라슈를 바싹 쫓아온다.

악몽 같은 추적, 그리고 스바루를 쫓는 것은 놈만이 아니다.

"자, 자, 자, 나오는 겁니다! 존귀한 마녀를 우롱하고, 비웃고, 시련과 총애를 짓밟은 배덕자를, 고기 조각이 될 때까지 저며서 마녀의 슬하에 바치는 겁니다!"

하늘에서 떨어지는 페텔기우스의 호령에 소리 없이 숲에 나타난 것은 벼랑 아래 동굴에 숨어 있던 마녀교도들이다. 스바루와 페텔기우스의 대화에 참가하지 않았던 그들도, 적대가 확정된 스바루에게 주저할 이유는 없다. 미끄러지는 듯한 발놀림으로 스바루와 지룡을 추격한다.

숲의 머리 위에는 페텔기우스, 등 뒤에는 마녀교도가 맹렬하게 쫓아온다──.

"왔다왔다왔다왔어왔어왔어! 파트라슈, 힘내!"

"──!"

구체성이 결여된 스바루의 지시에 파트라슈는 독자적으로 판단해 궁지에 대처했다.

재빠르게 몸을 꺾은 지룡은 덩치에 어울리지 않는 숲 속 돌파를 선택. 뿌리를 밟고 구덩이를 넘어 나뭇가지를 부러뜨리면서 곧게, 목적지까지 최단거리를 가로지른다.

"무위! 무의미! 쫓아가는 겁니다! 근면한 지룡, 그 발버둥조차도 지워 없애고, 이 몸의 근면함 앞에 사라지도록, 합니다!"

멀찍이, 내리퍼붓는 것은 광적인 외침과 폭포처럼 흘러내리는 마수의 폭위다.

질주하는 파트라슈를 노리며 포탄 같은 파괴력이 수도 없이 숲에 착탄한다. 거목이 밑동부터 부러져 날아가고, 폭파된 지면이 잇달아 흙먼지를 피워 올렸다.

하지만 그 폭풍과 흙먼지 속에서 지룡은 광인의 증오를 받으며 맹렬하게 달려나간다.

"―――."

우렁차게 울부짖는 파트라슈. 그 몸은 무사하지 않다. 그런데도 지룡은 공격을 헤치고 스바루와 자신을 지켜냈다. 스바루의 조잡한 지시를 전부 채택함으로써――.

"기대기만 해서 미안하다……. 넌 최고야, 파트라슈!"

"그러나그러나러나러나아아아! 이제 끝, 입니다!"

애룡의 분투를 칭찬하는 목소리가, 페텔기우스의 요란한 웃음소리에 가로막혔다. 눈 아래를 손가락으로 가리키는 광인. 그 말의 근거는 『보이지 않는 손』이 아니다. 등 뒤에 육박하는 검은 집단이다.

"―――."

십자가를 본뜬 검을 들고 마녀교도는 사람 같지 않은 속도로 지룡을 따라잡고 있다. 그것은 단조로운 페텔기우스의 공격보다 훨씬 위험한 위협이다.

그대로 마녀교의 칼날이 지룡의 비늘을 가르고 그 목숨을―― 거두기 직전.

"와——!" "하——!"

우렁찬 포효가 중첩되고, 대기를 뒤흔드는 충격파로 변해 세상을 도려냈다.

포효파—— 특징적인 목소리가 사선상에 있던 거목과 바위덩이를 끌어들이며 공기를 진동시키는 충격파가 마녀교도에게 때려박혔다. 충격에 피보라가 날리고 집단이 분쇄됐다.

그것이 가능한 사람은, 스바루가 아는 한에서 이 세상에 세 명밖에 없다.

"우오——! 오빠 왕창 위험했어! 방금, 완전히 죽었었어!"

"합류 지점과 살짝 비껴나서 위험했다예요. 누나의 감 덕분이다예요."

그렇게 생각 없는 웃음과 함께 스바루와 나란히 달리는 것은 큰 개에 탄 미미와 티비 수인 남매. 두 사람의 포효파로 궁지에서 구원받은 스바루는 돌아보고 주먹을 쳐들었다.

"너희 말이야, 방금, 나까지 해치울 뻔했다고! 하지만 고맙다. 죽는 줄 알았어!"

"오—, 고마워——! 천만에요—! 예에—이!"

"혼란스러워하는 심정은 이해한다예요. ……하늘 위에 있는 게 대죄주교다예요?"

스바루와 미미의 대화를 아랑곳 않고 하늘을 노려보는 티비가 긴장된 목소리로 물었다. 단안경을 쓴 새끼고양이의 눈은 바람에 법의가 나부끼는 광인을 포착하고 가늘어져 있었다.

"뭐야 저거, 쩐다—! 웅크린 아저씨가 날고 있어! 쩔어—!"

"저렇게 기분 나쁘게 나는 법은, 처음 봤어요."

"아아, 그런가! 너희한테는 그런 식으로 보이는 거냐!"

『보이지 않는 손』이 보이는 스바루, 보이지 않는 미미와 티비는 실제로 보이는 방식이 다르다.

두 사람에게는 페텔기우스가 웅크려 앉아서 단독 비행하는 모습으로 보이겠지만, 스바루에게는 촉수처럼 꿈틀대는 마수로 자기 자신을 연거푸 던지는 악몽의 광경―― 양쪽 다 최악이지만.

"어쨌든 간에, 저놈 상대는 내가 한다! 계획대로, 너희는 뒤쪽을 부탁해!"

"알겠습니다요. 간다예요, 누나!"

"네이네이―! 아! 오빠야 오빠야―!"

뒤따르는 마녀교도를 둘에게 맡기고, 스바루는 페텔기우스로부터 달아나는 도주극을 연장하려고 한다. 그 이별 직전, 방향 전환한 미미가 스바루에게 손을 들고―.

"여기서 이기면, 멋있다고오―!"

"――오오! 맡겨만 둬!"

미미의 말에 엄지를 세우고 스바루와 새끼고양이들은 건투를 맹세하고 각자 튀어나갔다.

포효파를 맞고 분단된 마녀교도들은 두 사람에게 무기를 겨눈다. 그쪽에 새로 사방에서 『철 어금니』―― 라지안 일행이 덤벼들어 총력전이 시작됐다.

그 칼싸움을 등지고, 스바루는 머리 위의 페텔기우스에게 손가락을 들이대고 도발했다.

"오라고, 주교님! 새끼고양이를 넋 놓고 보다가 날 놓쳤다간, 그거야말로 체면이 싹 뭉개지는 거지!"

"──당신은, 당신은 도대체, 도대체, 어디까지 무엇을 어떻게!"

펼쳐내는 공격이 족족 막히자 천하의 페텔기우스도 얼굴을 굳혔다. 사태가 이 지경에 이르러서, 격분에 눈이 멀었던 광인도 상황의 부조리를 깨달은 것이다.

숲 곳곳에 잠복시킨 『손가락 끝』의 각개격파. 절대적인 자신감을 품었던 『보이지 않는 손』이 간파되고, 이 순간, 교도들은 매복에 분단되어 페텔기우스 혼자만 남았다.

──명백하게 이 상황은, 모든 것이 다 스바루의 손바닥에서 놀아나고 있는 꼴이 아닌가.

"그럴 리가 없어! 복음서에는! 제 운명의 인도에는 아무것도 적혀 있지 않은 겁니다! 하면 당신은 대체 무엇입니까! 총애를 받고, 그럼에도 마녀를 괄시하고! 시련을 집행하는 저를 막아서서 계획을 꺾고도 저항하려고 하는……!"

공중에 있는 페텔기우스는 복음서를 잡고, 그것을 내세운 채로 외쳤다.

페텔기우스 쪽에서 보면 스바루의 행동이 만들어 낸 현 상황은 불가해하기 짝이 없을 것이다.

『손가락 끝』은 빼앗기고, 권능은 통하지 않고. 아직 놈은 모르지만 이미 에밀리아 일행도 피난해서 시련이라 칭하는 흉행은 시작되기 전에 실패했다.

──이것이 페텔기우스에게 악몽이 아니라면 뭐란 말인가.

"당신은…… 당신은, 도대체에……!"

"네 번, 반복했다고. ──악몽이라면 내가 더 죽도록 봤지."

입가에 거품을 물고 불합리에 절규하는 페텔기우스에게 스바루는 차분하게 응수했다.

페텔기우스의 혼란도 한탄도, 알 바가 아니다.

부정해 봤자 헛수고다. 눈앞에 있는 이 순간이야말로 악몽 끝에 다다른 미래──.

"역시, 역시역시역시시시시시시이! 당신은 『오만』의──."

"──내 이름은 나츠키 스바루."

어금니를 깨물고 증오와 집착을 외치는 페텔기우스에게 스바루는 이름을 밝혔다.

"은발의 하프엘프, 에밀리아의 기사다."

"──큭!"

"오만인지 뭔지 모르겠지만, 내가 원하는 간판은 그것뿐이야. 다른 건 필요 없다고!"

손가락을 들이대며 큰소리 쳐서 페텔기우스의 입을 막았다. 직후, 숲이 단숨에 탁 트였다.

정면에 나타난 것은 또다시 암벽── 하지만 그것은 조금 전까지 페텔기우스와 맞상대하던 바위 지대와는 다른 장소다. 그렇다고 해서 스바루가 처음 찾아온 장소도 아니다.

한때 스바루는 이곳에서 한 번, 목숨을 잃은 적이 있다──.

"이곳은……?!"

"한 번, 내가 끝난 적이 있는 장소지. 그래서, 네게도 끝날 장소가 된다. ——그런 장소야."

목적한 전장에 도착한 스바루는 파트라슈에게 명령해 속도를 늦추었다.

하늘로 쫓아오던 광인은 경치의 변화와 스바루의 발언을 경계해 그 흉악한 면상을 일그러뜨렸다.

"＿＿＿＿＿."

자기 자신을 잡아다 허공에 나르던 마수를 풀자, 페텔기우스는 지상에 강하한다. 착지하여 천천히 고개를 든 광인은 벼랑을 앞두고 스바루와 정면으로 대치했다.

"여기까지 끌어들이는 게 당신의 의도라면…… 무엇을, 준비한 겁니까?"

"뻔하지. 천적이다. ——나와 너의, 공통된."

페텔기우스의 나지막한 물음에, 지룡에서 내린 스바루는 그렇게 단언했다.

그 말에 광인을 얼굴을 찌푸리고, 스바루는 한쪽 눈을 감았다. 그러자——.

"——천적이라니, 또 고약하게도 말해 주는군."

끼어든 제3자의 목소리에 페텔기우스는 튕기듯 주위에 고개를 돌렸다.

이미 페텔기우스 본인부터 유인당한 것을 깨닫고 있다. 기습을 경계해 대죄주교는 입에 손가락을 넣고 강하게 깨물며 주위를 살폈다.

하지만 기습에 대한 경계 따위, 아무런 의미도 없다.

"앞서 한 말을 설마 두 번이나 들을 기회가 생길 줄은 생각도 못했어."

말하고, 목소리의 주인은 깎아지른 듯한 벼랑 위에서 바위에 깔린 대지로 곧게 뛰어내렸다. 기습 따위 고려도 하지 않은 자세로 사뿐히 착지한 미장부는 바람에 흐트러진 앞머리를 손가락으로 정돈했다.

"_____."

유려한 그 모습에, 페텔기우스는 목소리를 억누르고 눈을 부라렸다.

그러나 미장부는 광인의 험악한 시선에도 아무 말 없이 그저 스바루의 옆에 나란히 설 뿐이다. 스바루는 그 시원스러운 옆모습을 노려보며 지긋지긋한 내색으로 뺨을 일그러뜨렸다.

"뭐야. 내 선언에 불만이라도 있는 거냐?"

"아니, 예전 일이 떠올라서 창피하지 않을까 불안했지만⋯⋯ 네 두꺼운 얼굴은 체질 같군. 설마 내 앞에서 또 단언할 줄이야. 대단하군."

"뭐하면 꿈에서 들을 만큼 네 귓가에 대고 반복 재생해 줄까? 아앙?"

"사양하지. 한 번이면 충분해. 두 번 들으면 각인되어서 잊기 어려운 발언이야."

기사는 홀쭉한 검을 뽑고 스바루의 빈정거림에 예리하게 날이 선 빈정거림으로 화답했다.

연한 보랏빛 머리카락을 바람에 살랑이며 근위기사 제복의 소매를 나부끼는 그 모습에 얼마나 속을 끓였는지 기억도 안 난다. 짜증을 유발하는 그 모습이 지금은 분할 만큼 믿음직스럽다.

　"루그니카 왕국 근위기사단 소속, 율리우스 유클리우스."

　율리우스는 이름을 대고, 해방된 기사검을 세로로 세워 광인에게 칼끝을 들이댔다.

　다음 순간, 떠오르는 여섯 색깔의 빛이 율리우스를 둘러싼다. 그 광채에 눈을 까뒤집은 페텔기우스에게 자신의 힘을 과시했다.

　"——네놈을 칠, 왕국의 검이다."

　"정령술사, 입니까. ……어디까지, 정말로, 어디까지."

　이 대사를 듣고 페텔기우스가 이를 갈았다. 그 분노는 율리우스의 참전보다 그 곁에 있는 준정령에게 쏠려 있었다. 그런 다음에 광인은 스바루를 노려보았다.

　"이것도, 당신이 짠 줄거리……! 이만한 굴욕, 저는 처음입니다……!"

　"그러냐. 실컷 즐겨라. ——그것이, 네가 한 행위의 대가다."

　스바루는 이에 금이 갈 만큼 악물고, 증오를 불태우는 페텔기우스에게 대꾸했다. 그리고 파트라슈의 목을 어루만져 전장에서 이탈하도록 명령했다.

　"지금까지 고마웠어. 나머지는 우리끼리 결판낼게."

　"————."

　걱정하듯이 코끝으로 스바루의 목을 어루만지고, 파트라슈는 천천히 바위 지대에서 숲으로 이동했다. 그 모습을 지켜보다가 스바루는 깊이 숨을 내쉬고——.

"——하자고, 율리우스."

"괜찮아?"

스바루의 부름에 율리우스가 각오를 캐물었다.

그 물음에 턱을 주억였다. 눈동자에 꺾이지 않은 결의를 드리우고 스바루는 입을 열었다.

"못 물러서. 못 굽혀. 못 져. 이제는 아무도 잃고 싶지 않아."

"——나는 널 지독하게 때려눕힌 남자다. 그 행위에 내 나름의, 이유와 의의가 있었다고 지금도 맹세코 말할 수 있지만, 그건 너와 관계가 없는 독선적인 것에 불과하지."

스바루의 결의를 두고 율리우스가 말한 것은 두 사람에 있었던, 잊을 수 없는 악연이다.

느닷없이, 엉뚱하게, 쓸쓸한 기억을 불러일으키는 율리우스의 말.

그때의 굴욕이, 고통이, 가슴속을 날카롭게 헤집듯이 선명하게 되살아났다.

"과거를 도로 파헤쳐 치욕을 씻기를 원해서 그러는 게 아니야. 네 각오는 무겁고, 또한 결단과 행동은 이 순간으로 이어지는 길을 형성했어. 따라서 묻고 싶다. 이 국면에서, 내 존재를 곁에 두고, 넌 아무 우려도 없이 숙원을 이룰 수 있을까."

"————."

"너는 나를, 믿을 수 있을까."

율리우스의 물음은 몹시 애매모호하고, 엉뚱하며, 어딘가 풋내 나는 것에 불과하다.

하지만 그것은 지금도 스바루의 가장 깊은 곳에서 마냥 존재를 주장하고 있는 가시를 의식하게 하고, 확인하기 위해 필요한 의식이었다.

왕선 자리에서 스바루는 더없을 추태를 드러냈고, 그것을 만회하기는커녕 오명을 거듭 뒤집어쓰는 형태로 연병장에 임해 율리우스에게 철저히 깨졌다.

일어설 수 있었던 건, 스바루를 지탱해 준 소녀의 헌신 덕분이다.

그리고 일어선 지금, 앞을 보는 건 지탱해 주고 싶다고 소망하는 소녀가 있기 때문이다.

두 빛에 인도를 받아 운명에 항거한 지금, 그때의 마음을 가슴에 그리면 어떨까.

그때의, 그 순간의, 그 불타오르는 듯한 격정은, 스바루 안에서 어떤 색깔의 빛을 켜고, 어떠한 열기를 띠고 있는가――.

"――나는, 네가 정말 싫어."

"그래. 알고 있고말고."

"왠지 우아한 분위기가 짜증 나고, 말투도 무식하게 수상쩍어. 덤으로 명백하게 날 아래로 보고, 그러고 보니 처음에 봤을 때 너 에밀리아땅의 손에다 키스했지? 내가 앞으로 에밀리아땅의 온몸에 남김없이 키스하려고 하면 너랑 간접 키스하는 셈이 되잖아. 웃기지 마."

돌이켜 보면 처음에 말을 나누기 전부터 스바루는 율리우스가 싫었던 것이다.

에밀리아가 매몰차게 대한 경위도 있어서 율리우스를 향한 대항심은 처음부터 있었다. 왕선의 자리에서 그것이 커지고, 연병장에서 폭발해, 불씨는 그 뒤로도 계속 남아 있었다.

지금 이 순간도, 그것은 몹시 뜨겁게 스바루의 가슴을 끝없이 태우고 있다.

"손목 나가고, 머리가 깨지고, 영구치까지 털렸잖아. 나았으니 망정이지, 평범하게 생각하면 트라우마 확정이야. 네놈은 봐주는 것도 모르냐."

"말해 두겠지만, 그래 봬도 많이 봐준 거야."

"진짜냐. 봐줘서 그 정도냐. 역시 너, 최고로 싫은 놈이군."

기사를 자칭하고, 무력함과 무지함과 무모함을 거듭해서 수모를 겪은 스바루.

스바루를 때려눕혀 무력과 능력과 역할을 다해 기사의 자세를 드러낸 율리우스.

깨지는 역할이 된 자신이 가엾기 짝이 없지만, 그걸 제외한다면 그 남자의 모습은 그야말로 스바루가 바라 마지않던 『기사』 그 자체로——.

"——난 네가 정말 싫어, 『가장 뛰어난』 기사."

"————."

"그러니까, 널 믿는다. 네가 끝내주는 기사란 걸, 내 치욕이 알기 때문이다."

이 자리에서 누구보다, 그 자리에서 누구보다, 스바루가 율리우스의 검을 알고 있었다.

그렇기에 스바루는 율리우스에게 운명을 의탁한다.

그때 그 검의, 무게를 알고 있기에.

"부탁한다, 율리우스. ──내 전부를, 네게 맡길 테니까."

"────."

서로 손이 닿을 거리에서 마주 보고, 스바루는 율리우스에게 그렇게 말했다.

그 말에 율리우스는 눈을 감았다가 불과 몇 초 뒤, 천천히 눈을 떴다. 그 노란 두 눈에 스바루를 비추고, 힘차게 끄덕였다.

"──그렇다면 나는 내 영혼으로, 그 치욕에 응하겠다."

쳐든 검으로 하늘을 겨누는 율리우스의 결단을, 준정령들이 축복한다.

검 주위를 돌 듯이 화사한 준정령들이 하늘에서 춤춘다. 개중에서도 유달리 강한 빛을 내는 것은 백색과 흑색, 두 색깔의 준정령── 빛이 커지고, 강해지다가, 이윽고 시야를 태울 만큼 밝아진다.

그렇게 벼랑을 등진 전장에서 빛이 갠 순간, 광인이 움직인다.

"……촌극은 이제 끝났습니까?"

스바루와 율리우스의 대화를 방관하며 침묵을 지키던 페텔기우스는 고개를 기울였다. 눈에 핏발이 선 광인은 피에 젖은 손가락을 둘에게 겨누고 칠흑의 마수를 무수하게 만들어 냈다.

"정령술사 한 명 더 낀 정도로, 뭘 할 수 있다는 겁니까. 정령

따위가, 저의, 저의 길을, 저의 사랑을, 저의 근면함을 막으려
하다니 주제넘은 데에도 정도가 있는 겁니다! 당신들을 꺾고!
남은 자들도 갈가리 찢어! 다시금 시련을 재개할 뿐! 저의 근면
함에, 나태한 포기도, 종언도, 없으니까요!!"

"———."

"아아, 아아, 아아, 나태, 나태나태나태나태나태나태나
태——엣!"

목이 막힐지도 모를 만큼 혀를 뻗고, 뼈에 닿을 만큼 자해로 만
든 상처를 헤집고, 페텔기우스는 죽음의 선고를 외치며 『보이
지 않는 손』을 한꺼번에 두 사람에게 내리쳤다.

밀어닥치는 마수의 숫자는 백을 넘어, 마치 해일처럼 세상을
모조리 뒤덮는다. 그것은 스바루와 율리우스를 물살에 떠 있는
나무처럼 집어삼키고, 짓뭉개, 잡아뜯으려고——.

"——알 클라리스타."

——무지개색 빛이 번뜩이고, 닥쳐드는 『보이지 않는 손』이
한순간에 잘려 나갔다.

극광이 난무하고 빛의 난반사를 낳으면서 칼날은 궤적을 빛
으로 그린다. 그 광채를 뒤집어쓴 검은 망념은 모조리 무산되어
일어나야 할 폭거는 영원히 찾아들지 않는다.

"……허?"

"뭘. 놀랄 건 없지."

넋이 나간 페텔기우스의 목소리에 무지개 빛깔로 물든 검을
휘두른 율리우스가 우아하게 대답했다.

"이쪽에 접촉할 수 있다는 말은, 이쪽에서도 접촉할 수 있다는 뜻이다. 상호 간섭이 가능하다면, 여섯 속성을 아우른 무지개의 극광에 베이지 않는 것은 없다."

율리우스와 계약한 여섯 종류의 준정령. 그 전부가 깃든 기사검은 무지개 빛깔을 내고 있다. 도신에 빛나는 극광은 그 아름다움과 정반대로 무시무시한 위력을 간직한 마검이다.

그러나 페텔기우스의 관심사는 그게 아니다. 광인은 도리도리 고개를 내젓고, 혼란으로 헤매는 감정에 피눈물을 흘리면서 율리우스를 손가락질하며 말했다.

"당신은, 당신에게는, 보이지 않을 터입니다. 보이고 있지 않을 터입니다. 『보이지 않는 손』이 베였다⋯⋯. 그 사실보다! 문제는 그쪽인 겁니다! 보이, 보이지, 보이지 않을 텐데, 보일까 보냐⋯⋯. 나 말고, 두, 두 명이나아!"

스바루에 이어 율리우스에게도 『보이지 않는 손』이 봉쇄된 사실에 페텔기우스는 분노나 혼란보다, 강한 공포를 뒤집어쓴 듯한 얼굴로 이를 떨었다.

그것은 기댈 곳을 빼앗겨 신념을 지탱하는 심지를 잃는 데에 대한 공포다.

페텔기우스의 그 모습에 비로소 스바루는 인간적인 공감을 품고── 그것을 웃도는 '꼴좋다' 라는 달성감을 느꼈다. 진심으로, 간신히, 앞질렀다.

"마녀의 총애도 모르는 속물이, 나만의 은총을 볼 수 있을 리가 없어⋯⋯!"

페텔기우스는 피를 토해내듯이 절규하며 눈앞의 현실을 부정했다. 따라서 스바루는 그 현실을 재차 들이대기 위해서 무슨 일이 일어났는지 가르쳐 주었다.

"——보고 있는 건 나다, 페텔기우스."

"——윽. 하아?!"

"네『보이지 않는 손』을 보고 있는 건 나다. 율리우스는, 내가 보는 풍경을 보고 있을 뿐이야. 생각한 것보다 기분 나쁜 감각이지만 말이야."

——의식 공유 마법『넥트』의 진수.

본래 넥트는 범위 내에서 인간과 인간의 의식을 연결해 간단한 염화 등을 가능케 하는 마법이다.

단, 고등 마법인 만큼 취급에는 신중을 요한다. 율리우스는 이전,『공감성을 지나치게 높이면 자신과 타인의 경계를 알 수 없어져 존재가 섞인다』라고 위험성을 설명했었다.

의식의 혼재, 그것은 바꿔 말하면 감각의 동조이며, 극한까지 효과를 높이면——.

"의식적으로 감각 일부를 공유해 유지할 수도 있을 터. ——네게 처음 이 제안을 받았을 때는 제정신인지 의심했지만."

"잘됐잖아? 남자는 배짱, 뭐든지 해 보기 마련이지."

넥트의 힘으로 스바루와 율리우스의 오감은 깊은 부분에서 완전히 동조하고 있다.

지금의 율리우스는 스바루의 시각을—— 페텔기우스의『보이지 않는 손』이 무수히 일렁이며 숲을 검게 물들이는 양상을 드러내고 있는 것을 알 수 있을 터다.

그리고 비슷하게 스바루도 율리우스의 온몸에 들끓는 마나의 거친 흐름과 준정령들에게서 전해지는 따스한 파동이 흘러들고 있다.

그것은 본래 오감에서 전해지는 감각이 배로 늘어나 십감이 된 듯한 가공할 위화감이다.

"이렇게 말하면 뭐하지만. 오래 지속하고 싶은 생각이 안 드는군, 이 상황."

"완전히 동감이다. 부탁을 받아도 두 번은 사양하고 싶어."

입술을 뒤튼 스바루의 말에 율리우스는 빈정거리듯 웃으며 자세를 잡았다.

극광을 두른 기사검을 정면―― 히든카드인『보이지 않는 손』까지 공략당해 가엾고 비참한, 그러나 동정의 여지는 털끝만큼도 없는 광인에게 겨눈다.

"네 이놈… 네 이놈, 네 이놈, 네이놈네이놈네이놈네이놈네이놈네이놈네이놈네이놈네이놈이놈이놈이놈이놈이놈이놈놈놈놈놈놈놈놈놈놈노옴!!"

악을 쓰고, 페텔기우스는 무작위로 살의의 그림자를 폭발시켰다.

무수한 마수는 사방팔방으로 날아가 이미 조준하는 것조차 잊고 숲을, 대지를, 암벽을 파괴하고 벗겨내며 날려버렸다.

충동을 느끼는 대로 행동하는 추태. 그것은 눈을 돌리고 싶을 만큼 끔찍한 모습이지만, 스바루는 결코 눈을 피하지 않겠다고 주먹을 단단히 쥐었다.

이 싸움에서는 절대로, 눈을 돌릴 수 없다.

개전부터 결판까지 모든 광경을, 스바루는 이 눈에 새기고 공유하므로──.

"그럼, 너와 운명공동체인 것도 소름이 돋는 노릇이니. ──후다닥 끝내버리자고."

"아아, 그러지."

쏟아지는 칠흑의 마수를 베고, 칼날을 거두면서 바로 옆에 육박한 손바닥을 양단한다.

불타 없어진 팔이 검은 입자로 변해 스러지고 바람에 삼켜지는 모습을 지켜보며 율리우스는 웃음과 함께 대답했다.

"네 눈으로 내가 베겠다. ──나의 벗, 나츠키 스바루."

# 제4장 『나태의 종언』

## 1

　──밀어닥치는 압도적인 흑색의 맹위를, 무지개의 극광이 정면으로 베어낸다.

　"──윽."

　검이 번뜩여 활개를 치는 칠흑의 마수를 잇달아 격추한다. 수십 합(合), 그것이 반복되고 있다.

　무지개 빛깔로 빛나는 율리우스의 검은 여섯 속성의 마법을 아우른 필살의 마검이다. 그것은 페텔기우스의 『보이지 않는 손』마저 가르고, 무산하는 그림자는 티끌로 변해 소멸한다.

　원리는 알 수 없다. 하지만 무지개에 베인 『보이지 않는 손』의 복구는 어려운지 검격에 마수가 쓸릴 때마다 그림자의 밀도는 흐려지고 대신에 페텔기우스의 격노는 진해진다.

　"웃을 수 없는 겁니다. 농담이 아닌 겁니다. 있어서는 아니 되는 일인 겁니다! 그러한 수법으로, 잔재주로, 애들 장난으로! 내 사랑을! 충성을! 모멸하다니……!"

　"초대 방식이 볼품없군. 사교의 정석도 모르는 걸로 보여."

입가에 게거품을 문 광인이 한없이 부풀어 오르는 그림자의 팔을 내리쳐 댄다. 그러나 율리우스는 그 마수를 모조리 무지개로 요격, 혹은 몸놀림만으로 피한다. 기사는 바위밭을 무대로 우아한 스텝을 밟는 검무를 연출하면서 전장을 지배하고 있었다.

그런데도 한도를 모르고 쇄도하는 마수는 항상 열을 넘는 적의를 때려 박았다. 검을 한 번 휘둘러서는 그것을 다 막을 수 없다. 당연히 손발에 피탄해 몇 군데 열상이 새겨진다.

"익——."

그 전장을 관망하면서 스바루는 날카로운 아픔에 여러 번 어깨를 들썩였다.

검은 손끝이 스쳐 허벅지가 파이는 고통이 스바루의 뇌를 태운다. 한순간, 터질 뻔한 비명을 볼살을 깨물어 참고, 어깨가 찢어지는 열기에 주먹을 굳게 쥐었다.

마법을 통한 감각 공유로, 스바루와 율리우스의 오감은 지금 완전히 싱크로하고 있다.

따라서 율리우스는 스바루의 시각을 통해서 『보이지 않는 손』을 육안으로 볼 수 있고, 반대로 스바루도 율리우스가 잡은 마검의 강력함을 믿을 수 있었다.

"————."

그러나 그 은총을 무시하면, 급조한 연계는 궁극적으로 불안정하다.

시각의 공유한 까닭에 두 사람의 시야는 겹쳐서 오른쪽 눈과 왼쪽 눈이 전혀 다른 광경을 보고 있는 듯한 감각의 혼탁이 항상 있다. 그리고 촉각을 포함한 감각기관의 공유는 전의에 흥분한 율리우스의 고양감만이 아니라 그가 맛보는 아픔마저도 예민하게 스바루에게 새기는 것이다.

바람이 살결을 어루만지는 감각. 발바닥이 흙을 밟는 감촉. 입 안에 섞이는 피와 타액의 미각. 뇌에 전해지는 귀울림. 목숨이 걸린 극한 상태에 발생하는 생사의 후각.

그 전부를 상시 2인분 뒤집어쓰고 있는 건 단순히 부담이 곱절로 되는 계산으로는 맞지 않는다.

미각, 후각, 청각, 통각, 촉각, 감각. ——지금은 모든 것이 거추장스럽다.

간지러운 감각이 있는데, 가려운 곳에 절대로 손이 닿지 않는 딜레마다. 타인의 뒤통수가 가려운 감각이라고나 말하면 될까.

"얼른 끝내고 싶다는 건, 진짜 본심이라고……."

온몸에서 호소하는 위화감에 스바루는 메마른 입술을 축이며 중얼거렸다.

필시 지금의 갈증조차 율리우스에게 전해질 것이다. 섣불리 생리현상도 일으킬 수 없다.

스스로 말을 꺼낸 작전이지만, 이 혐오감은 견디기 어렵다. 자신과 타인의 경계가 흐트러진다는 건, 이 정도까지 인간의 근간을 무작위하게 쥐어뜯는 현상인 것이다.

하지만 약한 소리는 할 수 없다. 용납되지 않는다. 다른 누가 아니라 바로 스바루 본인이 용납할 수 없다.

왜냐하면——.

"——조금씩 몸이 익숙해졌군. 스바루, 속도를 올려도?"

"아아, 따라갈 테니 안심하셔!"

그 대답보다 빨리, 율리우스는 무수한 마수에 뛰어들어갔다. 땅에 턱이 스칠까 싶을 만큼 낮은 자세로 손바닥을 헤치고 무지개가 번뜩인다. 한꺼번에 그림자가 쓸려나갔다.

안개처럼 뿔뿔이 흩어지는 그림자의 틈바구니를 누비며 광인은 마수의 추가 공세를 율리우스에게 가한다. 하지만 그것도 확 물러서는 기사의 검 앞에서 아름답게 터질 뿐——.

"_____."

전투를 우세하게 진행하는 율리우스. 하지만 그 움직임은 약간 생기의 빛이 바래 있었다.

당연하다. 기사검에 들러붙는 그림자의 잔재를 떨쳐내는 미장부. 그 늠름하고 매끈한 얼굴에서 두 눈은 감기고 전투가 시작된 뒤로 한 번도 열리지 않은 것이다.

——모든 것은 두 사람의 시각을 하나로 한정해 스바루의 눈에 승리의 기회를 맡기기 위해서.

동조하는 시각을 두 사람이 공유하면 세계의 형상은 애매하게 중첩된다. 따라서 율리우스는 스스로 눈을 감고 시각 정보를 모두 스바루에게 맡기고 있었다.

그것은 사전 협의에 없었던 판단. 그리고 이것이 옳다고 스바루도 이해했다.

하지만 동시에 그 행위가 의미하는 참뜻에 스바루는 격분했다.

"바보가, 바보가, 까불고 앉았어! 정말로, 넌 징그러운 자식이야!!"

자신의 시각을 포기하고 전장에서의 눈을 스바루에게 맡긴다는 말은, 스바루가 전투에서 눈을 돌리지 않을 것임을 믿는다고, 목숨 걸고 증명한 것이나 다름없다.

덧붙이자면 스바루의 시야에 모든 신경을 투입한다는 것은 쉬운 말이 아니다. 스바루의 시각은 어디까지나 스바루의 것이며, 율리우스의 육체에 부속되지 않은 것이다.

즉 율리우스는, 『뒤에서 자신의 싸움을 보는』 상황하에서 싸우고 있다. 그것은 이른바 텔레비전 게임에서 TPS 상태라고 바꿔 말하는 것도 가능하지만——.

"게임과 달라서 한 번 잡히면 그걸로 끝인 루나틱 난이도! 거기에 목숨을 걸다니, 맛이 갔다고. ……나도, 너도!"

"잡담이나 할 여유는 없을 텐데!"

눈을 크게 뜬 스바루의 바로 옆으로 암벽을 박찬 율리우스가 도약으로 되돌아왔다. 그는 자신을 노리는 진짜 공격과 스바루에게 흐르는 마수에 검격을 펼쳐 찌르기로 피해를 물리쳤다.

그사이 섣불리 움직이지 않고 눈도 돌리지 않은 스바루는 산뜻한 그 솜씨에 숨을 집어삼킬 수밖에 없다.

눈을 감은 율리우스는 그런 스바루의 모습에 희미하게 웃음을 띠고 말했다.

"손이 많이 가는군. 필사적인 건 알겠지만, 조금은 자기 몸을 지키는 게 어떨까. 이래서는 마음 놓고 적과 정면에서 맞설 수도 없어."

"그 말, 네게 고스란히 갚아주마! 위태로워서 나도 못 두고 보겠다고! 이 눈에 비친, 발악하는 기사님의 모습이 보이고 있냐?!"

"눈을 감고 우수에 젖은 얼굴을 한 미남이 보이는데. 이목구비에서 좋은 집안에서 자란 걸 짐작할 수 있군."

"사실 나랑 넌 보이는 세계가 다르다는 의혹을 제기하마!"

넉살을 주고받으며, 두 사람은 직후에 밀어닥친 마수를 피해 달아났다. 스바루는 꼴사납게 발을 미끄러뜨리며, 율리우스는 검으로 쪼갠 그림자의 파도 사이를 우아하게 빠지며 광인에게 다시 전진했다.

"──끝내준다."

엉덩방아를 찧은 하반신을 일으키고, 스바루는 싸우는 율리우스의 모습에 무심코 감탄했다.

무시무시하게도, 율리우스는 부자연스러운 육체의 감각에 빨리도 적응해 전투 중에 검의 정밀도를 확실하게 높이고 있다. 그것은 결코 센스만으로 이룰 수 있는 기술이 아니다.

자신의 육체를 극한까지 혹사해서 격렬한 단련으로 채찍질한 경험──.

싸움 속에서 검과 목숨을 부딪쳐서 자기 기량과 신념을 연마한 성과──.

그렇기에 율리우스는 위축되거나 의심하지 않고, 자기 자신을 믿고 검을 휘두를 수가 있는 것이다.

"_____."

눈을 돌리지 않고 전투를 주시하며 주먹을 단단히 쥐고 있는 스바루는 맹렬하게 분했다.

저곳에 같이 설 수 없는 무력함과 하루하루를 나태하게 보낸 사실에 대한 반성.

나츠키 스바루가 지금의 나츠키 스바루가 되는, 그런 시간의 축적이 분하다.

창피해서, 분해서 참을 수 없기에 스바루는 눈을 돌리지 않는다.

"——간다."

"그래, 가라."

속삭임이 들린 것은 아니다. 하지만 율리우스의 말에 스바루는 응답하고 있었다.

손바닥에 스쳐 파인 등이, 넓적다리가, 터진 어깨의 아픔이 뇌를 후려친다.

깨질락 말락 할 정도로 어금니를 깨물고, 스바루는 눈을 돌리지 않는다.

뛰어나가, 도약하고, 파고들고, 방향을 틀고, 뛰어들고, 뒤로 뛰고, 전진하고, 헤쳐들고, 정지하고, 빠져나가고, 우회하고, 옆으로 뛰고, 몸을 피하고, 돌아보고, 돌진하고, 뛰어오르고, 박차고, 뛰어다니고, 행동이 차츰 세련되게 바뀐다.

"말도 안 돼……."

쳐내고, 내리긋고, 찌르고, 올리고, 후려치고, 흘려베고, 때리고, 쓸어베고, 관통시키고, 끊고, 번뜩이고, 내리치고, 처박고, 날리고, 썰고, 토막내고, 검격과 참격의 축적이 『보이지 않는 손』을 티끌로 돌려보낸다.

"말도 안 돼, 말도 안 돼, 말도안돼말도안돼말도안돼……!"

소름 끼치는 흑색이 하늘을 가득 메운 가운데, 그러나 극광을 두른 검무를 추는 기사의 모습은 현실감을 잃을 만큼 아름답다.

그것은 이것이 생명의 쟁탈전임을 잊게 할 만큼 환상적인 정경이다.

그렇게 느끼는 것은 아마도 율리우스를 통해서 준정령들의 상념이 스바루에게도 전해지고 있기 때문이리라. 그녀들은 율리우스를 사랑하며, 대치하는 광인을 증오한다.

용서하기 어려울 정도로, 준정령들은 광인을—— 사악한 동포의 존재를 수용할 수 없다.

"이럴 리가, 없어! 이런 일이 있을 리가 없어! 왜입니까! 왜인 겁니까! 제 권능이……! 저는 사랑받았을 터, 사랑받고 있을 터, 사랑받고 있는 겁니다! 사랑하고 있는 겁니다! 이렇게, 이만큼, 저는——!"

"지리멸렬한 언동에는 차마 어울리지 못하겠군. 권능인지 뭔지도 적당히 줄였다. 그리고 무엇보다, 스바루의 눈을 통해서 싸우는 방법도 충분히 몸에 익었어."

격정을 떠드는 페텔기우스에게, 율리우스는 눈을 감은 채 기사검을 들이댔다.

"——슬슬 진심으로 네놈을 베기로 하지. 오랜 세월에 걸쳐

왕국을…… 아니, 세계를 떨게 한 위협의 일단, 『나태』를 여기서 베어 쓰러뜨리겠다!"

"할 수 있을쏘냐! 하게 둘까 보냐! 저를…… 저는! 400년! 마녀의 총애를 한 몸에 받고 마녀의 의지를 체현하는 그 뜻을 위해서 근면하게 노력해 온 겁니다! 그런 나를 감히 네놈 같은 잡졸 정령을 거느린 어리석은 자가……!"

피로 얼룩덜룩 물든 이를 드러낸 페텔기우스가 율리우스의 말에 격노했다.

하지만 그 광인의 격분에서야말로 스바루는 『나태』 공략에 필요한 마지막 조각의 확신을 얻었다. 마녀에 대한 집착에 필적하는, 비정상일 정도의 정령에 대한 혐오── 그것이, 답이다.

"율리우스──!"

"알고 있어! ──대죄주교, 각오하라!!"

파고들고, 율리우스는 화살 같은 속도로 전진했다.

페텔기우스는 입을 벌리고 말이 되지 않는 목소리도 외치면서 『보이지 않는 손』을 전개했다. 하늘에, 땅에, 숲에, 퍼져나가는 마수가 사방에서 율리우스를 감싸듯이 꽂히고──.

"──알 클라우제리아!"

영창하는 율리우스를 중심으로 휘몰아치는 무지개의 빛이 칠흑의 마수를 모조리 지워 없앴다.

극광이 세계를 태운 것은 한순간이었다. 그러나 효과는 그 한순간만으로도 충분. 눈 깜빡이는 순간과 비등한 찰나만큼, 페텔기우스가 만들어 낸 포위망이 완전히 사라져 있었다.

율리우스와 광인 사이에 아무 장애물도 없는 길이 열린다——.

"브어억!"

극광의 여파를 받아 그림자의 작렬에 휘말린 페텔기우스가 땅바닥에 뒹굴었다. 터진 손가락으로 바위를 쥐어뜯고 광인은 피를 토하는 표정으로 일어섰다.

그 눈앞에 율리우스가 육박하고 날카로운 찌르기가 곧게 광인의 가슴으로 날아간다.

"그렇게는, 못하는, 겁니다! ——울 도나아!"

두 팔을 펼치고, 일격을 맞이하는 듯한 자세를 잡은 페텔기우스가 마법을 영창했다. 그 직후, 대지가 융기해 바위조각과 흑토가 섞인 암벽이 광인의 사방을 둘러쌌다.

장벽에 검이 튕겨났다. 암벽 너머에서 광소를 터트리며 페텔기우스는 벽 너머로 『보이지 않는 손』을 날려 사각에서 율리우스에게 치명타를 때리려 들었다.

"————."

마수에 대처하면 벽 너머의 페텔기우스가 달아날 틈을 준다. 그러나 페텔기우스를 쫓으면 권능에 살해당한다. 어느 쪽이든 간에 율리우스의 검은 닿지 않는다.

——만약, 이곳에서 싸우고 있는 사람이 율리우스 혼자밖에 없었다면.

"타올라라 투혼! 울부짖어라 마구! ——내 진짜 실력은, 120킬로미터를 살짝 넘는다고!"

몸을 틀고 다리를 들어 앞으로 확 내디디면서, 어깨를 돌려서 풀 스윙── 강속구라기에는 살짝 어폐가 있는 속도로, 스바루의 손에서 붉은 마석이 날아갔다.

야구 소년이었던 적은 없다. 다만 근처의 배팅 센터를 다니며 스트럭 아웃에 타오르던 시절은 있었다. 제구만은 2류 투수다.

──극한 상태의 집중력도 합치면, 암벽 한복판에 마석을 맞히는 것도 손쉽다.

"뭡니까……?!"

적색의 마석에 담긴 파괴의 에너지가 율리우스를 추월해 암벽에 격돌── 빛과 고열을 내며 작렬하고, 폭염이 페텔기우스의 시각을 붉은색으로 메웠다.

"설마, 이것조차도 처음부터……."

"네놈의 패인은, 그를 무력하다고 얕본 것이다!"

경악에 얼어붙은 페텔기우스에게, 불꽃 너머로 율리우스의 목소리가 닿았다.

다음 순간, 불꽃을 뚫고 튀어나온 율리우스가 뻣뻣하게 선 광인에게 칼끝을 쑤셔 넣었다.

"──아."

찌르기에 가슴이 뚫린 페텔기우스의 전신을, 무지개의 극광이 안쪽부터 불태운다.

등 뒤에 있는 암벽에 처박혀 꼬치처럼 꿰인 페텔기우스는 팔다리를 버르적댔다. 피거품을 뿜고 눈물을 흘리며 광인은 믿을 수 없다는 얼굴로 이를 드러냈다.

"말도, 안 돼. 말도 안 돼, 말도 안 돼, 말도 안 돼애……! 이럴 수가, 내가, 이럴 수가⋯⋯."

"무지개의 극광은 네놈을 영혼째 베고 또 벤다. 그 육체가 누구 것일지언정 내면에 숨은 사악을 결코 놓치지 않아. ──이대로, 무지개 저편으로 스러지도록!"

율리우스의 목소리에 기사검이 광채를 더하고, 그 빛을 뒤집어쓴 페텔기우스는 『보이지 않는 손』을 꺼내지도 못하고 몸부림을 치고, 빈사의 벌레처럼 추하게 발버둥을 칠 뿐이다.

그러나 버둥대는 페텔기우스의 눈에서 광기는 흐려지지 않고 삶을 단념하지도 않았다.

"끝나지 않아! 끝날 리가 없어! 끝나도 될 리가 없는 겁니다! 저는 근면하게 노력해 온 겁니다! 나태한 체념에 몸을 맡기는 것은, 나태한 종말에 만족하는 것은 용납되지 않는 겁니다! 그러니까, 그렇다면, 무슨 수를 써서든⋯⋯!"

아우성치고, 버둥대고, 꿈틀대고, 상처를 스스로 벌리면서 광인은 검에서 벗어나려 들었다. 그 질리지 않는 집념에 놀라며 율리우스는 검을 비틀어 심장을 파괴하려고 힘을 주었다.

심장이 파괴되면 죽음은 모면할 수 없다. ──그 전에, 페텔기우스가 결단한다.

"나의 『손가락 끝』을 전부 잃어, 이대로는 소멸을 면하지 못한다⋯⋯. 그러나. 그러나, 그러나! 아직 제게는! 남은 그릇이, 있는⋯⋯ 겁니다!"

모든 장면에서 선수를 빼앗긴 까닭에 페텔기우스의 『손가락 끝』은 이미 괴멸됐다.

사전에 동행시킨 예비 육체가 전부. ——그렇다면, 대용품을 현장에서 골라 잡을 뿐이다.

"————."

광기에 물든 두 눈이 뒤룩 움직여 시선이 율리우스를 지나쳐서 스바루를 포착한다.

스바루의 등줄기에 소름이 끼친다. 동시, 페텔기우스의 광소가 깊어지고, 높아지고——.

"아아—— 뇌가, 떨린다."

속삭인 직후, 율리우스에게 꿰인 페텔기우스의 몸이 흡사 실이 끊어진 인형처럼 허물어졌다. 눈은 빛을 잃고 축 늘어진 팔다리에서 생기가 빠져나갔다.

——와야 할 때가 왔다. 스바루는 품속에 손을 넣고 율리우스에게 외쳤다.

"율리우스! 해제해!"

"알았다!"

스바루의 목소리에 대답하고 율리우스가 협의한 대로 『넥트』를 해제했다. 그 결과 스바루는 중첩된 오감의 위화에서 순간적으로 해방되어—— 한숨 돌릴 겨를도 없이, 다음이 온다.

그것은 율리우스의 오감과 맞바꾸어 뻔뻔스럽게 스바루를 덮어쓰려는 괴이한 존재다.

가슴속에 자기 자신을 쑤셔 넣어 육체의 제어권을 강탈하는 건 눈에 보이지 않는 기생체—— 놈의 째지고 갈라진 웃음이 스바루의 두개골 속에 울려 퍼졌다.

그대로 스바루는 크게 몸을 뒤로 젖히고 눈과 입을 한계까지 벌려 갈채했다.

"역, 시! 이 육체는 저를 담을 그릇으로서 기능한, 겁니다! 아무리 나의 길을 막으려 해도! 이것을 막을 방법은 없다! 아아, 아아, 나태하군요!"

뇌 옆에 자리 잡았나 싶을 만큼 페텔기우스의 존재를 가깝게 느낀다.

『빙의』 최종단계——『손가락 끝』을 전부 잃고, 스바루의 육체를 가로채려 든 것이다.

스바루는 그 폭거에 저항할 방법이 없다. 의식이 광인에게 침식되어 몸의 자유를 빼앗긴다.

"자, 당신 친구의 몸입니다! 고결함을 으뜸에 두는 기사가 벨수 있겠습니까?!"

가로챈 스바루를 인질로, 스바루의 얼굴로 혀로 입술을 핥는 광인. 그 말에 달려오려던 율리우스가 발길을 멈추고, 말했다.

"——확실히, 나는 그를 벨 수는 없다."

"하며언!"

"따라서."

차분하게 말을 엮으면서 율리우스는 광인에게 자신의 왼손을 내보였다. 기사검을 쥔 것과 반대쪽 왼손에는 빛을 내는 대화경이 있었다. 그것은 빙의된 순간, 스바루가 품속에서 율리우스에게 던졌던 물건이다.

——그 빛나는 거울면에 비친 것은 개전부터 이 싸움을 지켜

보고 있던 고양이 귀 기사.

"페리스, 네가 나설 차례다!"

『이런 짓 시키고, 스바루큥은 왕바보! 나중에 혼쭐을 내 줄 거
야!』

율리우스가 불러 대화경의 거울면에 뜬 페리스가 뚱한 소리를
냈다. 그 기척에 스바루=페텔기우스는 눈을 휘둥그레 뜨고, 그
저 불길한 오한에 반응해 공격을 단행했다.

그러나 『사망귀환』에 미리 읽힌 행동에는 아무리 발버둥쳐도
따라잡을 수 없다──.

"보이지 않는…… 큭?! 꺼, 어어어어어──?!"

권능이 방사된 순간, 스바루=페텔기우스는 목이 터질세라 절
규했다. 원인은 체내에서 폭발한, 이해가 미치지 않는 방대한
열기와 고통의 분류다.

어질. 스바루의 몸이 힘을 잃고 열에 들뜬 감각을 남기고 지면
에 엎어진다. 두개골에 뜨거운 물을 쏟은 듯 뇌가 끓고, 백열하
는 의식이 반복하며 명멸했다.

그리고 그 괴로움은 육체를 공유하는 페텔기우스도 똑같이 맛
본다.

"꺼, 억, 허어…… 무, 어, 무슨, 일이……?"

끓는 물로 뇌를 소독하는 듯한 참신한 괴로움에 페텔기우스는
혼란까지 드러내며 신음한다. 여기에 대꾸할 기력을 긁어모은
스바루는 가증스러운 영혼의 동거인에게 혀를 내밀었다.

"가로챘을 터인 몸이…… 정상이, 아니라면…… 아무것도,

못하지?"

『설, 마…… 설마설마설마마마마마마마마마마마마, 내가! 내가 당신의 몸으로 옮겨갈 것도 예측해 이런 짓을?!』

뇌내 페텔기우스의 경악에 스바루는 "당연하지." 하고 당당히 거짓말했다.

한 육체에 두 의식이다. 스바루의 발언에 스바루가 절규하는 기묘한 감각. 스바루는 거울 너머로 꺼림칙한 일을 하게 만든 페리스에게 속으로 사과했다.

——스바루의 육체의 자유를 빼앗은 것은 대화경 건너편에 있는 페리스의 마법이다.

치료를 위해 스바루의 게이트에 간섭한 적이 있는 페리스는 스바루의 체내 마나를 수마법으로 폭주시킬 수 있다. 지난 루프의 마지막, 페텔기우스에게 빙의된 스바루에게 치명적인 대미지를 준 것도 바로 그 힘이다.

치유술사로서 힘에 긍지를 가진 페리스에게 생명을 앗아갈지도 모르는 힘을 쓰게 했다. 그런데도 간청하는 스바루에게 페리스가 넘어갔기에 마지막 함정을 칠 수 있었다.

"이로써, 마지막으로 믿던 몸도 실패……. 슬슬 포기할 맘이 들었냐?"

『포기? 포기한다? 포기라니! 이대로, 당신의 육체를 빼앗아, 저는 저를 저로 제가 저로 저야말로 저만이 저인데에?!』

광란. 평소의 광기를 넘어서 진짜 의미로 페텔기우스는 미치기 시작했다.

이만큼 선수를 빼앗기고, 턴을 무시당하고, 그러고도 집념과 망념을 품고 있는 페텔기우스에게 탄식한 스바루는 여전히 온몸의 피가 끓는 괴로움을 맛보면서 각오했다.

"이대로, 내가 죽으면…… 페리스의 트라우마가 되니까 말이지. ……나도 죽기 싫고, 내 딴의 방법으로, 너랑 결판을 내마……."

『당신, 무슨 짓을…… 아직, 제게! 이 이상, 제게서 무엇을?!』

다음 작전을 예감하게 하는 스바루의 말에 페텔기우스는 전율하며 목소리를 떨었다.

지금, 뇌 옆에 페텔기우스가 있기에 알 수 있다. 필요 이상으로 가까이 들어앉은 광인에게서, 그 공포와 거절이 쓰라리도록 전해진다.

같은 말을 놈에게도 할 수 있다. 그렇기에 놈은 스바루의 각오가 진심이라고 알았던 것이다.

"무서우냐? 그토록 여러모로 저지른 네가, 이제 와서."

『모든 것은 사랑에! 총애에 보답하자는 그것을 위해서! 당신에게 제가 무엇을 했지?! 당신은 그저 제 앞을 막아서며 방해만 할 뿐! 당신이야말로 대체 뭐랍니까?!』

스바루의 정체를 알 수 없어 페텔기우스는 그저 공포만을 느낀다.

광인이 보면 스바루가 자신에게 겨누는 증오의 원천을 이해할 수 없다. 스바루와 페텔기우스의 인생은 한 번도 교차한 적이 없다. 적어도 그에게는 그런 것이다.

『당신의 행위는, 단순히 생뚱맞은 애먼 원한…… . 오해도 심각한 겁니다!』

"……그만, 말 섞을수록 헛수고지. 사람이란 속을 터놓고 대화해도 서로 이해하지 못하는 상대도 있는 거야. 더군다나 상대가 인간이 아니라면 더욱더 그렇지."

『──────.』

실의와 체념에 물든 스바루의 목소리에 페텔기우스가 경악했다.

그 광인의 노골적인 반응은, 넋을 놓은 이유는, 스바루의 발언에 진실을 꿰뚫렸기 때문이다.

『당신, 이, 저의 무엇을…… 안다고, 하는 겁니까?!』

"널 이 바위밭에 유인한 시점에서, 트릭이 들켰다고 예상할 수 있지 않아? ──이곳에 있는 사람은 정식 정령술사, 그리고 자화자찬이지만 그 자격 보유자밖에 없다고."

스바루가 율리우스와의 대화 속에서 찾아낸, 『빙의』에 이르는 마지막 조건──.

"정령술사의 소질이 있는 인간에게, 강제적으로 계약을 씌워 몸을 가로챈다. 그것이 네 『빙의』의 정체다. 대죄주교…… 아니, 정령 페텔기우스 로마네콩티!"

『나를──!!』

드높이 정체를 폭로하는 목소리에, 스바루의 내면에 숨어 있는 페텔기우스는 공포를 잊고 고함쳤다.

──스바루가 페텔기우스의 정체를 깨달은 것은 지난 루프에

서 있었던 사건과 『빙의』의 조건을 고찰하는 도중이었다. 마음에 걸린 것은 준정령 이아였다.

지난 루프 때, 스바루의 몸에 깃들었을 터인 이아가 페텔기우스에게 『빙의』당한 순간 스바루에게서 튕겨 나왔다. 그 부자연스러운 사태에서 추측을 펼쳤다.

동족혐오── 정령을 무턱대고 미워하는 건, 정령을 사역하는 정령술사를 미워하는 건 그 때문이다.

페텔기우스의 『빙의』란 사정령(邪精靈)인 페텔기우스의 변칙적 계약의 결과다. 따라서 놈은, 이미 정령과 정식으로 계약한 정령술사를 적대시한다.

임시 계약을 빼앗을 순 있어도, 정식 계약을 빼앗을 순 없다. 그렇기에 정령술사는 놈에게 천적인 것이다.

스바루가 율리우스를 결전의 파트너로 선택해 검으로써 힘을 빌린 것은 그 때문──.

"정곡을 찔렸다고 역정을 부리다니, 인간에게 씌는 동안에 인간다운 맛이 옮은 거냐?"

『닥쳐! 나를! 정령 따위와! 그런 하등한 존재와 같이 보지 마! 저는 정령을 초월한 존재인 겁니다! 정령을 초월해, 애매한 자의식을 벗어나, 총애로 목적을 획득한 선택받은 존재인 겁니다! 네놈이 나의, 뭘 알아아!!』

한계를 초월한 분노와 증오에 페텔기우스는 육체의 강탈도 잊고 격발했다.

그 내용은 얄궂게도 스바루의 추측을 뒷받침해 부정하면 할수록 제 무덤만 팔 뿐이다.

『사랑이 저를 바꾼 겁니다! 사랑이 제게 의지를, 존재의의를 내려준 겁니다! 그것도 전부 다 마녀의 은총! 마녀의 총애! 하면! 하면하면하면하면면면면면면면! 이 몸은, 영혼은, 모조리 마녀를 위해서 바쳐야 마땅한 겁니다!』

"고견, 참 대단하시군, 주교님. ──그럼 특별하게 네게 소개시켜 주마."

『무엇을! 누구와! 무슨 이야기를──!』

"──네가 기다리던 마녀님을, 말이야."

스바루의 발언에 페텔기우스의 격정이 송두리째 날아갔다.

남은 것은 경악과, 황당함과, 페텔기우스가 처음 보이는 광기의 뒷면이었다.

표백된 광기의 사고, 그것을 뿌리치고 스바루는 스스로 그 순간을 끌어들였다.


"──나는, 『사망귀환』해서."


금기의 말을 입에 담은 순간, 세계는 색을 잃고 움직임이 멈춘다.

──그리고 그것은 스바루를 맞이하러 다가왔다.

# 2

일면. 어둠만이 지배하는 세계에 그것은 초대받았다.

아무것도 없는 세계. 미덥지 못한 공간. 자신의 육체조차도 존재하지 않는 공허한 공백.

육체의 유무에 관심은 없으며, 세계의 유무는 의미가 없고, 영혼의 유무는 지각이 미치지 못하고.

그저 상실감만이 있고, 그 상실감을 그립게 여기는 심정이 있다. 무언가를 느끼는 것이 가능하다면, 무엇은 없어도 자신의 존재만은 이곳에 있다.

그런 자의식조차 애매한 암흑에, 불현듯 변화가 생겼다. 세계의 색깔이 바뀐다.

『————.』

그것은 빛이 없는 세계에, 암흑조차도 지워 없애는 칠흑의 인영이다.

여성이다. 그것만은 알 수 있다.

얼굴도, 몸도 뿌옇고, 불확실하여 무엇 하나 확실한 것은 없다. 그런데도 마음이 끓었다.

그녀와의 해후에―― 아니, 이것은 해후가 아니다. 재회다.

그것은 축복이며, 그것은 은총이며, 그것은 복음이며, 그것은 진정한 사랑인 것이다.

오늘까지 이어진 나날은, 그녀와 재회하기 위해 있었으므로.

손이 없는 것이 답답하다. 지금 당장 걸어가 손을 잡고 싶다.

입이 없는 것이 답답하다. 이 마음을 전부 말로 표현해 발산하고 싶다.

몸이 없는 것이 답답하다. 바란다면 피고 뼈고 고기고 전부 바칠 수 있는데.

영혼만이 있는 것이 답답하다. 바칠 수 있는 것이 이것밖에 없으므로.

『_____.』

여전히 그녀는 침묵을 고수하고 있다.

하지만 그 의식은 확실하게 이쪽을 보고 있었다. 그것만으로도 충분했다.

그녀가 의식하는 세계에 자신이 존재한다고 생각하기만 해도 하늘에 오를 듯한 기분이 들었다.

그리고 찾아 헤매던 『사랑』을 나누고, 이 영혼을 영원히 그녀의 것으로──.

『──달라.』

목소리는 실망과 낙담으로 채색되어 있었다.

처음 듣는 말이 무엇이더라도 그것을 지극한 행복으로 받아들일 준비는 마쳤었다.

그런데도 그 목소리를 들은 순간, 생겨난 것은 존재를 뒤흔들 정도의 불안의 그림자다.

왜, 이런 기분이 드나. 이곳은 찾아 헤매던 『사랑』을 받아야 할 곳인데──.

『당신은, 그 사람이, 아냐.』

거듭되는 실망. 사라지는 열정. 낙담은 이윽고 다른 감정――분노로 바뀐다.

『그 사람이 아닌 존재가, 왜 나와 그 사람의 터전에 있지――?』

목소리는 분노로 떨고 있었다.

분노와, 미움과, 저주의 말로 부정되어 영혼이 갈가리 찢긴다.

멀리하는 이유가, 거리끼는 진의가, 『사랑』이 닿지 않는 현실을 받아들이지 못하고, 필사적으로 한탄과 슬픔을 말로 표현해 그녀의 마음을 달래기 위해서 있는 말을 다하려 했다.

하지만 그 말을 자아낼 입이 없다. 의사를 전할 수 있는 손도, 몸도 없다. 지금 이 자리에 있는 것은 영혼뿐이며, 그리고 영혼은 그녀에게 거절당해 바치는 것조차 허용되지 않는다.

『――사라져.』

의식의 곤혹도, 당혹도 비애도, 그녀에게는 전해지지 않는다. 아무런 의미도 없다.

그녀에게 자신은 무가치, 무의미, 무위하기 때문이다.

거절과 부정을 뒤집어쓰고 절망이 긍정되어 영혼이 끔찍하게 으스러진다.

의식은 절취된 세계의 틀에서 떨어져 나가 그토록 바랐을 터인 재회는 멀리, 더 멀리, 잠기는 것처럼 단절된다.

그녀의 모습이 멀어진다.

이토록, 그토록, 이렇게나, 애타게 고대했던 모습이 저편으로 사라진다.

그 한탄을, 이미 그녀는 일고도 하지 않는다.

그저 조용히, 칠흑의 어둠 속을 한마음으로 바라보며——.

『사랑해사랑해사랑해사랑해사랑해사랑해사랑해사
랑해사랑해사랑해사랑해사랑해사랑해사랑해사랑해사
랑해사랑해사랑해사랑해사랑해사랑해사랑해사랑해사
랑해사랑해사랑해사랑해사랑해사랑해사랑해사랑해사
랑해사랑해사랑해사랑해사랑해사랑해사랑해사랑해사
랑해사랑해사랑해사랑해사랑해사랑해——.』

——그곳에 있던 누군가가 아닌, 다른 누군가에게 보내는
『사랑』을 한결같이 속삭이고만 있었다.

                              3

"——어어거억! 돌아왔다아!!"
　영원이 연상되는 격통에서 해방되고, 스바루의 의식이 현실
의 속도를 따라잡았다.
　금기를 입에 담은 대가는 심장을 쥐어짜는 듯 무자비한 아픔
이다. 검은 그림자로 형성된 손바닥—— 페텔기우스의 권능과
많이 비슷한 그것은 마녀와 무관하지 않을 것이다.
　『질투의 마녀』와 스바루 사이에는 필시 『사망귀환』에 관한
인연이 있다. 어쩌면 그것은 스바루가 이세계로 초대된 것과도
관계가 있을지 모른다.

"머잖아, 해명해 주지……. 하지만, 지금은!"

의혹을 떨쳐내고 스바루는 경련하는 팔다리를 움직여 몸을 일으켰다. 얼굴을 더럽히는 침을 거칠게 소매로 닦아내고 바로 옆 바위에 물고 늘어지듯 일어섰다.

그리고 자기 안에 있었던 이물질의 소실을 느끼고, 암벽 쪽으로 눈길을 돌렸다.

"……이, 럴…… 리, 가…… 없는…… 겁니다……."

그곳에, 피웅덩이 속을 기는 페텔기우스가 있었다.

핏자국을 끌며 시체나 다름없는 원래 몸으로 돌아가 페텔기우스는 오열하고 있다.

스바루에게 『빙의』하는 것을 포기하고, 강제 계약을 풀어 원래 육체로 정신을 되돌린 것이다. 스바루와 육체를 공유한 이상, 『사망귀환』을 밝힌 페널티를 놈도 맛보았을 터.

빙의 상태는 고통까지 공유한다. 그것을 내다본 『인내심 대결』이야말로 스바루가 페텔기우스 대책으로 준비한 마지막 히든카드였다.

"최악의 경우에는 나올 때까지 계속할 생각이었는데…… 한 번 가지고 항복이셔? 깡도 없는 놈."

허덕이면서 승리를 뽐내고 허세를 떠는 스바루의 다리에서 힘이 빠졌다. 하지만 쓰러지려는 몸을 뒤에서 부축받고, 옆에 선 상대의 얼굴을 본 스바루가 콧방귀를 뀌었다.

그 태도에 쓴웃음을 짓고, 기사——율리우스는 기사검을 털고 페텔기우스에게 겨누었다.

"이번에야말로, 끝장을 내마."

피로 물든 기사검의 도신이 옅게 빛나고, 준정령이 다시금 무지개의 극광을 칼날에 둘렀다.

만상을 베는 무지개색 검을 들고, 율리우스는 곧게 페텔기우스를 응시했다.

"사랑해…… 사랑, 사랑을…… 사랑이……."

넋 나간 소리를 반복하며 이미 기어 갈 여력도 없는 페텔기우스는 율리우스를 알아채지 못하고 있다. 알아챘더라도 아무것도 변하지 않았을 것이다.

꿰뚫린 가슴의 상처에서는 피가 그치지 않고, 흙빛으로 죽은 얼굴에는 절망이 들러붙어 있다.

"———."

이윽고 광인은 벼랑 앞에서 바윗덩이에 등을 기대고 돌아보았다.

광태를 연기할 기력조차 잃고, 페텔기우스는 멍한 표정으로 율리우스를 쳐다보았다. 그대로 시선은 내려가 기사 뒤에 서 있는 스바루에게로── 갑자기 감정이 폭발했다.

"왜, 왜…… 왜에!"

활짝 벌어진 눈에서 눈물이 흐르고 철철 흐르는 뜨거운 물방울이 뺨을 적셨다.

그것은 수없이 본 환희의 눈물이 아니다. 오로지 회한과 격노 때문에 흘러넘치는, 구제할 도리가 없는 망념의 증표. ──광인의 꿈이 깨졌다는, 그 증표였다.

페텔기우스는 눈물을 흘리며 천상을 우러르고, 보이지 않는 무언가를 잡으려고 부르짖는다——.

"마녀여……. 마녀여! 마녀여어! 이토록이나 당신을 위해서 바치고! 그토록이나 당신을 위해서 헌신해서! 떠오르는 대로 모든 것으로 당신에게 보답했건만, 왜입니까! 왜인 겁니까! 왜, 저를 버리시는 겁니까?! 왜! 왜인 거요?! 마녀여! 그렇다면 왜, 내게 사랑을…… 총애를……?!"

"네가 바친 건 사랑도, 신앙도, 하물며 너 자신도 아니다. 그저, 네 주위를 걷고 있었을 뿐인 지나가던 사람들이지."

매달리는 듯한, 구원을 바라는 페텔기우스의 한탄을 스바루가 잘라냈다.

귀를 기울일 가치도 없다. 페텔기우스의 그것은 단순한 독선, 저 혼자만의 편애다.

빌헬름도 말했었다. 『사랑』이라고 부르다니, 주제넘다.

"——쉿!"

율리우스가 질주하고 페텔기우스의 여윈 몸에 검이 육박한다.

치켜든 검에 대해 페텔기우스는 눈물로 흐려진 눈을 멍하니 돌릴 뿐이다. 그 가슴에 재차, 무지개색 검격이 처박혀, 빛의 분류가 작렬했다.

타인의 육체에 기생해 오드를 탐하는 사정령—— 마나의 집합체인 페텔기우스의 본체가 극채색의 빛에 송두리째 불탄다.

기사검이 뽑히고, 뜨거운 피가 흘러나오는 가슴을 페텔기우스는 멍하니 내려다보았다.

그러자 페텔기우스는 초점이 맞지 않는 눈을 머리 위로 돌리고 하늘에 손을 뻗었다.

　"──뇌가, 떨, 린, 다."

　홀쭉한 그림자에서 한 가닥, 『보이지 않는 손』이 천상을 향해 발사됐다. 그것은 눈부신 태양을 목표하듯이 한없이, 한없이 뻗어나갔다.

　그러나 그 손바닥이 무언가를 잡는 일은 없이, 허공으로 나아가는 손바닥은 이윽고 벼랑의 표면을 크게 깎아내고 바위 표면을 거세게 파헤쳐 균열을 만들었다.

　──의도한 행동은 아니었으리라.

　그것은 페텔기우스에게 아무 의미도 없는, 마지막 망념에 떠밀린 충동이다.

　"──────."

　페텔기우스의 머리 위에서 붕괴가 발생한다. 파인 암벽이 거대한 파편으로 바뀌어 떨어졌다. 그 바로 밑에는 아무것도 잡히지 않는 하늘을 바라보는 페텔기우스가 있고──.

　"나는, 사랑받고──."

　바윗덩이가 그 육체를 찌부러뜨리고 고기와 뼈가 찌그러지는 소리가 암석 지대에 요란하게 울려 퍼졌다.

　땅울림과 연쇄해 연기가 피어 오르고, 페텔기우스의 여윈 몸은 한순간에 바위의 묘비에 깔려 그 밑에 파묻혔다.

　붕괴의 재난을 피한 율리우스가 페텔기우스가 있었을 장소로 걸어갔다.

그 시선이 가는 곳. 바위 밑에서는 대량의 피가 흘러나오고 있었다. 그것을 지켜보고 율리우스는 고개를 가로젓더니 손에 든 기사검을 칼집에 거두고 돌아섰다.

"_____."

스바루 또한 한마디도 하지 않고 그쪽으로 발길을 옮겼다.

그리고 묘비 앞에 서서, 스바루는 작게 한숨을 내쉬었다.

감탄도, 달성감도, 만족감도, 아무것도 없다.

오로지 공허한 감상만이 가슴을 뚫고 퍼지는 것을 알 수 있다.

스바루는 지금 이 자리에서 승리와 패배 같은 개념을 입에 담는 촌스러운 짓을 범하지 않았다.

그저 감흥이 없는 뇌리에 스친 말. 그것만을 말로 뱉어낸다.

"페텔기우스 로마네콩티."

그 한마디로, 이 싸움에 종지부가 찍힌다.


——마녀교 대죄주교 『나태』 담당 페텔기우스 로마네콩티.

——가장 뛰어난 기사 율리우스 유클리우스와, 자칭 기사 나츠키 스바루의 싸움.


자갈의 묘비 앞에서, 스바루는 작게 숨을 들이켜고, 말했다.


"——너, 『나태』 했군."

## 제5장 『──그저 그뿐인 이야기』

1

──묘비에 마지막 말을 남기고, 스바루는 광인을 등지고 돌아섰다.

돌아보니 한쪽 눈을 감은 율리우스와 새침한 표정의 파트라슈가 나란히 서 있었다. 양쪽 다 상처투성이지만 태도로 드러내지 않는 정신력은 대단한 노릇이다.

물론 심신 양면으로 소모가 현저해 그 피로감까지는 숨길 수 없지만.

"뭐, 나도 남 말 할 처지는 아닌가. 한순간이라고는 해도, 저 놈이 몸에 들어왔고."

사정령 페텔기우스의 『빙의』, 그 부작용은 전혀 알 수 없다. 정신이 드니 무의식적인 자해 행위 때문에 온몸이 피투성이, 같은 사태가 생기지 않기를 절실하게 빈다.

시답지 않은 생각을 하는 반면, 스바루는 자신이 기묘한 허탈함을 느끼고 있다는 사실에 놀랐다.

이세계 소환 이래로 가장 큰 난적이었던 페텔기우스. 간신히 그놈을 물리쳤건만, 가슴속을 메운 건 달성감보다 탈력감 쪽이 더 크다.

"설마 완전연소 증후군은 아니겠지. 저놈을 쓰러뜨리고 숙연해지다니 생각도 못했다고. ……어처구니없군."

혼잣말 끝에 빰을 때리고, 해이해진 사고를 아픔으로 억지로 다잡았다.

페텔기우스는 쓰러뜨렸다. 하지만 스바루의 목적은 그걸로 끝이 아니다. 아직 마지막 큰 건수, 에밀리아와의 화해를 달성하지 못한 것이다.

왕도에서 다툰 끝에 이별한 것으로 시작해, 그 이후로 크루쉬 진영과의 동맹과 백경 토벌. 마녀교와의 공방전에, 에밀리아 일행을 피난시키기 위해서 꺼낸 거짓말의 진상── 거기다 뒤처리를 포함한 사후 설명이 있어야 비로소 이번 사건들에 결판이 난다.

육체를 혹사한 다음에는, 정신적으로 마모될 이벤트가 듬뿍 얹힌 노릇이다.

"하지만 아무도 상처 받지 않았고, 죽지도 않았어. 그편이 훨씬 속 편하지. 평화로운 나날의 소중함은 잃고 나서야 비로소 깨닫는다……. 아니, 난 처음부터 그렇게 생각했는데."

무사태평이 제일이라고 스바루가 생각해도, 부조리 쪽이 못 본 척하지 않는다.

그렇다고는 해도, 그렇게 부산한 시간도 이제 진정된다. 스바루는 고개를 돌리고 바위밭에서 율리우스와 파트라슈가 있는 쪽으로 가려다가── 도중에 발길을 멈추었다.

이유는 페텔기우스가 기었던 자리에 남은 핏자국, 그 위에 있는 한 권의 책이다.

"──복음서……라."

죽기 전에 떨어뜨렸는지, 복음서는 표지를 피와 흙으로 더럽힌 채로 방치되어 있었다.

그것을 줍고 스바루는 내용을 팔락팔락 확인했다. 그 내용은 전과 변함없이 스바루의 눈에 상형문자의 모임으로만 보였다. 후반 페이지가 백지인 것도 변함없어 페텔기우스가 죽은 지금은 내용을 캐내는 것도 불가능하다.

"회수만 하고, 크루쉬 씨나 로즈월에게 상담하는 게 좋을까?"

덧붙여 로즈월 쪽이 우선도가 낮은 건 단순한 호감도 부족 탓이다. 이번 부재의 영향으로, 같은 편인데도 로즈월의 신뢰도는 현저하게 저하했다. 앞으로의 점수 회복에 기대하고 싶다.

"──스바루."

복음서를 어떻게 다룰지 결심한 스바루를, 근처에 다가온 율리우스가 불렀다. 그 목소리에 스바루는 고개를 들어 율리우스의 험악한 표정에 눈썹을 찡그렸다.

불온한 기척. 그런 스바루의 예감을 뒷받침하듯이 율리우스가 끄덕였다.

"간신히 결판을 낸 직후지만, 바로 마을로 돌아가지. 문제가 발생했어."

"……꺼림칙한 예감이 장난 아닌데. 무슨 일이 있었지?"

"페리스한테 연락이 왔다."

그렇게 말한 율리우스는 빛을 내는 대화경을 들어 올렸다. 페리스와의 교신이 이어지는 거울면을 흘깃 보며 미장부는 노란 두 눈에 경계를 드리우고.

"피난에 사용한 용차의 화물에 수상한 구석이 있었던 모양이야. ——에밀리아 님께서 위험하다."

모든 전제 조건이 뒤집힐 수 있는 폭탄 발언을 입에 올렸다.

## 2

스바루 일행이 아람 마을에 돌아와 보니, 귀환한 토벌대가 마을에 모여 있었다.

그들은 스바루 일행을 알아채고 대죄주교를 토벌한 전과를 치하해 주었다. 그러나 그 분위기는 축배를 들기에는 삼엄하고, 짙은 긴장감이 남아 있었다.

"작전 성공을 축하하며 잔치를 벌일 분위기가 아니야. 무슨 일이 있었는지 말해 줘!"

"——그래그래, 물론. 그 전에 너희 상처를 진찰할 거야."

설명을 요구하는 스바루에게 응답한 사람은 집단 속에서 빠져나온 페리스다. 슬쩍 웃고 있지만, 그 이마에는 땀이 맺혔고 근위기사의 제복은 피로 매우 더러워졌다.

그 몰골을 본 스바루가 놀라자 페리스는 "아하." 하고 이해한 표정으로 끄덕이고 말했다.

"괜찮아. 페리의 피가 아니라 치료 중에 묻은 거니까. 그리고 겉보기처럼 심각한 상처가 생긴 사람은 없어. 부상자는 나왔지만 희생자는 안 나왔으니까."

"그것참 좋은 소식…… 아니, 난 나중에 해도 돼! 율리우스가 먼저야."

"네 상처라면 짬짬이 해도 된다구. 율리우스 쪽은 팔 걷고 단단히 나서야 할 것 같지만."

가벼운 부상임을 주장하는 스바루에게 손을 올리고, 페리스가 치유 마법을 발동했다. 근지러운 감각과 함께 상처가 아물어 통증이 가실 때까지 불과 십여 초. 역시 대단한 솜씨다.

"자. 스바루큥은 끝. 율리우스는…… 와, 아프겠다. 얼른 웃옷 벗어."

"부드럽게 부탁하지."

선선히 대답하는 율리우스지만, 그 상처는 매우 깊다. 쾌유하는 데 시간이 걸린다는 것은 상처를 진단하고 얼굴을 찌푸린 페리스의 반응을 봐도 명백하다.

"네가 할 일은 끝났어. 얌전히 요양하고 있어. ……그래서 페리스, 중요한 얘기를 하자. 화물이 뭐 어쨌다고?"

율리우스의 치료가 시작되는 것을 힐끗 보고 스바루는 조급함을 느끼며 질문을 날렸다. 그 질문을 듣고, 치유 마법을 행사 중인 페리스가 "응, 알았어." 하고 턱을 움직였다.

"그게 말인데, 눈치챈 애한테 듣는 게 가장 좋을 것 같으니까…… 오토큥!"

생각도 못한 페리스의 지명에 눈이 동그래진 스바루 앞에서 사람 울타리가 갈라졌다. 기사들 틈새를 지나 앞으로 넘어질 듯 뛰쳐나온 것은 회색 머리 청년——.

"오토?"

"나츠키 씨! 돌아오시길 기다렸다고요!"

달려와 숨을 헐떡인 것은 오토다. 흥분한 내색으로 스바루와 율리우스를 보고 두 사람이 무사하다는 것에 가슴을 쓸어내렸다.

"우선은 무사해서 천만다행이에요. 솔직히 대죄주교와 싸우는 짓은 자살 행위라고 생각했는데…… 아니! 지금은 그보다 드리고 싶은 말씀이 있어요!"

"진정하고! 천천히 설명해. 하지만 요점을 간추려서 간단하게 부탁한다."

"어려운 주문을! 좌우간 화물 얘기예요. 사실은 목록을 확인하다가 묘한 구석이."

"목록이면, 마을에 남긴 행상인의 화물 목록 말인가. 묘한 점이라면?"

목소리를 낮춘 오토가 가슴에 안고 있던 상품 목록을 화급하게 들추었다. 그리고 목록이 있는 페이지에 눈길을 멈추며 말했다.

"케티 씨……. 이름으론 모를 수도 있겠지만, 행상인 케티 무타트예요. 마녀교의 염탐꾼이라는 이유로 잡혔나 보지만요."

"그놈은 알아. ——그렇군. 아는 사이였었던가."

오토와 케티가 지난 루프에서 몇 번쯤 접점이 있었음을 알고 있다. 지인이 마녀교도라고 알고 오토도 충격을 받은 것이리라.

하지만 오토는 그 부분은 개의치 않고 오히려 몸을 숙이며 스바루에게 다가들었다.

"케티 씨가 마녀교도였다는 사실에는 놀랐고, 안타깝기도 해요. 하지만 문제는 그게 아니에요. ——그 사람의 용차는, 마을 사람들의 피난에 이용되고 있었죠?"

"——? 그래, 쓰고 있어. 주인이야 어쨌든 지룡에게 죄는 없으니. 써먹을 수 있는 용차에도 여유가 있는 건 아니고, 전원 내보내기 위해서 부득이했지."

"그리고 용차에서 내린 화물과 그 목록의 내용은 제가 본 것과 일치하죠?"

"그럴 터, 인데……."

세부 사항에 구애되는 오토에게 스바루는 의문을 가진 채로 끄덕였다. 그 긍정에 오토는 "역시 그래." 하고 확신을 가진 표정을 짓고 애가 탄 스바루에게 딱딱한 목소리로 말을 이었다.

"남은 화물과 목록을 비교한 결과, 있어야 할 게 마을에 없어요."

"있어야 할 것?"

"케티 씨의 용차에 신고 있었을, 대량의 불의 마석이 없어요. ——용차 일고여덟 대는 날려버릴 만한 양이, 어딘가로 사라지다니 가당치도 않아요."

## 3

　──케티의 용차는 『성역』조가 아니라 에밀리아 일행을 포함한 왕도 피난조가 이용하고 있다.

　오토의 말을 듣고 용차의 할당을 확인한 뒤, 스바루는 그렇게 결론을 내렸다.

　행상인에 숨어 있던 마녀교도는 셋. 주인을 잃은 용차는 토벌대 사람이 몰고 있으며, 그 셋 중 하나에 에밀리아가 승차했다는 사실도 기억하고 있다.

　"그, 목록에 있던 마석이 정말로 화물칸에 있었다고? 말하면 뭐한데, 마녀교도였던 놈의 목록을 믿을 순……."

　"일상에 숨어서 유사시 독이 되는 게 마녀교도의 두려운 점이야. 임시적인 신분을 대충 소화하고 있었다. ……그건 보기 싫은 것을 외면하는 행위지, 스바루."

　"넌 또 여기서 정론을……. 알아, 내가 잘못했어."

　초조해하는 스바루에게 율리우스가 엄격하게 현실을 들이댔다. 반사적인 반론을 자중한 스바루 옆에서 페리스는 오토를 보고 말했다.

　"목록과 화물의 오차를 눈치챈 건 오토큥이지만, 이유가 있는 거구나."

　"네. 마석 말고 다른 화물은 목록과 일치했었고…… 사실 저는 현물을 봤었어요."

　"봤다니, 화물에 마석이 있던 걸?! 언제인데?!"

자기 자신이 증인이라고 밝히고 나선 오토는 스바루의 의문에 손가락을 세웠다.

"이번에 피난용 용차를 모으는 고시가 있었을 때죠. 그 이야 기를, 저는 케티 씨 일행과 같이 듣고 있었거든요. 그래서 다른 사람들보다 한발 앞서기 위해서 서둘렀는데…… 출발 전 도정 계산 중에 남의 화물을 슬쩍 확인했죠."

"빈틈없어라……. 근데 결과는 시원찮았나."

"그 말은 할 필요가 없잖아요?! 아무튼 현물은 제 눈으로 똑똑 히. 질은 그래도 위력은 보증수표……. 이곳에 없다는 말은 다 시 말해……라고 저는 짐작합니다만."

설명이 끝나고, 스바루는 씁쓸한 얼굴로 율리우스와 페리스 를 쳐다보았다. 하지만 두 사람의 얼굴에 심각한 기운이 강하 고, 특히 율리우스의 자신에 대한 분노는 현저하다.

"제길, 실수다! 써먹을 수 있는 건 뭐든 써먹자는 가난뱅이 기 질이 역효과를 냈어!"

"술식이 걸리지 않은 것은 확인했다. ……하지만 용차 자체 에 물리적인 수작을 부린 건 맹점이었군. 미안하다. 내 실책이 다."

"네가 잘못한 게 아냐. 내가 눈치챘어야 했어."

마법적인 함정에 대한 경계는 율리우스가 충분히 하고 있었을 터다. 그가 그쪽을 떠맡았다면, 물리적인 수작은 스바루가 알 아차려야 했다.

무엇보다 원통한 점은, 용차의 폭발이 지난번 루프에서 스바루 자신이 경험한 일이라는 사실이다.

지난번 루프에서 페텔기우스에게 빙의된 케티가 본성을 드러냈을 때, 스바루와 페리스는 용차의 폭발에 휘말렸다. 그 뒤, 『손가락 끝』에 시술된 자해용 폭렬 술식의 존재를 알고 그 폭발은 그 술식에 따른 것이라고 믿고 있었지만——.

"그 폭발은 술식이 아니라, 용차의 함정……. 그건 이번에도 피난한 용차에."

용차에 마석을 설치하는 건 자신이 마녀교도라고 들킬 것을 대비했을 때 매우 유효하다. 토벌대에 큰 피해를 줄 수 있고, 아군에게 상황 변화도 전할 수 있다.

마녀교의 집요한 악의를 고려하면 그것은 수긍할 수 있는 상상이었다.

"페리스! 지금부터 지룡을 급히 보내서 왕도로 향한 피난조를 따라잡을 수 있어?!"

"어려울 거야. 에밀리아 님 일행이 출발하고 한 시간 반……. 마녀교에게 발견되지 않게끔 피난하고 있으니 냅다 달리진 않을 테지만, 천천히 몰고 있을 리도 없으니."

둘로 나눈 피난조 중, 왕도조는 리파우스 가도를 지나는 속도 중시의 작전이다. 메이더스령을 지나 가도로 들어서면 따라잡는 건 더욱더 곤란해진다.

그러나 술수를 어떻게든 하지 않으면, 에밀리아와 아이들이 희생된다——.

"아직 부족한가? 이만큼 하고도, 나는 또……!"

자신이 관여할 수 없는 곳에서 소중한 사람의 운명이 좌우되는 것인가.

운명은 스바루가 아무리 수를 써도, 이런 수 저런 수로 함정을 친다. 마치 스바루가 걷는 길 전부를 정성껏 가시로 포장하는 것처럼.

하지만 그러한 운명의 부조리에 꽁꽁 묶인 스바루에게——.

"——한 가지, 괜찮을까요? 나츠키 씨."

초조한 스바루 앞에서, 진지한 표정을 지은 오토가 손을 들고 끼어들었다.

그 눈에 깃든 각오는 방금 본 심약한 오토와 다른 사람 같았다. 하지만 스바루는 그 변화를 본 기억이 있었다. 그것은 진짜 의미로 오토를 처음 본 루프 때, 술에 절어 있던 오토는 스바루에게 거래를 제안받고 지금처럼 상인의 얼굴을 했다. 즉——.

"——뭔가, 지금의 나와 거래할 수 있단 거냐, 오토."

"눈치 빠르신 분은, 싫지 않죠. ——나츠키 씨, 저는 지금, 꽤 벼랑 끝에 몰렸어요. 용차의 화물은 팔아먹을 때를 놓쳐서 똥값이 됐고! 한 방에 역전을 노린 돈벌이는 기회를 놓쳐서 대참사! 숨만 붙어 있으면 이득이라고 말하지만, 솔직히 웃고 있을 수 없어요."

듣기만 해도 비참하고, 비극보다 희극에 가까운 처지이지만, 지금은 그것을 농으로 넘길 여유도 없다. 스바루는 고개를 끄덕여 오토에게 말을 계속하라고 재촉했다.

스바루의 태도에 오토는 딱 한 번 눈을 감고 나서, 제안했다.

"거래, 하죠. 제 조건에 따라 주신다면 저는 제 모든 것을 바쳐 당신을 목적하는 장소로—— 문제의 용차를 따라잡겠다고 약속하겠습니다."

"따라잡을 수 있다고? 지금부터 출발해서 어떻게?!"

"그걸 말하기 전에 약속해 주셨으면 해요. 조건을 받아들이겠다고. 여기서 내미는 것이 제 히든카드이니, 쉽게 말할 순 없습니다. 설령 위협을 받아도 말이죠."

"조건이든 뭐든 내놓기만 해! 내가 할 수 있는 일이라면 뭐든지 해 주마!"

신중하게 말을 가리는 오토의 두 어깨를 잡고 스바루는 조건을 요구했다.

이미 네 번이나 세계를 반복했다. 백경을 무찌르고, 마녀교를 물리치고, 손에 넣고자 바란 조건은 대부분 달성했다. 여기까지 와서 모든 것을 헛수고로 돌리는 것은 사절이다.

——마지막 분발 하나쯤, 긁어모은 기합과 근성으로 극복해 주겠다.

"결단이 빠른 사람도, 싫지 않아요."

스바루의 즉각 결단에 오토는 식은땀을 흘리면서도 웃음을 지어냈다.

지금 한순간의 교섭은 오토에게도 인생을 좌우하는 대결전이었던 것이다. 스바루의 즉각 결단에 잠시 놀랐지만, 오토는 금세 갈등을 내던졌다. 그리고——.

"——제게, 메이더스 변경백을 뵐 기회를 만들어 주셨으면

합니다. 그리고 이번 보수로, 화물인 기름을…… 부르는 값으로 매수, 해 주시면 어떨까요?"

눈을 가늘게 뜬 오토는 장사꾼의 표정으로 스바루를 시험하듯이 말했다.

처음에 최대한의 요구를 던진 다음에 양보를 이끌어내는 초보적인 교섭술이다. 절박한 사정을 틈타는 것은 상인의 정석이기도 하다.

여기서 스바루와 오토의 격렬한 교섭전이 시작——.

"또 그런 거면 되는 거야? 좋아. 기름이든 뭐든 사 주고, 그 변태 피에로와 만나고 싶다면 얼마든지 해 줄게! 협상 성립이다!"

"엑, 뭐야 그거 무서워."

교섭을 시작하는 방식이 지난 루프 때와 똑같다면, 결판을 내는 방식도 고스란히 같은 전개—— 오토의 운명을 건 거래는 또다시 그가 바라는 대로 정리됐다.

——헛물켠 부전승. 그것을 본인이 명예롭게 여길지 말지는 별개의 이야기다.


4


"이아를 네게 동행시키지. 용차에 설치된 마석도, 그녀라면 찾아낼 수 있을 거야."

그렇게 말하고 또다시 율리우스는 자신을 따라다니는 붉은 준정령을 스바루에게 맡겼다.

희미하게 빛나는 준정령은 지난번과 똑같이 스바루의 게이트에 동조하고는 모습을 감췄다.

　"도움이야 되는데, 너무 쉽게 주거니 받거니 하면 이 아이가 화내지 않아?"

　"이아는 이해심이 있고, 네가 마음에 들었어. 그리고 아무 재주도 없는 너만 보냈다가 후회하는 건 피하고 싶군. 사실은 나도 동행하고 싶지만……."

　거기서 말을 중단하고 율리우스는 단정한 얼굴에 분한 내색을 내비쳤다. 하지만 그 옆에서 끊임없이 치유 마법을 걸고 있는 페리스가 어이없다는 듯이 뺨을 부풀렸다.

　"오기로 버티구 있는 주제에 먹힐 법한 소리를 해. 마나두 빈 털터리인데 무슨 도움이 된다고!"

　"봉오리들의 힘을 빌리고 이런 추태야. 자신의 못난 자질에 신물이 나."

　"네가 말하면 그냥 듣기 싫은 소리인데. 좌우간 정령은 고맙게 빌리마. 그리고……."

　준정령을 빌리고, 스바루는 마지막으로 치료에 전념하는 율리우스에게 손가락을 들이댔다.

　"전부 정리하고, 백경과 마녀교 격파의 축하 잔치나 벌이자고. 초대객 명부에 넣어 줄 테니 죽지 마라."

　"여기서 모살당하면 범인은 너 아니면 페리스지. 알기 쉬운 상황이긴 하군."

　"사이좋게 씹어대지 말고. 자, 얼른 에밀리아 님을 쫓아가!"

넉살을 교환하는 두 사람을 노려보며 페리스가 마을 입구 쪽을 손가락으로 가리켰다. 그 대화를 둘이 보내는 격려로 받아들이고 스바루는 엄지를 세운 뒤 달리기 시작했다.

"네 전력에 기대하겠다."

"부디 조심해. 죽지 않으면 고칠 수 있지만, 죽으면 구할 수 없으니까."

그 성원에 손을 흔들어 보이고, 스바루는 마을 입구에서 오토와 합류했다.

오토는 자신의 용차에 애룡과 파트라슈를 매고 추적 준비를 갖추고 있었다. 장막을 친 중형 이두 용차—— 여기서부터 먼저 나간 에밀리아 일행을 쫓아간다.

"잊은 물건은 없죠? 시간이 아까우니 출발하죠."

"그래. 길 안내, 기타 등등 다양하게 포함해서 잘 부탁하마. 오토."

같이 끄덕이고, 두 사람은 나란히 용차의 차부석에 올라탔다. 정면. 용차를 이끄는 지룡 두 마리는 체격 차이가 좀 있다. 날씬한 파트라슈가 걱정스러울 만큼 차이가 나는데.

"지룡에는 『바람막이의 가호』가 있으니 다소의 체격차는 달리는 데에 지장이 없어요. 양쪽 다 암컷이고, 들은 느낌으로는 사이는 나쁘지 않은 것 같아요."

옆에서 스바루의 염려를 간파했는지 고삐를 잡은 오토가 그렇게 설명했다. 오토가 입에 담은 『들었다』라는 발언에, 스바루는 "으음." 하고 신음했다.

"왜 그러시죠?"

"아니, 역시 가호는 굉장하다 싶어서. 재능 같은 걸로 생각해도 되겠지만, 닥터 돌리틀까지 있었다니 놀랄 지경이야."

"동물 의사 선생님? 무슨 소리인지 모르겠는데, 가호 보유자는 나름 고생이 많다고요. 특히 제 『언령의 가호』는 어릴 적에는 잘 제어할 수 없었으니까요."

스바루의 감탄에 살짝 쓴웃음을 지은 오토는 자신의 가호에 관해 그렇게 말했다.

오토가 가진 『언령의 가호』의 효과는 『어떤 생물과도 대화가 가능』한 것이다. 그 가호의 힘으로 에밀리아 일행을 따라잡는다. ──그것이 그가 들고 온 거래의 해답이었다.

"처음에는 그 가호로 어떻게 따라잡냐고 생각했는데……."

"가는 중에 새나 벌레에게 말을 물으면 최단거리를 알 수 있죠. 제 지룡…… 푸르푸에게는 고생을 시키겠지만요. 짐승길은커녕, 벼랑에 늪에 험한 길을 돌파하니까 말이죠."

길도 아닌 길을 돌파하고 오토는 다른 행상인보다 먼저 메이더스령에 1등으로 도착했다는 뜻이다. 그만큼 애쓴 결과가 마녀교의 포로이니 궁극적으로 재수가 없다.

어쨌든 그 가호의 힘을 빌리면──.

"먼저 간 에밀리아 일행을 따라잡는 것도, 무지 쉽겠군."

"아뇨. 아무리 그래도 쉽기는…… 따라잡을 가능성은 충분히 있단 얘기죠. 애초에 사실은 따라잡을지 말지는 아까 조건에 없었던 게 중요한 부분이라서요……."

"먼저 간 에밀리아 일행을 따라잡는 것도, 무지 쉽겠군——!"

"그렇게 멋진 얼굴로 단언하셔도 난감하거든요?!"

신뢰의 무게를 못 이긴 오토가 소리를 치지만, 여기서 마음이 약해지면 다 끝장이다.

스바루는 웃음을 지우고 진지한 얼굴로 오토에게 머리를 조아렸다.

"부탁하자, 오토. 너만 믿을게."

"……정말로, 사람 잡는 대사네요, 빌어먹을."

차분한 스바루의 태도에 분한 듯이 말하고, 오토는 체념한 분위기로 탄식했다. 그리고 나서 고삐를 움켜쥐고 지룡 두 마리에게 힘차게 지시를 내렸다. 속도가 빨라진다.

"아아 정말, 하면 되잖아요! 해서, 은혜를 베풀어서, 골수까지 빨아서 한 몫 챙길 거예요——!"

자포자기한 오토의 지시에 따라 용차는 예사롭지 않은 속도로 출발, 달려나갔다.

그 속도에 든든함을 느끼면서 스바루는 길 너머에 있을 에밀리아 일행의 모습을 눈앞에 그렸다. 그 등을 따라잡는다. 그러기 위해서 달리기 시작했다고.

물론——.

"어라——?!"

용차는 초장부터 대뜸 길에서 벗어나 숲으로 들어가서 길 아닌 짐승길로 돌입했다.

『바람막이의 가호』가 지키고 있어도 다 지키지 못할 정도의 폭주가 벌써부터 스바루가 응시하던 길을 빠져나가고, 용차는 말 그대로 경로를 뚫고 질러가기 시작했다.


──그 뒤로 계속해서 이어지는 험한 길을 달리는 중, 스바루는 몇 번이고 죽음을 각오했다.

이세계에 소환된 이후로 벌써 열 번 넘게 죽은 스바루는 알 수 있다. 오토와의 폭주는 과장을 빼고도 『죽음』 옆을 아슬아슬하게 달리는 무모함이었다고.

수직에 가까운 낭떠러지를 내려가는 적극적인 자살 행위나, 당장에라도 끊어질 법한 허름한 흔들다리(실제로 건넌 직후에 끊어졌다) 돌파, 마수의 군생지대를 직진했을 때에는 괴이한 맹수 무리에 쫓겨, 목숨이 오락가락한 적은 이루 헤아릴 수가 없다.

"죽어……. 이거, 슬슬 죽을 거야……. 다음은 없어……!"

"뭐죠. 지금 엄청난 바람이 와요. 솔직히 저도 이 정도까지 가능할 줄은 몰랐어요. ……이것이, 잃을 것이 없는 인간만이 발휘할 수 있는 저력……!"

파랗게 질린 얼굴로 차부석에 매달리는 스바루의 옆에서, 오토는 완전히 뿅 가 있었다. 발언도 상당히 위험하지만, 쓸데없는 문답으로 집중력이 끊기면 무섭기에 아무 말도 할 수 없다.

"그리고 과정이야 어쨌든, 타임 자체는 최고야."

숲을 빠져나와 오랜만에 길다운 길 위에 올라간다. 마침 시야 끝에 스친 간판은 메이더스령과 가도의 경계를 가리켰다. 도착까지 걸린 시간은 통상의 절반—— 고생을 거듭한 보람이 있어 결과가 나오고 있다. 이런 짓은 두 번 다시 사양이지만.

"가도……보다, 왼쪽 가로수 너머로 돌진하는 게 빠르네요! 그쪽이 최단 루트예요!"

"가로수? 그냥 숲 아니야? 짐승길도 없을 것 같은데?! 정말로 괜찮은 거냐?!"

"————."

"대답하라고!!"

스바루의 비명을 아랑곳하지 않고, 오토는 용차의 기수를 숲의 입구로 들이밀었다.

당하고만 있는 스바루는 두 손을 깍지 끼고 사고가 나지 않기를 빌면서 숲 속으로. 나무뿌리를 밟은 충격으로 용차가 튀어오르고, 다시 조우한 험로 앞에서 이를 악물었다.

시야 일대가 온통 굵은 나무로 가득해 자칫 잘못하면 정면충돌을 피할 수 없다. 하지만 얼굴이 창백한 스바루와 대조적으로 오토의 표정은 즐거워 보여서, 행상인을 보는 시선이 바뀔 것만 같다.

"행상인은 이렇게 힘든 거야?! 도회지에서 사업하는 쪽이 더 편한 게……."

"——나츠키 씨!"

헛소리로 정신을 달래는 스바루를, 느닷없는 오토의 외침이 찔렀다.

그 목소리에 담긴 절박감에 스바루는 무슨 일인가 쳐다보았다. 그러자 오토는 자신의 귀에 손을 대고 주변에 시선을 보내며 뺨을 굳혔다.

"숲이 소란스러워……가 아니라. 새와 벌레가 한바탕 소란을 피우고는 갑자기 없어졌어요! 그리고 푸르푸도 긴장하고…… 뭔가, 뭔가 옵니다!"

경계하는 오토의 목소리에 스바루도 숨을 집어삼키고 주위를 둘러보았다. 하지만 빠른 속도로 지나치는 숲 속, 흔들리는 용차 위에서는 다소의 이변은 찾아낼 수 없다.

그렇다. 다소의 이변이라면——.

"큭, 시간은 아깝지만 안전책을 취하죠. 나츠키 씨는 뒤쪽을 경계——."

"……아니, 그럴 필요는 없어졌는걸."

방침을 바꾸려는 오토에게, 스바루는 어이없이 침착한 목소리로 말했다.

스바루의 시선은 용차의 뒤편, 지나쳐 온 숲의 경치를 노려보고 있다. 멀어지며 시야에서 사라지는 숲은 마치 『그것』에 삼켜지는 것 같다.

"————."

부러진 나무들이 하늘을 날고 녹색 숲이 끔찍하게 훼손된다.

파괴를 불러일으키고, 용차가 막 지나간 지면을 뒤집으며, 『그것』은 주위의 피해는 아랑곳하지 않고 일직선으로, 이쪽을 노리며 맹추격하고 있었다.

"달려, 오토. ——절대로 잡히지 마라!!"

"나츠키 씨?!"

돌아보려던 오토를 제지하고 스바루는 차부석에서 뒤쪽 짐차로 옮겨 탔다. 그리고 짐칸에 떡 버티고 서더니, 바로 뒤까지 육박한 『그것』에 이를 드러내며 부르짖었다.

"너 이 자식── 뭐가 이리도 끈질겨, 썩을 놈아!!"

노성을 터트리는 스바루의 눈앞, 방대한 칠흑의 그림자가 꿈실대고 있다.

주검에서 검은 마수를 흘러내는 듯이 뻗어 이미 사람의 형상을 잃은 망념의 덩어리──.

──페텔기우스 로마네콩티의 잔해가 숲을 잡아먹으면서 배후에 육박하고 있었다.


5


──끔찍하다. 소름 끼친다. 흉흉하기 짝이 없다.

낙반 밑에 깔린 육체는 찌부러져 오른쪽 반신은 팔도 몸통도 사라졌다. 머리카락째 두피가 벗겨진 두개골은 붉게 물들었고, 질질 끌리는 하반신은 양쪽 정강이 아래가 없다. 축 늘어진 사지는 생명력이 희박해 그것은 이미 단순한 주검이었다.

하지만 그 주검은 발악을 그치지 않고 망집대로 여전히 스바루를 따라붙고 있다.

"──모옴으을, 나으이, 고기이 몸으으으으으으을!"

"집착 참 쩌네. 내 안에 들어왔다가 지독한 꼴 본 것도 기억 못하냐……!"

망자 같은 페텔기우스의 외침에 스바루는 마음속 깊이 소름이 끼쳤다.

빙의한 육체는 이미 죽고, 페텔기우스 자신의 『죽음』도 목전이다.

그러나 『보이지 않는 손』을 구사해 아무것도 따지지 않는 광인의 움직임에는 폭발력이 있다. 방치하면 머잖아 조각이 나서 자멸하겠지만——.

"마감 시간을 기다리기는 어려운, 가……. 빌어먹을!"

흔들리는 짐칸에 광인이 육박하는 것을, 스바루는 이를 갈면서 노려보았다.

폭주하는 용차도 충분히 비상식적인 속도지만, 페텔기우스는 그 이상이다. 마치 다 타기 전의 촛불처럼, 사악한 망념은 마지막 빛을 내고 있었다.

"이게 정령? 어디가? 정령이면 더 신성한 존재 아니야?"

"——나츠키 씨! 뒤에서 뭐가 오고 있는 거죠?!"

스바루의 한탄에 오토의 외침이 겹쳤다. 위치적으로 용차의 바로 뒤를 볼 수 없는 오토는 배후의 악몽이 보이지 않는다. 그리고 그것은 오토에게 행복한 일이다.

"살짝 크고 검은 짐승이 쫓아오고 있을 뿐이야. 아마 숲을 지나가는 도중에 꼬리라도 밟힌 거겠지. 엄청난 울음소리에 얼굴도 무서우니 안 보는 걸 추천."

"진짜로 안 보여줄 생각 있어요?! 노골적으로 궁금해지는 요소가 그득한데요!"

"잔말 말고 더 달려! 내가 물리면 다음엔 너도 깨물릴 거다!"

"으히이! 그건 무서운데요!"

스바루는 고삐를 잡은 오토에게 겁을 주어 험로에 집중하게 했다.

하지만 지룡의 가속에도 한도가 있다. 만약 나무에 충돌하기라도 하면 삼켜질 것은 자명. 숲속에서 지룡을 더 이상 재촉할 수는 없다. 즉——.

"네 발목을 잡는 건 내 역할이란 거지. 최종 국면에서 활약할 때가 왔다……. 최종 국면을 몇 번이나 시키는 거야! 네 어디가 『나태』야! 이 쓸데없이 부지런한 일꾼이!"

"마아녀어, 사테라아, 나, 나를, 사랑, 사랑, 사라아아아아아아아아앙!!"

"나나 너나 사랑받은 적 없어! 좋아하는 상대의 심장을 터트리려는 러브 코미디가 있을까 보냐! 난 그런 히로인 사절이다!"

얼굴을 든 페텔기우스가 안구가 다 떨어진 낯짝으로 절규했다.

죽은 몸으로 변모하고, 배신당하고, 그럼에도 페텔기우스는 마녀에게 『사랑』을 외치고 있다. 스바루는 그 모습이 처음으로, 정녕 가엾어 보였다.

육체를 바라는 망집, 마녀의 『사랑』을 욕망하는 망념——. 그 뒷면에는 자신의 육체를 가지지 못한 정령의, 충족될 수 없는 접촉과 사랑을 받는 데에 대한 갈망이 있다.

결코 잦아들지 않는 갈증에 한없이 잠식되어 페텔기우스의 정신은 광기에 떨어진 것이다.

——물론 그렇다고 이 존재가 긍정될 일은 없다.

"필살기도, 초마법도 없어. 하지만 네 상대는 나다. 나보다 앞에는 못 보내고, 내 앞에 있는 애를 따라잡게 할 수도 없어⋯⋯!"

"나츠키 씨, 그렇게나 저를⋯⋯!"

"입 좀 다물어 줄래?! 지금 폼 잡고 있는 중이니까!"

농담인지 진담인지 알기 힘든 오토의 입을 막고, 스바루는 다시 광인을 바라보았다.

율리우스의 검이 줄여서, 자력 질주에 소비하는 만큼 『보이지 않는 손』의 숫자는 적다. 머리 위에서 일렁이며 공격에 쓸 수 있는 팔은 다 해서 일곱 개—— 처음 시점과 동일하다.

사납게 땅을 긁고 흙먼지를 피워 올리면서 페텔기우스는 용차에 육박한다. 쳐든 마수가 나뭇가지를 날리고 상공에서 내리치는 일격이 지면을 깨트렸다. 검은 손끝이 짐칸 뒷부분을 슬쩍 스치고, 강도에 무관하게 충돌 부분이 파인다.

다음 일격을 확실하게 맞추기 위해서 거리를 재고 있다. 같은 위력이 짐칸 한복판에 직격되면 그걸로 용차가 옆으로 고꾸라질 것은 확실. 스바루 일행은 죽음을 모면할 수 없다.

——승부는 다음 교차에서 판가름난다.

"나츠키 씨, 숲을 빠져나가요——!"

오토의 목소리와 동시에 시야를 가리던 녹색이 단숨에 개였다.

용차는 돌진하듯이 숲에서 튀어나와 내리막길 초원을 미끄러졌다. 그것을 쫓아 대지를 쥐어뜯는 페텔기우스도 그림자 덩어리에 쓰러진 나무와 바윗덩이를 삼킨 채 일그러진 사악 그 자체로 변모해 용차 뒷부분에 물고 늘어졌다.

　── 숲을 나와 가도에 들어섰다. 머잖아 에밀리아 일행을 따라잡는다.

　그 앞에, 에밀리아 앞에 페텔기우스를 데리고 갈 수는 없다. 대죄주교의 의도는 이해할 수 없지만, 에밀리아의 마음에 상처를 줄 수는 없다.

　그래서, 따라서, 나츠키 스바루는 여기서 목숨을 사른다──.

　"숲은 나왔어. ──봐주진 않는다!"

　"사랑에! 사랑하여! 사랑만이, 전부인 겁니다──!!"

　피눈물을 흘리며, 이가 빠진 입을 벌리고 페텔기우스가 광소한다.

　요란한 웃음소리를 들으면서 스바루는 짐칸 안쪽에 있던 화물을 해방했다. 묵직한 그것을 끄집어내자 찰랑찰랑하게 따른 액체의 자극적인 냄새가 코를 찔렀다.

　그것을 안아 올린다. 그리고 피로 물든 광소를 향해 외쳤다.

　"불타 스러져라, 페텔기우스."

　"──!!"

　동시에, 하늘로 뻗은 『보이지 않는 손』이 파괴의 폭포가 되어 쏟아졌다.

　──하지만 그 마수가 닿는 것보다 스바루의 움직임 쪽이 더 빠르다.

흉악한 웃음을 띠고, 스바루는 껴안은 항아리── 기름 단지를 광인에게 내던졌다. 충돌한 도기 항아리는 산산이 깨지고 내용물이 광인의 시체를 성대하게 더럽혔다. 준비는 다 됐다.

칠흑의 마수가 떨어진다. 짐칸과 함께 스바루를 산산조각 날리기 위해서.

그 행동에 개의치 않고, 스바루는 오른팔을 쭉 뻗으면서 검지를 총 모양으로 만들고 들이밀었다. 그 손끝에 붉은 빛── 율리우스에게서 빌린 『적색』의 준정령이 깃든다.

"힘 좀 빌리자, 율리우스 유클리우스!"

"네에가아아아아아아──!"

"렌탈 고아아!!"

불완전 영창과 미숙한 마법사, 그리고 미계약한 준정령.

불완전과 불완전의 결합── 하지만 의지만이 하나로 통일된 영창이 힘을 얻었다.

그리고 세계에 간섭한 결과는 불티 하나면 족하다.

고갈되기 직전의 마나가 정령의 힘과 결합하고, 파열하는 아주 작은 불똥 하나가 페텔기우스에게 날아갔다. 피와 기름에 범벅된 흉상이 입을 크게 벌리고──.

"아아아아아아아!!"

──스바루의 시야가 부풀어 오른 강렬한 적색에 순식간에 휩싸였다.

페텔기우스의 온몸이 뒤집어쓴 기름을 착화제로 삼아 무시무시한 열기에 삼켜져 불타올랐다. 일렁이는 불길이 온몸을 태우

는 바람에 페텔기우스는 형언할 수 없는 절규를 터뜨려 대기를
쥐어뜯었다.

정령인 페텔기우스에게 스바루가 가할 수 있는 가장 큰 일격
이다.

기름 단지는 오토의 화물. 희망은 율리우스에게 빌린 준정령.
모든 게 빌린 것으로, 나츠키 스바루다운 엉망진창 공격이다.

"이걸로── 꺼억!"

승기를 본 직후, 스바루는 머리 위에서 번뜩이는 칠흑의 마수
의 존재를 깨달았다. 저승사자의 낫처럼 휘두른 마수의 궤도는
엉망이고, 조준은 하지도 않았다.

그러나 그 팔은 용차의 짐칸에 격돌해 창졸간에 홱 물러선 스
바루를 스쳤다. 그 충격에 용차는 극심하게 출렁이고, 직격당
한 짐칸이 짐승에게 뜯어먹힌 것처럼 터졌다.

용차가 잡아먹히고 흩날리는 나뭇조각을 뒤집어쓴 스바루가
짐칸 안쪽으로 굴렀다. 그 다리는 장딴지가 벗겨지고, 이를 악
무는 바람에 정수리가 불타듯 아프다.

"──어억! 제길, 아파! 아아, 빌어먹을!"

출혈 중인 상처를 손으로 막고 스바루는 격통에 언성을 높였
다. 하지만 불운을 저주할 여유도, 치료할 시간도 없다. 왜냐하
면 바로 이 순간 검은 손끝이 짐칸의 꽁무니를 잡고──

"내애놔아라아, 너엄겨어라아, 바아쳐어라아……."

──타오르는 페텔기우스의 흉상이 크게 흔들리는 용차의 짐
칸을 기어 오른다.

"_____."

짐칸에 오른 그 모습은, 이미 완전히 사람의 형상에서 벗어나 있었다.

끊어진 하반신과 결손된 오른쪽 반신에서 결손된 부분을 굼실 대는 검은 마수가 메우고 있다. 남자의 원래 육체는 검붉게 탄 머리 외에는 남아 있지 않다. 가까스로 원형을 남긴 법의도 불이 옮겨 붙는 바람에 그 존재의 추악함을 여봐란 듯이 부각시키고 있다.

무시무시한 괴물이, 인간의 가죽을 뒤집어쓰고 있노라고 노골적으로 주장하는 것처럼.

"네놈도 참 끔찍한 꼬락서니군. ……나도 남 말 할 수 있는 처지가 아니지만."

통증 때문에 쥐가 날 것만 같은 얼굴을 찌푸리고 오기로 버티는 스바루가 일어섰다. 다리의 출혈은 지금도 멎지 않지만, 상대가 훨씬 만신창이다.

온몸이 부스러지고, 나아가 불에 탄 페텔기우스는 이미 빈사 상태다. 놈도 장기전을 바라지 않는다. 맞상대는 서로 한순간. 그거면 끝난다.

뽑을 수 있는 카드는 많지 않다. 오히려 적다. 나머지는 약아 빠진 것만이 스바루의 무기다.

"고기이, 모옴, 안 사라져어……. 사라질 수는, 없는 겁니다아……."

"그러니까, 내 몸에 들어와 봤자 아픈 꼴만 본다고 말했잖아!

마녀가 뭐란 거야! 나도, 너도, 휘둘리고만 있을 뿐이잖아!"

끔찍하게 기어 오며 더듬거리는 말로 여전히 스바루의 육체를 바라는 페텔기우스. 그 체념할 줄 모르는 모습에 소리 지르며 스바루는 광인의 마음을 꺾으려 들었다.

그러나 그 노성에 대해 페텔기우스는 지금까지 보이지 않던 반응을 보였다.

"——마녀, 사테라."

별안간 명료한 목소리로 중얼거리고, 페텔기우스가 고개를 들었다.

반쯤 붕괴해 광대뼈가 드러난 얼굴. 그러나 광인의 눈에 이성이 돌아왔다.

초점이 맞지 않은 눈은 일렁이다가, 스바루를 포착하고 광적으로 깜빡였다.

"당신은, 위험……합니다. 위험, 위험, 위험위험위험위험위험위험——합니다!"

"아앙?!"

"총애를, 받고, 받, 받고 있, 있으면서, 사랑을 부저엉! 그리고 저를, 저를저를저어를! 여기까지 몰아넣어, 죽음을죽음을죽음을죽죽죽죽게에!"

목을 덜컥덜컥 흔들면서 페텔기우스는 지리멸렬하게 소리를 질러댔다.

하지만 그 광란과 정반대로 마수는 착실하게 세력을 펼쳐 짐칸을 침식하며 스바루의 발판을 빼앗는다. 도망칠 데가 없는 곳에서 마수가 날아들면 스바루에게 승산은 없다.

지성이 돌아온 광인은 본능적이 아니라 이성적으로 스바루를 몰아세웠다. 그 악질적인 행위에 스바루는 뒷걸음질치고, 동시에 한 가지 가능성에 마음이 갔다. 그리고——.

"마녀에게, 마녀, 사테라에게…… 사테라아! 사랑하여, 사랑을, 사랑이이! 사랑한 겁니다! 사랑받고 있는 겁니다! 사테라, 당신이, 당신이 나를, 나로 만들었어! 한시도 잊지 못, 못하는 겁니다! 당신이 잊어도, 나는, 잊지, 않아!!"

눈물이, 넘친다. 피눈물이 아닌, 진짜 눈물이.

정말로, 지금까지의 해후 중에서 처음으로, 페텔기우스는 처음으로 제정신으로 사랑을 외쳤다.

친애가, 열정이, 페텔기우스를 광기의 구렁텅이에서 현실로 끌어올렸다. 탁해졌던 페텔기우스의 눈, 그것이 확고한 의지를 담고 스바루를 노려보았다.

"당신은 위험합니다! 머잖아 마녀교를 위협할 존재입니다! 그 전에! 당신이, 사테라에게 그 손이 닿기 전에! 여기서! 지금 여기서! 제 손으로! 제 근면함으로! 『나태』한 저와 결별하고 사랑에 보답하기 위해서…… 죽는, 겁니다!!"

페텔기우스가 외치자, 해방된 마수의 힘에 견디지 못하고 육체가 터지며 붕괴한다.

하지만 이미 페텔기우스는 스바루의 육체를 빼앗는 것보다 마녀교에 화근을 남기지 않기 위해서, 자신이 신봉하는 마녀를 지키기 위해서 스바루를 죽이려 하고 있다.

그것은 의지가 있는, 지성이 있는, 짐승과는 일선을 긋는 행동으로——.

"네가 계속 괴물이었으면 내가 졌을 거다."

품속에서 손을 뺀 스바루. 그 손에 잡힌 물건에 페텔기우스가 눈을 부릅떴다.

그 반응에 스바루의 마음이 소리를 내며 삐걱댔다. 그러나 한순간 스친 그 감상을 어금니로 씹고, 머리 위로 팔을 치켜들었다.

위로 휘두른 손끝에서 검은 표지의 책이—— 복음서가 날아간다.

"아…… 사테라."

나직이, 페텔기우스의 입에서 흘러나온 그것은 낮고 잔잔한 음성이다.

그것은 사랑스러워 견딜 수 없는 누군가를, 안식 속에서 부르는 목소리 그 자체였다.

하늘을 바라보며 페텔기우스는 유일하게 남은 왼팔을 허공으로. 그 뜻에 따르듯이 마수가 복음서로 뻗어 공중을 나는 책에 검은 손끝이 닿았다. ——그 직후, 그것이 찾아들었다.

짐칸 밖으로 던진 복음서는 바람에 먹혀 날아가기 직전이었다. 바람의 영향을 받고 있다는 뜻이다. 가호 밖에 있었다는 뜻이다. 즉——.

"——윽?!"

책을 잡은 페텔기우스의 육체가 맹렬한 바람을 맞고 후방으로 확 기울었다. 질질 끄는 다리가 부서진 짐칸 바닥을 깨고, 반신이 용차 밖으로 밀려난다.

『바람막이의 가호』 밖으로 나가서 바람과 진동의 저항을 정통으로 뒤집어쓴 결과다.

──과거 왕도로 가는 길에 스바루도 장난을 치다가 같은 지경에 빠졌다.

바람막이가 없는 용차의 짐칸. 가호 없이 전속력의 바람과 험로의 진동을 다이렉트로 맛보면서 자세를 유지할 수 있을 리가 없다.

"──오, 오오오오오!!"

페텔기우스가 자세를 무너뜨린 순간, 스바루는 포효를 터트리며 돌진했다.

다친 다리의 통증도 잊고 쏜살같이 달려든다. 승패를 좌우할 절대적인 기술은 하나도 없다. ──그렇기에 승부할 순간만은 잘못 짚지 않는다.

"────."

달려드는 스바루에게 페텔기우스가 뭔가 외쳤다. 아무것도 안 들린다. 그저 무턱대고 자세를 낮추어 머리부터 돌진하듯이 페텔기우스의 품속에 뛰어들었다.

『보이지 않는 손』이 사출됐다. 날아드는 손바닥의 속도는 느릿해서, 극한의 집중력 앞에선 멈춘 것처럼 보일 정도다. 고개를 기울이고, 몸을 거칠게 비틀고, 뺨에 손끝이 스치면서 스바루는 적에게 육박했다. 강렬한 마수의 압박감. 무심코 눈을 감을 것만 같다.

"──빌헬름 씨에게 배운 것이, 두 개 있었지."

손바닥이 스친다. 목의 가죽과 뺨과 귀 일부에 달아오른 쇠를 댄 듯한 통증이 퍼졌다. 터지는 열기에 사고가 백열하고 목 안에서 작렬하는 비명을 어금니가 짓씹었다.

피했다. 숨을 들이켠다. 아직 끝나지 않았다.

"나는, 검의 재능이 한 톨도 없다는 거랑."

뜨거운 아픔, 안도 때문에 풀리는 힘.

두 요소에 의식을 겁탈당하면서, 스바루는 정면을 보았다.

피한 손바닥 건너에 손바닥이 또 하나 스바루의 안면을 튕겨 내려 다가오고──.

"──맞았을 때, 눈을 감지 않는 배짱이다!!"

소리치고 머리를 숙여 전진하면서 피한다. 목 뒤의 솜털이 깎여나가면서 간발의 차이로 회피. 정면에 경악해 경직된 페텔기우스의 얼굴이 있어서, 그 볼따구니에 주먹을 갈겼다.

"──컥!!"

풀 스윙으로 뺨을 얻어맞은 페텔기우스가 뒤로 확 밀렸다. 그 몸이 바닥을 헛디디고, 페텔기우스가 용차 밖으로 나가떨어진다. 그리고──.

"오오오오오오오──!!"

허공에 거꾸로 매달린 상태로, 페텔기우스가 용차에 끌려간다. 법의 일부가 짐칸 끝에 걸려서, 그 몸은 용차에 연결된 채로 땅바닥에 갈리고 있었다.

피가 튀고 살점이 터지면서 결손을 보충하고 있던 『보이지 않는 손』조차 떨어져 나가 페텔기우스라는 존재가 와해된다. 그런데도 페텔기우스는 시야가 뒤집힌 채, 붕괴하는 얼굴을 들어서, 증오에 끓는 두 눈으로 스바루를 노려보았다.

"끄, 끝, 끝나, 끝나지 않아, 끝나지 않았습, 니다, 니다, 니다?!"

"——아니, 틀렸어."

끈질기기 짝이 없는 페텔기우스에게 말한 스바루는 그 손에 잡은 복음서—— 주먹을 맞았을 때 페텔기우스가 떨어뜨린, 광인의 마지막 안식처를 들이밀었다.

그 페이지를 넘겨 후반에 있는 백지의 장에 다다르자 스바루는 그곳에 손가락을 찍었다. 상처를 만진 손가락에는 피가 묻어 있다. 그것은 복음서에 붉은 글씨를 새기고——.

"——여기서 너는 『끝』이다!"

양면을 활짝 펼친 백지에 큼직하게, 붉은 『이 문자』로 『끝』이라는 말이 새겨진다.

그것을 목도하고 페텔기우스는 입술을 충격으로 푸들거렸다. 그 눈에 퍼지는 격정의 파도는 너무나 복잡해 이미 스바루에게는 아무것도 읽어낼 수 없었다.

그리고 그 감정이 언령이 되기 전에 끝이 찾아든다.

"——읏."

용차가 크게 들썩이고 짐칸에 걸려 있던 페텔기우스의 법의 옷자락이 떨어졌다. 찢어진 법의는 그대로—— 고속으로 회전하는 용차의 바퀴에 말려들었다.

얽혀드는 법의에 끌려서, 피와 팔다리를 잃은 페텔기우스의 육체가 바퀴를 향해 단번에 거리를 좁힌다. 종단이 보인다. 법의가 찢어지는 소리에 혈육이 터지는 소리가 섞이고, 최후의 순간에 페텔기우스는 올려다보며 부르짖었다.

"──나츠키 스바루우우우우우우우우우우!!"

절규가 메아리치고, 그것이 그대로 단말마로 바뀌었다.

스바루의 이름을 부르짖으며, 그 소리와 함께 페텔기우스의 몸이 바퀴에 먹히고, 휘말려 으깨지고, 피와 살과 뼈 조각이 사방에 흩날리며 생명을 유린한다.

육체의 소멸. 그것은 깃들어 있던 사정령의 생명까지 처절하게 끌어들여 안개처럼 흩어버렸다.

"──────."

마지막의 마지막. 스바루의 코끝에 뻗은 하나의 『보이지 않는 손』──.

그 손바닥은 스바루의 얼굴을 잡기 직전에 멈추고, 손끝부터 부서지듯 사라진다. 그것은 진정한 의미로 페텔기우스 로마네 콩티가 소멸했다는 사실을 뜻했다.

"이번에야말로, 영원히 잠들어라. ──페텔기우스."

끝났다. 그것을 확인하고 스바루는 짐칸에 주저앉았다.

그 즉시 그때까지 무시할 수 있었던 통각이 소생해 스바루는 신음하면서 짐칸에 나뒹굴었다.

"아파. 위험해. 죽는다. 죽겠어. 아파. 위험해. 위험해……."

눈물이 치밀고 날카로운 아픔이 멎지 않는다. 피가 흐르는 상처가 쑤셔서 온몸에 바늘을 꽂은 것만 같다. 그러니까 가슴이 아픈 것도, 그 상처의 통증에 덤으로 따라온 것에 불과하다.

동정할 필요는 없다. 광인. 사정령. 대죄주교——『나태』의 페텔기우스에게 불쌍한 구석은 하나도 없다. 놈은 독선적으로 날뛰다가 결국 스러진 것이다.

맹목적인 사랑을 부르짖고, 억지 사랑을 타인에게 강요하다가, 쓸쓸히 사라진다.

그런 페텔기우스의 말로에 대해, 아무도 연민의 감정을 품을 필요가 없다.

——단 한 사람, 스바루를 제외하면 아무도 그런 감상에 시달릴 필요가 없다.

"누가, 너 같은 놈을 이해해 줄까 보냐. 죽어 마땅하지. 뒈져 마땅하다고. 아무도, 아무에게도, 너는 용서받지 못해. ——그러니 동정하마, 그 점만은."

아무에게도 이해받을 수 없다. 사랑을 바란 상대에게 사랑받지 못하는, 고독한 괴물.

페텔기우스 로마네콩티는 이번에야말로 소멸한다.

누구의 가슴에도, 누구의 마음에도, 아무것도 남기지 못하고.

그저 스바루의 가슴에만 연민이라는 쐐기를 박아 넣고, 이번에야말로 정녕코——.

# 6

"나츠키 씨, 장난 아니게 상처투성이인데 괜찮으세요?"

"괜찮을 리 없잖아. 충치 치료 중에 마취가 풀렸을 때 다음으로 꺼이꺼이 울었다."

다 부서지고 반만 남은 짐칸에서 차부석으로 옮긴 스바루는 상처에 약을 바르면서 그렇게 투덜댔다. 붕대와 상비약은 여행의 필수품인 모양이라 용차에 마련돼 있었던 것을 빌린 형국이다.

울상으로 치료를 마친 스바루는 약을 오토에게 돌려주고 용차의 짐칸을 손가락으로 가리켰다.

"용차의 수리도 로즈월에 잘 말할게. ……그래서, 어느 정도 지체됐지?"

"지체되진 않았어요. 오히려 지룡이 두 마리 다 진심으로 도망치려고 한 덕분에 순조로울 정도예요. ……정말로 뭐가 쫓아왔던 거죠?"

"나무늘보야. 몰라? 팔 길고 이상한 소리로 우는 동물인데."

오토는 시치미를 떼는 스바루의 대답에 탄식하고, 더는 추궁하려 들지 않았다. 그 모습에 어깨를 으쓱이고 나서 스바루는 리파우스 가도의 지평선을 노려보았다.

아직 그 앞에 스바루가 바란 그림자는 보이질 않지만——.

"반드시 따라잡는다. 이번에야말로 나는 널 구할 거야."

"늦지 않을 거라, 생각하세요?"

"늦지 않게 할 거야!"

오토의 질문은 불안해서 물은 게 아니라, 스바루의 각오를 캐묻는 느낌이었다.

그렇기에 스바루는 목소리에 힘을 주고 이를 드러내는 웃음을 보이면서 대답했다.

"그리고 이제 슬슬 렘이 길보를 기다리다 지칠 거야. 기대에 부응하지 않으면 사내가 아니잖아."

"반한 여자 이름인가요?"

"내게 반해 준 여자애 이름이야!"

기죽지도, 쑥스러워하지도 않으며 당당하게 말한다.

스바루의 그 대답에 오토는 한순간 어안이 벙벙해하다가, 금세 얼굴을 확 폈다.

"아아, 그야 폼을 잡을 수밖에 없겠네요!"

쾌재를 부르는 오토가 고삐를 휘두른다. 마른 소리가 울리고 지룡이 달리는 속도라 올랐다.

달리고 또 달리고, 가도를 날 듯이 달리는 용차가 간다——.

지평선 저편에 멀어져가는 소중한 것을 끌어당기듯이——.

——나츠키 스바루는 한결같이 앞만 바라보고 있었다.

7

——용차에 속도가 붙으면서 심한 진동과 바람 소리가 짐칸

안에 울려 퍼지고 있었다.

"와――!"

"괜찮아. 단단히 잡고 있어. 무서워할 필요 하나도 없으니까."

몸을 기대며 한데 뭉쳐 진동을 견디는 아이들에게 에밀리아는 꿋꿋하게 웃어 보였다. 그 미소를 보고, 불안한 기색을 보였던 아이들은 "응." 하고 연신 끄덕였다.

강한 아이들이다. 에밀리아는 감탄했다. 어느 아이도 불안감으로 가슴이 꽉 찼을 텐데, 아무도 우는소리를 내지 않고 필사적으로 이를 악물며 공포와 싸우고 있다.

이 아이들에게 볼썽사나운 모습은 보일 수 없다. 에밀리아 또한 그렇게 생각하게 할 정도로.

――본래 용차는 『바람막이의 가호』로 수호받는다.

하지만 현재 에밀리아 일행의 용차는 그 가호가 풀린 상태에 있었다.

가호의 영향을 벗어나는 조건은 다양하지만, 『바람막이의 가호』는 지극히 단순하여 지룡이 발을 멈추거나 가호의 영향하에서 빠지거나 둘 중 하나. ――이번은 전자에 해당한다.

한 번 정차한 용차는 가호를 다시 전개하는 데 시간이 걸린다. 이번에는 그 시간조차 아깝다.

"―――."

거세게 흔들리는 짐칸에 뭉쳐 강하게 잡히는 손바닥을 의식하며 에밀리아는 눈을 감았다. 장막에 덮인 용차의 후방에 귀를 곤두세우면 멀찍이 들리는 건 칼과 칼이 부딪히는 거친 소리다.

마을 주변에 숨은 범죄 집단으로부터 피난. 그런 명목으로 마을을 나온 뒤로 두 시간쯤 지났다. 이동 중에 람이 앞장선『성역』조와 헤어져 에밀리아 쪽 왕도조의 피난은 순조롭게 진행되고 있었을 텐데── 십여 분 전에 사태가 급변했다.

"──에밀리아 님. 다소 시간을 내 주십시오."

잠시 휴식하러 발을 멈춘 용차 곁에서 에밀리아는 호위하는 노검사의 말을 들었다.

빌헬름 트리아스라고 이름을 밝힌 인물은 크루쉬의 신하로, 온화한 언행과 정반대로 탁월한 검력을 가졌음을 에밀리아도 알고 있었다.

그만큼 그 목소리에서 은밀한 전의를 감지한 에밀리아는 불안하게 눈썹을 찌푸렸다.

"무슨 일이 있었나요?"

"약간 마음에 걸리는 점이. 그 때문에 몇 명쯤 데리고 그걸 배제하러 가고자 합니다. 무례하긴 하오나 곁을 비우는 것을 용서하시길."

"……괜찮은, 거예요?"

"예. 들개를 내쫓을 뿐인 사소한 일입니다. 금방 따라잡겠사오니."

공손히 허리를 굽힌 빌헬름의 말투에 에밀리아는 위화감이 들었다. 그리고 금세 노인의 말이 자신의 주위에 있는 아이들을 배려한 표현임을 깨달았다.

빌헬름의 역할을 감안하면 직접적인 언급을 피한 『들개』의 정체는 짐작이 간다.

"저는, 필요 없나요?"

"_____."

그렇게 묻는 것은 빌헬름의 배려에 무례한 것임은 알고 있다. 그런데도 되묻지 않을 수 없었던 에밀리아에게, 빌헬름은 눈을 가늘게 떴다.

노여움을 샀다. 에밀리아는 그렇게 생각했다. 그러나 노인은 예상 밖으로 미소를 띠었다.

"에밀리아 님께선 이대로 용차로 피난하시길. 아이들을 잘 부탁하겠습니다."

웃음에 포함된 감정은 실망도, 모멸도 아니다. 어딘가 맑은 동경심이다.

그 의미를 알지 못한 곤혹해하는 에밀리아에게 빌헬름은 조용히 돌아섰다.

"가호가 풀린 용차는 진동이 거셀 것입니다. 모쪼록 아이들의 손을 놓지 마시길."

"빌헬름 씨, 저는……."

"역시 주종인가 봅니다. ──당신의 눈은, 그와 똑 닮았군요."

감개 깊은 중얼거림을 남기고 빌헬름은 다른 호위와 함께 용차의 대열을 벗어난다.

빌헬름이 중얼거린 말의 참뜻은 알 수 없다. 하지만 추궁할 시간은 없다.

금세 다른 기사의 지시를 받고 용차 대열이 황급히 피난을 재개했다. 그리고 가호가 끊긴 상태로 달리기 시작한 용차의 진동 때문에 고민에 잠길 여유를 빼앗기고 말았다.

──그리고 사태는 거세게 흔들리는 용차 내부로 돌아온다.

장막이 달린 용차의 침칸에서 에밀리아는 아이들과 몸을 맞대고 있다. 포갠 이불을 엉덩이에 깔고, 떨고 있는 아이들의 손을 잡으며 에밀리아는 끊임없이 바깥 상황에 주의를 기울이고 있었다.

무슨 일이 생기면 바로 움직일 수 있도록. 그런 에밀리아에게 바깥 상황을 전하는 건──.

『──뒤쪽에서 그 할아버지 일행과 누군가가 부딪쳤는걸. 싸움이 벌어졌어.』

에밀리아의 머릿속에 바깥 상황을 중계하는 목소리가 울렸다. 어딘가 태평한 그 음색은 모습을 드러내지 않은 채 바깥 상황을 살피고 있는 팩의 것이다.

『상대의 수는 알겠어?』

『우리의 곱절은 되는 것 같은데…… 응. 완전 문제없어. 그 할아버지 실력이 어마어마해서, 리아나 내가 나설 차례는 없을 것 같아. 와, 또 베어버렸다.』

전의와 긴장을 얼굴에 드러내지 않으며 에밀리아는 팩과의 염화에 수긍했다.

실체화하지 않아도 정령인 팩은 바깥 상황을 알 방법이 있다.

그 말에 귀를 기울이면서 에밀리아는 상황 파악에 미력을 다하고 있었다.

『무의미하게 실체화했다가 여차할 때에 고갈 사태가 벌어지면 웃을 수 없으니까. 그리고 바깥에 나가면 아이들의 장난감이 될 것 같거든.』

『이 아이들의 불안이 팩의 귀여움으로 풀린다면, 그것도 좋겠다 싶지만.』

『우리 딸이 무서운 말을 다 하네. 좌우간 밖은 대충 그래.』

염화로 너스레를 주고받으면서, 에밀리아는 보고해 준 팩에게 작게 감사했다. 하지만 입 끝에 희미하게 맺힌 경직은 자신의 무력함을 통감한 것에 대한 분한 감정이다.

빌헬름의 검력은 팩이 보증했지만, 에밀리아에게도 싸울 힘은 있다.

조력이 거절된 것은 빌헬름이 에밀리아의 입장을 배려해 주었기 때문이다. 그것을 알아도 에밀리아는 보호만 받는 지금 상황이 속상했다.

입장에 걸맞은 성과도 내지 못해 권위는 껍데기에 불과하다. 안팎에서 장식용 후보자라는 평가를 받고 있고, 어울리는 능력이 있다는 말은 차마 할 수 없다.

그런데도 입장은 족쇄가, 권위는 멍에가 되어 힘을 휘두를 결단조차 기각된다.

이러면 나는 대체 무엇을 위해서——.

"……스바루."

나지막이 흑발 소년의 이름을 입에 올리고, 에밀리아는 자신의 약한 마음에 고개를 저었다.

마치 도움을 바라듯이, 그 이름을 부를 자격은 자신에게 없다.

지금 자신이 그 이름을 부른다고 하면, 그것은 힘을 빌리기 위해서가 아니다. 그것은——.

"다들 걱정하지 마! 무슨 일이 있어도, 언니가 모두를 지킬게!"

스바루가 에밀리아에게 해 줬듯이, 오로지 그 이름에서 용기를 빌리기 위해서다.

에밀리아의 말을 듣고 웅크려 있던 아이들이 고개를 들었다. 울먹이며 어깨를 맞댄 아이들은 에밀리아의 말에 얼굴을 마주하고, 목소리를 모았다.

"괘, 괜찮아!" "누나야말로, 걱정하지 마!" "야, 약속했으니까 끄떡없거든! 절대로 손 안 놓을 거야!"

허세라고 금방 알 수 있는 목소리로, 에밀리아의 팔다리에 아이들이 매달렸다.

두 팔과 두 다리, 어깨와 허리에도 달라붙는다. 다른 사람이 만지는 열기에 에밀리아는 몸이 딱딱해졌다. 하지만 결코 싫은 감각이 아니다. ——그저 동시에, 아이들의 말에서 위화감이 들었다.

"약속……? 누구랑 약속한 거니? 뭐라고?"

"누나를 놓지 말래." "같이 안 있으면 막나간다고." "누가 봐 주지 않으면 걱정된대."

잇달아 돌아오는 반응에 에밀리아는 놀랐다. 그것은 몹시 에밀리아를 과보호하는 것이고, 얕보는 듯한 느낌이 들지만——
신기하게도 강한 배려심이 흘러넘치는 것 같아서.

"_____."

그 말투가 마치 누군가 같다고, 그렇게 생각하자마자 에밀리
아의 가슴이 욱신거렸다.

한 번 알아차리니 가슴의 욱신거림을 무시할 수 없다. 그것은
가속도적으로 주장이 강해져 당혹감에 눈이 일렁이는 에밀리
아의 마음을 달콤하게 할퀸다.

그 욱신거림에 이끌려, 에밀리아는 의문을 입에 담았다.

"나를 걱정한다니…… 누가 그랬어?"

"앗, 안 돼. 그건……."

그 질문에 페트라가 안색을 바꾸고 순간적으로 외쳤다. 소녀는
깜찍한 볼을 붉게 물들이고 가로막으려 했지만, 이미 늦었다.

"스바루—!" "스바루가 그랬어!" "외로움 타는 누나가 걱정
이라고!" "스바루가…… 아, 이거 말하면 안 되는데……."

질세라 아이들이 그 이름을 꺼내고, 마지막 한 명이 허겁지겁
입을 막았다. 그때야 모두가 실언을 깨닫고, 페트라는 "아이
고." 하고 머리를 부둥켜안았다.

하지만 그런 아이들의 모습을 눈을 깜빡이는 에밀리아는 알아
채지 못했다.

"스바, 루……?"

예감은, 있었다. 아이들의 말투에서 에밀리아는 그 기척을 느
끼고 있었다.

하지만 그럴 리가 없다고 부정하는 마음이 앞서고 있었다. 왜냐면 에밀리아는 몹시 지독한 말로 스바루에게 상처를 줬고, 먼 왕도에 버리고 왔으니까.

스바루가 가장, 에밀리아가 손을 내밀어 주기를 원했던 그 장소에서, 에밀리아는 등을 돌렸다. 그것은 중대한 배신이었을 터다.

그런 스바루의 이름이 어째서, 에밀리아가 누군가의 도움을 바라는 이때에 나오는가.

그런 일은 있어서는 안 된다. 그런 일은 있을 리가 없다.

──에밀리아의 인생은 기대와는 거리가 먼 인생이었다.

배신당하고, 부정당하고, 소외당하는 것. 그것은 에밀리아에게 당연한 일이고.

신뢰받고, 긍정받고, 필요로 하는 것. 그것은 에밀리아에게 있을 수 없는 일이고.

따라서 친밀하게 행동하고 다정하게 모든 것을 바치는 스바루도 거절했다.

에밀리아가 믿지 못했던 것은 스바루의 마음이 아니다. 스바루가 그렇게 행동할 만한, 에밀리아 자신의 가치를 믿을 수 없었다.

기대하고, 기대하다가, 공들여 쌓았던 것이 무너졌을 때의 충격은 헤아릴 수 없다.

그러니 언젠가 소외당할 바에야, 자신이 멀리하는 편이 낫다.

두 사람 사이에, 무언가 결정적인 것이 쌓이고, 그것이 허물어지기 전에.

그런데, 어째서——.

"스바루가, 마을에 왔었어? 돌아, 온 거야?"

아이들이 어색해서 입을 다무는 가운데, 에밀리아의 멍한 중얼거림만이 흘렀다.

지금도 용차는 거세게 흔들리고, 습격자와 호위기사들의 싸움은 이어지고 있다. 에밀리아에게는 아이들을 지킬 사명이 있고, 지금은 그것을 최우선해야 마땅하다.

그런데도 에밀리아의 마음은 용차의 진동보다 훨씬 거세고, 크게 요동치고 있었다.

——스바루가 마을에 돌아왔다면, 이해할 수 없었던 다양한 상황을 납득할 수 있다.

토벌대의 합류를 빠르게 수긍한 람이나, 마을에서 피난하라는 지시에 협력적인 마을 사람들. 토벌대 사람들도 사정을 모르는 영지에서 수완이 너무 좋았다.

그렇게 부자연스러운 것들이 나츠키 스바루의 존재 하나로 간단히 해답으로 연결된다.

토벌대에 스바루가 가담해 있었다면, 람이 반발하지 않는 것도 이해할 수 있다. 마을 사람들에게 스바루는 마을을 구한 은인이다. 그 제안을 저버리지 않는 것도 당연할 것이다.

무엇보다 토벌대와 함께 마을에 남아 위협을 유인해 마을 사람과 에밀리아를 먼저 피난시키는 건, 생각해 보면 너무나 스바부답다. 그답기 짝이 없다.

그것은 에밀리아가 아는, 나츠키 스바루의 행동다워서——.

"어째서……."

중얼거림은 몰이해와 비탄에 물들고, 남보랏빛 두 눈은 치미는 감정에 희미하게 흔들렸다.

지금까지 있었던 모든 일이 스바루가 한 행동의 결과라면, 그것은 지금까지 그가 한 행동과 변함이 없다. 그토록 상처 받고, 멀어지고, 그런데도 여전히 스바루여서.

"그렇게 상처를 주고, 슬픈 표정까지 짓게 했는데…… 어째서 또, 스바루는 날……."

도와주려고 하는지, 알 수 없다.

왕선 자리에서, 연병장에서, 몸도 마음도 심하게 상처 받은 스바루에게 내던진 물음.

그때, 스바루는 에밀리아에게 대답하지 않았다.

그래서 지금도 에밀리아는 그 대답을 여전히 모른다.

모르는 채로 끝나는 것이, 두 사람의 결말이라고 포기했는데.

"어째서……!"

"그건……!"

울 듯이 잠긴 목소리에 얼굴을 붉힌 페트라가 언성을 높였다.

마치 자신이 품은 의문의 해답을 아는 듯한 반응이라서, 에밀리아는 애원하듯이 소녀를 바라보았다.

그러나 두 사람이 입을 열기도 전에, 여태까지 느낀 것 중에서 가장 큰 진동이 용차를 엄습했다.

"——윽?!"

어마어마한 기세로 용차가 꼬불꼬불 움직이고, 짐칸에 탄 에밀리아와 아이들의 몸도 좌우로 이리저리 흔들렸다. 순간적으로 에밀리아는 짐칸을 붙잡고 팔을 한계까지 뻗어서 아이들을 껴안았다.

그러나 진정할 겨를도 없이 용차는 연신 비틀거렸다. 그것은 마치 뭔가로부터 도망치는 듯한 움직임으로, 동시에 에밀리아의 머릿속에 목소리가 울렸다.

『리아, 뒤에서 뭔가 엄청난 기세로 오고 있어——.』

경계를 촉구하는 팩의 목소리에 에밀리아는 고개를 들고 용차 후방을 돌아보았다.

바람에 펄럭이며 힐끗힐끗 밖이 보이는 장막 너머로 이 용차의 행보를 비틀거리게 한 원인이, 따라붙는 뭔가가 다가오고 있었다.

"내가……!"

맞서야 한다고, 에밀리아는 순간적으로 움직이려 했다.

하지만 일어서려는 몸은 가벼운 무게에 만류되어 움직일 수 없다. 에밀리아는 시선을 내리고 보았다. 자신의 팔과 옷을 잡고 절대로 놓치지 않으려는 아이들을.

"안 놔!" "가면 안 돼—!" "약속, 지킬 거야!"

아이들은 에밀리아를 단단히 붙잡고 놓지 않는다.

뿌리치려고 마음먹으면 뿌리칠 수 있는 구속. 그러나 에밀리아는 움직일 수 없었다. 울상을 지은 페트라가 주저하는 에밀리아의 얼굴을 매섭게 노려보고 소리쳤다.

"이번엔 언니가, 스바루를 울릴 거야?!"

"──?!"

소녀의 외침과 함께 요동을 쳤다. 에밀리아의 마음도, 비틀대는 용차도.

급제동하는 용차에 원심력이 덮쳐들어 에밀리아는 아이들과 함께 하늘에 떠올랐다. 반사적으로 이불 위에 몸을 던져 충격으로부터 모두의 몸을 지킨다.

진동과 이불에 삼켜진 에밀리아는 간신히 머리를 내젓고 몸을 일으켰다.

"지금 건 뭐가……."

"리아, 바로 뒤에 와 있어!"

팩이 머리 옆에 실체화해 기우는 짐칸 뒤를 가리켰다.

그 목소리와 움직임에 따라 에밀리아는 재빠르게 번쩍 일어나 아이들을 등 뒤로 감쌌다. 동시에 마력이 전개되어 차가운 공기가 차량 안의 온도를 무시무시한 기세로 저하시킨다.

팩의 말대로 누군가가 용차에 다가오고 있었다. 직후, 용차의 장막이 걷혔다.

그리고 맞서려던 에밀리아의 얼굴이, 얼떨떨해졌다.

"어, 째서──."

숨을 가쁘게 쉬면서 어깨를 오르락내리락하는 한 소년이 용차에 올라탄다.

그 모습에, 곤혹감에, 에밀리아의 남보랏빛 눈은 거세게 흔들렸다.

입술을 떨고, 상황도 잊고, 에밀리아는 가늘고 힘없는 목소리로 그 이름을 불렀다.

"──스바루."

그 이름을, 불렀다.

8

──돌이켜 보면 지독한 만남이었다고 스바루는 생각한다.

이세계에 소환되고 약 한 시간. 앞뒤도 모르는 상황에서 갈팡질팡했던 스바루.

그대로 뒷골목에 들어가 클리세대로 양아치에게 걸려 반죽음을 당했다. 하마터면 이세계 여행 몇 시간 만에 목숨을 잃을 뻔했다.

그렇게 모든 것이 끝나버릴 듯한 상황에서, 스바루는 그 소녀를 만났다.

그때 그 소녀의 말을, 행동거지를, 고귀함을, 스바루는 하나도 빠짐없이 기억하고 있다.

그것을 줄곧, 줄곧, 지금껏 줄곧 잊지 못했기에.

지금도 나츠키 스바루는 이렇게 이 세계에 두 다리로 버티고 서서 살 수 있는 것이다.

"나츠키 씨, 저기요!!"

페텔기우스의 망집을 물리치고 리파우스 가도를 달려 나가는
용차──그 차부석에서 내다보는 평원의 저편. 목적한 그림자
를 찾아낸 오토가 스바루에게 외쳤다.

그 시선을 따라가다가 지평선 앞쪽에 꿈틀대는 그림자를 발견
한 스바루 또한 외쳤다.

"저기다! 오토, 전력으로 부탁해!"

"말 안 해도 전력이에요!"

고삐를 힘차게 후려치고 두 마리 지룡이 가속한다.

칠흑의 지룡은 곧게 앞을 응시했다. 용차에 탄 스바루의 소원
을 이루어 주기 위해 모든 것을 쥐어짜는 것을 알 수 있었다.


──첫 만남에서 구원받고, 그 뒤에는 억지로 동행해 소녀의
사정을 알고.

강한 척하고, 고집불통 옹고집에, 다정하다고 알고.

그 옆모습에서 주제도 안 맞게 민망함과 가슴의 고동을 느낀
것을 기억한다.

그 달콤한 감정을, 자신의 구제하기 어려운 어리석음으로 망
친 것도.

그때 맹세했다. 스바루는 확실히 맹세했다.

『내가 반드시── 너를 구해 보이겠어..』라고.

그 맹세를 지키기 위해서 뛰어다녔다.

『죽음』을 거듭하고, 운명을 개척하고, 간신히 괴로움을 극복
한 끝에 스바루는 그 소녀와 재회했고, 다시 인연을 맺어 그 얼

굴에 웃음을 이끌어냈다.

그때 가슴을 때린 온갖 감정을, 스바루는 영원히 잊지 못하리라.


"──빌헬름 씨!!"

"스바루 님?!"

지평선에 떠오른 그림자를 따라잡았을 때, 그곳은 기사와 검은 그림자가 부딪치는 전장이었다.

이미 주검이 여럿 땅에 쓰러져 있는 그곳에서, 뛰어다니는 용맹한 그림자가 스바루의 목소리에 반응했다.

용차의 속도를 늦추지 않고, 맹렬하게 이동하는 스바루를 보고 빌헬름은 눈이 휘둥그레졌다. 피에 젖은 검을 잡은 검귀는 스바루가 이 자리에 있는 사실에 의문을 드러냈지만──.

"에밀리아는?!"

이어지는 스바루의 외침과 검은 눈을 채운 감정을 보고 즉각 그것을 내던졌다.

그리고 빌헬름은 칼끝으로 용차가 달리는 쪽보다 더 전방을 가리키고 대답했다.

"이 앞에! 직선으로! 거목 쪽입니다!!"

스바루는 고개를 들어 지평선 더 앞쪽을 바라보았다.

정신이 들고 보니 리파우스 가도는 이미 절반을 넘어 백경과의 결전지였던 플뤼겔의 거목 근처까지 도달해 있었다.

"──────."

그것만 확인한 용차는 속도를 늦추지 않고 전장을 통과했다.

발길을 멈추진 않는다. 저들이 무사한지 물을 필요는 없다. 그런 건 빌헬름 일행의 분전에 대한 모욕이고, 무엇보다 스바루는 헤어질 적에 나눠야 할 말은 다 나누었다.

스바루는 빌헬름에게, 에밀리아 일행을 부탁한다고 했다.

빌헬름은 스바루의 부탁에 알았다고 대답했다.

따라서 이곳에서 스바루가 발을 멈출 필요도, 빌헬름이 달리는 이유를 물을 필요도 없다.

시선의 교차조차 한순간에 마치고, 스바루와 오토가 탄 용차는 빌헬름을 뒤로했다. 하지만 이를 눈뜨고 그냥 보낼 마녀교도가 아니다.

몇 명은 기사를 견제하고, 다른 그림자가 땅을 박차 용차를 쫓으려——.

"——네놈들의 상대는 바로 나다."

부주의하게 등을 보인 마녀교도가 내려치는 참격을 받고 두 동강 났다. 피보라를 뒤집어쓴 검귀는 보검을 휘두르고 멀어지는 용차를 만족스럽게 배웅했다.

"은인에게 은혜를 갚을 절호의 기회. 그리고 굳이 말로 하지 않아도, 간청한 본인도 잘 이해하는 행운. ——이 어찌 영광스러운 일인가."

주군에게서 맡은 보검을 오른손에 든 빌헬름은 부하가 던져주는 기사검을 왼손으로 받았다. 양손의 검을 교차하듯이 든 검귀의 눈빛이 마녀교도를 꿰뚫었다.

"남자가 여자를 만나러 가는 것을, 방해하게 둘까 보냐. 네놈들도 나도, 재회의 장소에 있기에는 피비린내가 너무 뱄지. ——전원, 주검을 드러내 최후를 맞이하여라."

그 사형 선고에 감정을 잃었을 터인 마녀교도의 전신이 떨렸다.

팽팽한 긴장감 속에서 입가에 웃음을 새긴 검귀가 몸을 앞으로 숙인 채 뛰어갔다.

그 웃음은 피를 뒤집어쓰는 것을 기뻐하는 악귀 같으며, 젊은 시절 자신의 실수에 쓴웃음을 짓는 노인 같기도 한, 심히 복잡한 것이었다.


"나츠키 씨, 보여요! 피난용 용차, 저거 맞죠?!"

전장을 등진 채로 가속을 거듭하는 용차의 차부석에서 오토가 소리를 질렀다.

정면을 가리키는 오토의 옆에서 스바루도 전장에서 멀어지는 용차 무리를 시야에 포착했다. 가슴의 박동이 거세진다. 스바루는 조급해지는 감정에 주먹을 세게 움켜쥐었다.

거리가 쭉쭉 줄어들자 쫓아오는 스바루 쪽을 감지한 용차 무리에서 혼란이 일어났다. 비틀대며 이동하기 시작하는 용차 대열을 향해 스바루는 열심히 소리쳤다.

"멈춰! 나야! 적이 아니야! 멈춰 봐, 멈춰 줘——!"

"——?! 나츠키 님?!"

"멈춰 줘! 긴급사태다! 용차 안을 조사해야 해!"

나란히 달리며 부르는 스바루를 알아채고 용차를 몰던 기사가 허둥지둥 용차를 급정지했다. 그 지시에 지룡이 울부짖고, 옆으로 쓰러지기 직전의 기세로 잇달아 뒤따르는 용차도 속도를 늦추었다.

그리고――.

"이아, 이리 나와! 오토, 파트라슈를 용차에서 풀어 줘!"

멈추는 시간도 답답해서 스바루는 용차에서 뛰어내렸다. 화려한 착지와는 거리가 멀어 거칠게 구르며 볼품없이 낙법. 즉각 일어선 눈앞에 밝은 준정령 이아가 떠올랐다.

"이아, 어느 용차에 술수를 부렸는지 알겠어?"

준정령에게 응답은 없다. 하지만 정령은 높아지는 열기로 존재를 주장하고, 스바루를 앞질러 정차한 용차의 대열에 뛰어들어 그중 한 대, 장막 달린 용차 위에서 선회했다.

이아의 반응을 보고, 스바루는 아무런 의심도 없이 용차로 뛰어들었다. 짐칸을 뒤덮은 장막을 거칠게 걷고 어두컴컴한 짐칸에 시력을 집중하자――.

"――스바루."

은방울 같은 음색이 이름을 불렀다고 깨달은 순간, 스바루는 당장에라도 그 자리에 주저앉을 것만 같은 충격에 직면했다.

짐칸 안쪽. 스바루를 멍하니 응시하는 것은 남보랏빛 눈의 아름다운 소녀다.

그 모습을 몇 번이고 찾아 헤매고, 몇 번이고 갈망하고, 몇 번이고 꺾이고, 그런데도 포기할 수 없었던 소녀.

감정이 흘러넘쳐 참을 수 없는 충동이 분출되려고 한다.

그러나 스바루는 이를 악물고 충동을 단번에 잘라냈다.

"이야! 어디야?!"

스바루보다 늦게 짐칸에 나타난 준정령이 용차 안을 환상적으로 날아다녔다. 불똥처럼 마나가 튀고 붉은 준정령은 짐칸 구석에서 힘차게 빛났다.

붉게 빛나는 준정령. 그 바로 밑에 시력을 집중하니 널빤지로 깔린 바닥의 일부가 변색되어 있다.

"팩! 섣부른 충격은 주지 않고 여기만 벗길 수 있어?!"

"생각지도 못한 재회라고 여겼더니, 갑자기 웬…… 으으음, 그렇게 된 건가."

일방적인 스바루의 부름을 듣고 눈이 동그래진 팩이 바닥의 이변을 알아챘다. 준정령이 가리킨 반응에 눈이 가늘어진 새끼 고양이는 그 꼬리를 휘둘러서 힘을 행사했다.

집중된 마나가 널빤지를 동결하고 스바루는 그것을 거칠게 밟아 부수었다. 그리고 생겨난 구멍 안에 팔을 쑤셔 넣고 손끝에 잡힌 감촉을 무작정 끄집어냈다.

"——찾, 았다아!"

기합과 함께 바닥 밑에서 나타난 것은 복잡한 무늬가 그려진 기묘한 재질의 주머니다. 뭔가 동물 가죽을 사용한 것 같지만, 그 감촉은 본능적인 혐오감을 불렀다.

"마수의 가죽 주머니——."

혐오의 원인이 팩의 입으로 판명된다. 스바루는 그사이에 주머니 입구를 열었다. 안에는 어렴풋이 빛나는 마석이 빼곡하게 채워져 있어 오토의 증언이 뒷받침됐다.

하지만 그 마석은 바로 이 순간 열기를 높이며 기폭 단계에 돌입하려는 참이었다.

"무슨 타이밍이⋯⋯! 팩, 멈출 수 있어?!"

"멈추는 건 힘들겠는데. 폭발을 억누르는 거라면 가능하지만."

고개를 가로저은 팩이 히든카드의 존재를 내비치듯이 에밀리아를 바라보았다. 그 몸짓에 아마도 그것이 팩의 진정한 모습으로 현현해서 발휘하는 우격다짐일 거라고 깨달았다.

거친 방법이지만 팩은 피해를 억제할 수 있을 것이다. 할 수 있을 테지만——.

"그래선 안 돼!"

스바루는 그 제안을 거부했다.

그 방법만 가지고도 모두의 안전을 지킬 순 있다. 하지만 대신에 팩이 대정령의 모습을 드러내면, 그 강대한 힘은 에밀리아와 마을 사람들의 관계에 공포라는 균열을 새길 수 있다. ——스바루 본인부터 그 기이한 모습을 보고 몸서리를 금할 수 없는 것이다.

지금, 에밀리아와 마을 사람들은 간신히 거리를 좁힐 토대가 형성되고 있으므로——.

왕선 자리와는 다르다. 그 자리에서 드러낸 에밀리아 자신의 힘은, 마을 사람들과의 관계에는 방해가 된다.

그렇기에 팩에게 의지하는 것은 마지막. 정말로 수단이 없을 때뿐——.

"생각해. 생각해라, 생각해. 생각해⋯⋯!"

회수한 마석은 예상을 웃돌아서 기폭하면 일대가 불바다가 될지도 모른다. 기폭까지 시간이 얼마 안 남았다. 어딘가 먼 곳에 버리는 것도 어렵다. 하지만 팩에게 맡기면 에밀리아의 왕선에 어두운 영향을 남기게 된다. 생명과는 바꿀 수 없다고 정색하기 전에, 떠오르는 모든 지혜를 짜내라. 이번에야말로 에밀리아를 위해서, 무엇을 할 수 있는지——.

　"——그렇……군."

　중얼거림이 흘러나왔다. 딱 한 가지, 번뜩인 게 있었다.

　실행에 옮길 수 있을지 미심쩍고, 멍청하다고 비웃음을 살지도 모르는 결론이다. 그러나 지금 조건으로 가능성이, 기적적으로 승산이 있다고 한다면, 이것 말고는 떠오르지 않는다.

　생각이 난 순간, 스바루의 몸은 쏜살같이 움직이고 있었다.

　들어 올리기도 힘들 만큼 무거운 가죽 주머니를 안자 달아오른 마석의 열기가 팔과 가슴을 지졌다. 그 통증을 무시하며 스바루는 용차에서 뛰쳐나갔다. 그 등에——.

　"잠깐……!"

　떨리는 목소리로, 에밀리아가 스바루를 만류하고 있었다.

　멈춰서는 안 되는 발이 멈춘다. 돌아서는 안 되는 몸이 돌아선다. 봐서는 안 되는 눈을, 똑바로 바라보고 만다. 말할 틈도 없는 시간을 써서, 말할 것만 같다.

　"스바루, 어째서……!"

　그『어째서』에는 이 순간 외의 온갖『어째서』가 담겨 있었다.

　그것은 지금 용차에 올라탄 이 순간에 대한『어째서』이며, 이

제5장 「——그저 그뿐인 이야기」　255

상황을 만들어 낸 이유에 대한 『어째서』이고, 더더욱 거슬러 올라가──.

──필시, 왕성에서 주고받은 문답으로 돌아가는 것이다.

그때 자신의, 정리가 되지 않는 감정들이 되살아난다. 그 하나하나가 죄다 틀린 건 아니다. 하지만 옳지도 않다.

한 번 기회를 얻고, 다시 잃고, 뒤로 미루었던 장면이었다.

에밀리아와 재회해 말을 나눌 기회를 얻고, 전하고 싶은 마음과 말은 산더미처럼 많이 있었다. 별처럼 많이 있었다. 해도, 또 해도, 끝나지 않을 만큼 있었다.

많고 또 많은 말이 머리속에 떠올라서, 목구멍으로 치밀었다가 사라진다.

온갖 마음이, 쌓인 감정이, 이 순간을 온 몸이, 온 마음으로 바라고 있었다.

무슨 이야기를 할까. 무슨 말을 전할까.

어떤 말을 고를까. 어떤 태도로 대할까.


"어째서……?"


다시 날아온 물음.

작게 숨을 들이켰다. 그리고 스바루는 딱 한마디만, 일렀다.


"──널 좋아해, 에밀리아."

──그것이 스바루가 이렇게 상처투성이가 되어 살아가는, 유일한 의미였다.

9

　단숨에 말하고 장막을 찢듯이 지나쳐 용차에서 튀어 나왔다.
　태양광이 눈꺼풀을 태우는 순간, 햇빛을 가로막듯이 검은 거체가 스바루 앞에 섰다. 파트라슈다. 애룡은 스바루가 부르기 전부터 먼저 알아채고 등을 내밀고 있었다.
　그 등에 뛰어들어 고열을 내는 가죽 주머니를 자신의 배와 파트라슈의 안장 사이에 끼웠다. 그리고 고삐를 잡아 해가 있는 쪽을 향해 일직선으로 지룡을 몰기 시작했다.
　등 뒤에서, 스바루의 행동에 오토가 놀라고 차부석에 있던 기사도 어안이 벙벙한 모습이다. 장막을 지나 아이들이, 에밀리아가 뛰쳐나와서 소리를 질렀다.
　그 목소리가 들린다. 스바루를 부르고 있다. 하지만 돌아보지 않는다. 돌아볼 시간은 없다.
　전해야 할 마음도, 하고 싶었던 말도, 단 한마디에 담아서 남겼다.
　이제는 저곳에서 스바루가 할 일이 없다. 지금 해야 할 일만이 있다.
　"————."
　파트라슈가 바람으로 변해 경치가 단숨에 뒤로 넘어갔다.

『바람막이의 가호』의 효과는 끊어져 진동과 바람이 인정사정 없이 스바루를 덮쳤다. 그러나 칠흑의 지룡은 교묘한 움직임으로 주인을 지키고, 스바루도 모든 신뢰를 애룡에게 맡겼다.

가죽 주머니 너머로 마석의 열기가 느껴진다. 뜨거운 그것은 조용히 지금도 열을 더하고 있다. 폭발의 제한 시간이 가깝다. 그 사실을 스바루는 배로, 파트라슈는 등으로 느끼며 필사적으로 정면을 노려보았다.

아픔으로 어지러운 시야. 그 끝에 목적하던 『그것』이 누워 있었다.

──『그것』은 밑동부터 부러져서 쓰러진 전설의 거목. 장구한 시간을 보낸 전설의 나무가 맞이한 말로와 그 곁에 머리를 잃고 쓰러진 마수의 주검이다.

거대한 마수의 유해에서 머리만 떼 운반하는 것이 최선이었을 것이다. 남은 거구의 부패를 막기 위해서 꽁꽁 얼린 탓에 주변에는 냉기가 감돌고 있었다.

그 얼음 속 마수의 주검으로 파트라슈를 몰고, 스바루는 누워 있는 백경의 중심에 시선을 훑었다. 그곳에 검귀의 참격으로 생긴 치명적인 상처가 있다.

"큭──!"

유해에 바싹 접근한 스바루는 파트라슈에서 뛰어내렸다.

그리고 열기가 강해진 가죽 주머니를 들어 주저 없이 마수의 상처 속에 밀어 넣었다. 거대한 유해의 상처는 커서 얼음덩이 상태여도 가죽 주머니를 쑤셔 넣기에는 충분한 틈새가 있었다.

"———."

 가죽 주머니를 처리하고 즉각 몸을 틀었다. 스바루는 다시 파트라슈에 올라타 고삐를 잡고 곧장 선회. 시체를 빙 돌아서 쓰러진 거목 뒤에 숨어들었다.

 파트라슈는 매달리다시피 흔들리는 스바루를 싣고 초원을 달렸다. 지룡이 두 발, 세 발을 밟은 직후, 마석이 한계를 넘어서서 백열하며 빛이 부풀어 올랐다.

 질주의 진동과 바람만을 느낀다. 휘둘리는 몸은 천지를 잃고 어딘가에 충돌한 충격으로 목적한 장소로 도망쳤다고 이해했다. 나무줄기에 힘껏 몸을 찧으며 파트라슈가 몸을 웅크려 스바루 위를 덮었다.

 ──다음 순간.

 "———!!"

 거센 충격과 폭풍. 고막이 찢어질 듯한 폭음이 가도에 울려 퍼지고, 열기의 파도가 백경의 유해와 거목을 뛰어넘어 스바루와 파트라슈의 피부까지 태웠다.

 폭발의 빛이 감은 눈꺼풀을 관통해 가차 없이 안구를 두들겼다. 하지만 스바루는 위에서 누르는 무게를 단단히 붙잡고 이를 악물면서 고통을 견뎌냈다.

 충격파가 몸 안팎을 휘젓고, 강대한 뿌리를 자랑하는 거목이 대지에서 떨어져 나가려 했다. 그러나 그 파괴의 탁류도 이윽고 잦아들다가──.

 "──?"

어느새 아무것도 느끼지 못하게 됐음을 깨달은 스바루가 고개를 들었다.

목소리를 냈다고 생각했는데, 귀가 너무 시끄럽게 울려서 아무것도 들리지 않았다. 눈을 떴다고 생각했지만, 폭연 때문에 아무것도 알 수 없다.

손을 뻗어 바로 옆에 있는 지룡의 피부를 만졌다. 온기는 알 수 없지만 생물적인 움직임이 손바닥으로 느껴졌다. 살아 있다. 그 사실에 안도해 어깨에서 힘이 빠졌다.

"——?!"

그 직후, 아무것도 보이지 않는 안면에 축축한 것이 닿는 감촉이 왔다.

연거푸 반복되는 그것은, 어쩌면 파트라슈의 혀일까. 강아지 같은 애정 표현에 쓴웃음을 지었다. 그리고 혀가 너무 꺼칠꺼칠해서 줄로 밀리는 기분이다.

그러나 그것을 말리려는 손은 움직이지 않고, 목소리도 나오질 않는다.

아무래도 좀 지쳤다. 체력은 밑천까지 날아가 이제는 한 발짝도 못 움직일 것 같다.

잠깐 쉬고 있어도 벌은 받지 않겠지?

"——!"

피부가 희미한 대기의 진동을 느껴서, 스바루는 무심코 고개를 움직였다.

보이지 않는다. 들리지 않는다. 하지만 기분이 좋았다.

아무것도 들리지 않는다. 지금은, 아무것도——.


"——스바루!"


아아, 뭐야. ——들리잖아.

안도가 섞인 숨결을 끝으로, 스바루의 의식은 깊고 깊은 잠 속에 떨어졌다.


10


——정신을 차리고 보니, 스바루의 의식은 다시 암흑 세계의 부름을 받고 와 있었다.


망망하게 의식만 헤매서, 육체를 잃은 나츠키 스바루는 허공을 한없이 떠돌고 있다.

이 세계는 언제나 지면도 없거니와 지평선도 보이지 않는다.

오로지 어둠만이 펼쳐진, 깨어나면 잊히는 물거품 같은 꿈.


『——사랑해.』


하지만 아무것도 없이 공허하고 텅 빈 세계에는, 이곳에서만 만날 수 있는 사랑스러운 『누군가』가 있다.

그것은 항상 스바루에게, 달콤하게 저릿한 욱신거림과 쌉쓸하게 안기는 듯한 기쁨을 부른다.

『――사랑해.』

어둠이 풀리고 그림자를 엮어 스바루 지척에 사랑스러운 『누군가』가 나타나 사랑을 속삭인다.

그 표정은 보이지 않는다. 그러나 아마 『누군가』는 비탄에 젖은 얼굴로 사랑을 속삭이고 있다.

만지고 싶다. 원하고 싶다. 스바루의 마음은 반사적으로 그 유혹에 빠진다.

사랑에 응하고 싶다. 보답하고 싶다. 자신에게 바치는 사랑에는, 사랑이 아니면 보답할 수 없다.

그런데도――.

"――스바루."

들리는 것이다. 『누군가』와는 다른, 사랑스러운 목소리가 자신의 이름을 부르는 것이.

의식만으로 이해했다. 이 검은 그림자로 가득한 꿈의 『누군가』와는 별개로, 하얀 빛의 세계에서 사랑스러운 목소리가 스바루를 부르고 있다.

그것을 이해하자 어둠 저편에 존재할 리 없는 빛이 생겨났다.

『──사랑해.』

"──스바루."


　동시에 말이 날아든다. 그림자의 사랑에 응하고 싶다. 빛의 사
랑에 응해야만 한다.

　『누군가』의 목소리. 빛의 저편에서 닿는 그녀의 목소리──
어느새 의식은 빛에 끌려간다.

　스바루가 품은 마음의 모습에 버림받은 『누군가』의 목소리에
서러움이 깃들었다.

　그림자로 엮인 두 팔을 뻗지만 완성되지 못한 몸은 닿지 않는
다. 목소리만이 멀어지는 스바루를 애타게 원하며 한없이 떨리
는 목소리로 스바루를 불렀다.


『──사랑해. 사랑해. 사랑해사랑해사랑해사랑해사랑해.』

"──부탁이야, 스바루."


　반복되는 사랑의 속삭임과 그저 순수한 소원만을 담고 이름을
부르는 목소리.

　기억해 낸다. 자신의 존재를.

　기억해 낸다. 해야만 하는 일을.

　기억해 낸다. 가야만 하는 장소와 해야만 하는 말을.

　그렇기에 이곳에는 있을 수 없다.

　그렇기에──.

"──다음에는 꼭, 내가 만나러 올게."

존재하지 않는 입이, 전해질 리 없는 마음이, 멀어지는 『누군가』에게 이별을 고했다.
재회를 맹세하는 이별의 말. 『누군가』는 살짝 숨을 삼켰다.
그대로 스바루의 의식은 그림자의 세계를 덧칠하는 빛에 휩싸여 천천히 녹아들었다.

『──기다릴게.』

마지막으로 그 여운만을 남기고, 나츠키 스바루는 물거품 같은 꿈에서 밀려나──.

11

의식이 잠이라는 바다에서 부상해 각성이라는 수면을 뚫고 눈꺼풀이 열렸다.
각성의 눈물은 안구에 독처럼 번지고, 뿌연 시야에 아련히 일렁이는 남보랏빛을 보았다.
그것은 바로 지척, 숨결이 닿을 정도의 거리에, 눈길이 빼앗기도록 아름답고, 분홍빛 입술에서 정말로 숨결이 닿아서── 죽도록 당황했다.

"얼굴 가깝지 않아?!"

"왓, 앗, 스바루. 깨어났구나! 다행이야. 정말로."

지척에 있던 남보랏빛, 그것이 에밀리아의 두 눈이며 숨결이 닿을 거리에 그 얼굴이 있다는 사실을 깨닫고 정신이 번쩍 들었다. 당황하는 스바루를 보며 에밀리아는 그 동요도 모르는 표정과 함께 안도해 가슴을 쓸어내리고 있었다. ──근데 각도가 좀 이상하다.

"드러누운 나와 무지 가까운 에밀리아땅. 그리고 이 천국 같은 머리의 감촉은……."

"이상하게 확인하지 않아도 무릎베개 맞아. 잠자리는 편해?"

"이보다 사치스럽고 극락 같은 베개는 모르겠는데. 노력한 대가라면 거스름돈이 남겠어."

사양하지 않고 머리를 맡긴 채 스바루는 킬킬 웃었다. 그러자 에밀리아는 희미하게 웃음을 띠었던 입술을 앙다물고 스바루가 웃는 얼굴을 가만히 바라보았다.

분위기가 바뀐다. 서로 상대가 무사함을 확인하고, 앞으로 마음을 주고받기 위해서.

"저기, 여러모로 어떻게 됐는지 물어봐도 돼? 예를 들면…… 맞아. 파트라슈는 무사해? 기절하기 직전에 내 얼굴을 할짝할짝 핥던 느낌이 든 건 기억하는데."

"아유, 여러모로 어떻게 된 건지 묻고 싶은 건 나인데. …… 그 지룡이라면 스바루가 기절한 다음에도 할짝거리고 있더라. 스바루랑 떼어 놓으려고 하니까 엄─청 으르렁대서, 오토 군이 잘 얘기해 줄 때까지 곁에서 떨어지지 않았을 정도야."

"이보셔. 파트라슈 너 그렇게나 충룡이냐? 반하겠다."

고작 이틀밖에 안 되는 사이인데 이미 함께 넘어간 아수라장의 수가 톱클래스다. 백경 퇴치의 포상을 크루쉬에게서 받을 수 있다면, 이젠 파트라슈 말고 달리 생각할 수 없다.

"그 애는 화상이 심각했는데 생명에는 지장이 없을 것 같아. 응급처치는 내가 했지만 지금은 빌헬름 씨 일행이랑 함께 페리스가 진찰해 주고 있으니까."

"어, 페리스도 합류했었어?"

에밀리아의 입에서 페리스의 이름이 나와 스바루는 안도와 놀라움을 동시에 느꼈다. 왕국 최고의 치유술사가 합류한 건 좋은 소식이지만, 이 자리에 있다는 말은——.

"나 좀 봐라. 혹시 너무 오래 잤나?"

"두세 시간 정도일까? 대화경 덕분에 페리스 일행과 합류했으니까 부상당한 사람들도 다들 무사해. 안심하렴."

미소를 짓는 에밀리아의 손에는 마녀교가 소유하고 있었던 대화경 중 한 장이 있다.

마을에 남은 토벌대와 연락을 취하기 위해서 스바루가 회수했던 한 장이다. 그걸로 페리스 일행과 대화해 매끄러운 합류로 이어졌다는 뜻이리라.

"그럼 모두 주변에 모여 있나."

"페리스는 치료 중이고…… 율리우스도 있어. 나, 엄—청 놀랐어. 스바루랑 율리우스가 같이 있을 줄은 정말 몰랐거든."

"그건 산보다 파랗고, 바다보다 높은 이유가 있다고. 처음부터 설명하려면, 그게 또 아득바득 주관을 섞어서 길어지는 사정이 있어서…….”

　에밀리아를 놀라게 한 율리우스와의 관계는 말로 설명하기가 어렵다. 아니 지금에 와서는 스바루도 뭐라고 말해야 할지 알 수 없다.

　복잡한 감정이 뒤죽박죽이라, 율리우스에 대한 평가를 간단히 말로 표현하자면——.

　“나, 그 자식, 싫어, 포에버.”

　“왜 갑자기 말을 더듬어?”

　“놈에 대해 말로 표현하기 어려운 감정을, 내 딴에 열심히 표현해 봤지. ……지금, 다른 사람들은?”

　이 대화를 더 이어가는 게 싫어서 화제를 바꾸었다. 에밀리아는 그런 스바루의 태도에 살짝 쓴웃음 짓더니 “그래.” 하고 말을 이었다.

　“페리스가 사람들 치료를 마칠 때까지 휴식 중인데, 슬슬 끝날 즈음일 거야. 다 끝나면 다시 다 같이 왕도로 출발. 크루쉬 씨와 해야 할 얘기가 잔뜩 있을 것 같으니까. ——스바루가 힘을 써 준 덕분에.”

　“암요. 무지 힘냈지. 진짜로 적진 분위기 속에서 허세와 블러프를 구사해서 비좁은 정답의 문을 돌파해 왔다고. 다시 생각해도 위장이 쑤셔!”

　“응. 정말로…… 고마워.”

　에밀리아의 솔직한 감사 표현을 듣고, 스바루는 쑥스러운 마음을 끝까지 숨기지 못했다.

그러나 공적은 공적. 그것을 더 이상 숨길 필요는 없다.

"그……렇군. ……나, 겨우 돌아왔나."

문득 주위를 보니, 지금은 장막 덮인 용차의 짐칸에 단둘이서 있었다.

주위에 인기척은 없고, 침묵 속에서 들리는 것은 산들바람 소리뿐. 마치 세상에 둘밖에 없는 것처럼. ──기이하게도 그때와 같은 상황이다.

상처투성이로, 의식불명 상태에서 깨어나서, 세상에는 둘밖에 없고.

"긴, 꿈을 꾼 기분이야……."

실제로 그 이별 순간부터 이번 루프── 이 최종 루프에 이를 동안까지 일어난 사건은 꿈이라도 꾼 것처럼 현실감이 없다.

그만큼 극한 상태가 이어졌던 것이다. 그것은 진짜 악몽이었다고 할 수밖에──.

"나쁜 꿈을…… 아니, 그게 아니군."

"좋은, 꿈이었어?"

고개를 갸웃하며 에밀리아가 스바루의 말을 이어서 물었다.

그 물음에 눈을 감고 스바루는 악몽이라고 단언할 뻔한 루프를 회상했다.

절망적인 상황이 수도 없이 찾아들고 머리부터 사라지고 싶은 장면만이 거듭 떠올랐다.

어리석은 행동을 저지르고, 이기적으로 행동하고, 오만하게 강요하고, 호되게 기대가 배신당하고, 실망과 절망에 빠지고, 정신은 으스러지고, 한 번은 광기에 지배되고, 체념에 잠겨서 모든 것을 내던지려다가── 그 마지막에서 구출됐다.

없었던 걸로 할 수는 없다. 그 모든 게 없었으면 지금의 스바루는 이곳에 없다.

그렇기에 악몽 같은 나날에다, 괴로운 일만이 눈에 띄는 시간이었다고 해도.

"──좋은, 현실이었어."

그 기나긴, 악몽 같은 시간은 스바루 안에서만 남아 있다.

그것을 과거로 넘길 수는 있다. 하지만 꿈으로 넘기는 건 허용되지 않는다.

자신의 행동이 낳은 비극의 결과도, 초래한 참극의 결과도, 모조리 떠안고 간다.

그것이 『사망귀환』이라는 비상식적인 힘에 사로잡혀, 그 힘으로 미래를 개척한 스바루가 지고 가야 할 십자가이므로──.

"……이야기는, 어느 정도 들었어?"

"거의 아무것도. 율리우스가, 스바루에게 들으래."

"그 자식, 진짜 망할 오지랖이네."

그걸로 마음이라도 써 줬다고 생각하나. 머릿속 미장부에게 악담을 뱉고, 스바루는 숨을 내쉬었다.

그런 다음 천천히 에밀리아의 다리에서 몸을 일으켜 시선을 맞추었다.

──그때 하다 못한 일을, 끊어진 말을 마저 잇자.

"그날, 너는 내게 『어째서』라고 물었지? 어째서 구했는지. 어째서 그렇게 이것저것 노력하는지. 어째서냐고."

"응. 물었어. 그랬더니 스바루는 내가 스바루를 구했다고 했고. ……하지만 난 그런 적이 없어. 전혀 못했어. 난 스바루에게 도움만 받았고, 아무것도 해 주지 못했는데. 그런데도 스바루는 날 위해서 상처 받고……."

"아니, 그때는 내가 좀 제정신이……."

제정신이 아니었다고 말을 맺으려다가, 맺지 못하는 자기 자신이 있다.

제정신이 아니었던 건 아니다. 그 시점에서 나츠키 스바루라는 인간은, 약하고 어리석으며 자기 생각밖에 못하는 그 남자는, 그것이 옳다고 믿고 있었다.

독선적인 감정을 강요하고, 받아들이는 것이 당연하다고 생각했다.

그런 이기적인 사랑의 존재를 힘껏 주장한 남자의 최후를, 스바루는 알고 있다. 이 눈으로 지켜보고 저승길로 보내준 것은 다름 아닌 스바루다.

바르게 사랑을 바치는 행동을 증명해 보인 검귀의 모습도 이 눈에 아로새겼다.

"그때의 나는 내 생각만 했어. 인정할게. 난 너를 위한다고 말하면서 『널 위해서 노력하는 나 자신』에 취했을 뿐이야. 그렇게 취해서 행동하면 네가 받아들여 줄 거라고 멋대로 생각했었어."

"스바루……."

"미안해. 나는 너를 이용해서 희열을 느꼈어. 그때의 말은 전부 옳았던 거야. 내가 틀렸어. ……하지만 틀리지 않았던 점도 있지."

자기 자신을 위해서 에밀리아를 이용한 장면. 그래도 양보할 수 없는 게 딱 한 가지 있다.

"너를 돕고 싶어. 네 힘이 되고 싶어. 그건 진심이고, 정말로 거짓말이 아니야."

"……응. 알아."

스바루의 말에 에밀리아가 끄덕였다.

그다음 에밀리아는 남보랏빛 눈을 크게 일렁이다가 눈을 한 번 깜빡이고 스바루를 응시했다.

그리고——.

"——어째서 스바루는 나를 도와주는 거야?"

그때 들은 말. 몇 시간 전에 다시 거듭된 물음.

지금도 또 마찬가지로 대답을 바라며 건넨 말. 스바루의 대답은 하나다.

"——에밀리아를 좋아하니까, 나는 네 힘이 되고 싶은 거야."

곧게, 에밀리아의 눈을 마주 보며 스바루는 또렷하게 그 사실을 전했다.

——결국 스바루의 행동 원리는 한결같이 심플한 그 사실로 집약할 수 있다.

힘이 되고 싶은 것도, 곁에 있고 싶은 것도, 도와주고 싶은 것도, 웃는 얼굴을 보고 싶은 것도, 옆에 자리를 잡고 싶은 것도, 함께 미래를 살고 싶은 것도——.

하나부터 열까지, 머리끝부터 발끝까지, 몸과 마음이 모두 에밀리아를 좋아하기 때문이다.

그래서 스바루는 죽을 지경에 처해도, 실제로 몇 번이나 죽어도, 상처 받고, 미움을 받고, 괴로워해도, 기어 올라서 물고 늘어져 이렇게 돌아온다.

그저 그뿐인 답을 내놓는 데 얼마나 멀리 돌아왔는지.

자신의 미련함에 질리겠다.

"————."

스바루의 대답을 듣고, 입술을 다문 에밀리아는 침묵을 택했다.

하지만 그 침묵도 오래가진 않았다. 불현듯 에밀리아의 표정이 흐트러지고, 다문 입술을 깨물더니 크게 뜬 남보랏빛 눈을 적셨다.

그것은 당장에라도 울어버릴 듯한, 우는 법을 모르는 어린애 같은 모습이라서.

"나, 난…… 하프엘프."

"알아."

떨리는 목소리에 곧바로 나온 대답을 들은 에밀리아는 열심히 고개를 저었다.

"은색 머리카락에, 하프엘프에…… 마녀랑 겉모습이 닮았다고, 여러 사람이 미워하고, 기피해. 진짜로, 엄—청, 미움을 받고 있어."

"봤어. 알아. 보는 눈이 없는 것들이지."

겉모습만으로 판단하고, 심지어 그것이 과거의 죄인과 닮았기 때문이라니 기가 찬다.

에밀리아의 본질을 하나도 보지 않았으면서, 누가 감히 그녀를 미워할 권리가 있겠는가.

"사람 사귄 경험이 적어서 친구도 없어. 상식 없고 철부지라서 이상한 말이나 할 때도 있고…… 그리고 팩과의 계약 때문에 거의 매일 머리모양 다르고, 임금님이 되고 싶은 이유도…… 엄청, 엄—청 개인적이라……."

자신의 결점을 늘어놓으려다가 불필요한 말까지 하는 부분에서 약한 마음이 엿보인다.

그렇게 자신감 없이 겁내는 약한 모습조차 지금의 스바루에게는 사랑스럽다.

그래서 스바루는 자상하게 고개를 가로저었다.

"에밀리아가 누구에게 무슨 말을 듣고, 자기 자신을 어떻게 생각하든 간에, 난 너를 좋아해. 정말 좋아해. 무지 좋아해. 늘 곁에 있고 싶어. 늘 손을 잡고 싶어."

"아……."

"네가 네 싫은 점을 열 개 말하면, 난 네 좋은 점을 이천 개 말할 거야."

멀어지려고 하는 에밀리아를 놓치지 않고, 스바루는 눈을 떼지 않으며 본심을 전했다.

입을 살짝 벌리고 스바루를 바라보는 에밀리아의 눈에 금세 눈물이 고였다. 굵직한 그것은 눈을 깜빡일 때마다 넘쳐서 하얀 뺨에 투명한 궤적을 그렸다.

"나는 너를, 그렇게 『특별 대우』하고 싶어."

"……받아서 기쁜 특별 대우는, 난생처음이야."

손을 뻗어서 흐르는 눈물을 살그머니 막는다. 뺨에 닿은 스바루의 손 위로 에밀리아의 손바닥이 포개져, 매우 뜨거운 상대의 체온을 교환한다.

"왜, 이천 개야?"

"내 마음을 표현하려면 백 배로는 부족해서 그래."

스바루가 이를 보이며 웃자 에밀리아도 울다 웃는 표정을 내비쳤다.

그 웃음이 몹시 눈부시고, 떨어지는 눈물마저도 보석 같아서, 미소 하나로 이렇게나 만족하는 자신은 참으로 싸게 먹힌 놈이라고 절로 웃음이 나온다.

웃으면서 에밀리아는 스바루의 손바닥에 볼을 문지르고——.

"——기뻐. 정말로 기뻐. 누가 나를 좋아한다고, 말해 주는 날이 온다고 생각한 적은 없었으니까."

에밀리아가 지금까지 보낸 나날 속에서 『특별』이란 곧 차별을 의미했다.

그렇기에 누군가에게 『특별 대우』 받는 것을 몹시 겁냈다. 그런 마음을 알면서도 스바루는 그녀를 『특별 대우』한다.

다른 사람들은 하지 않더라도, 이 세계에서 스바루만은 스바루만의 『특별 대우』를.

"괜찮은, 걸까. 내가…… 나 같은 게 이렇게 기쁜 일만 겪어도. 이렇게나 행복하게, 사치스러운 기분에 젖어서……."

"뭐 어때. 사치 좀 부려 보자고. 행복이야 아무리 많아도 곤란할 게 아니고, 분수에 넘치면 나눠주면 그만인데."

그러니까――.

"천천히 해도 돼, 에밀리아. 천천히 차분하게, 느긋하게 나를 좋아해 주면 돼. 네 옆을 걸으면서 네가 홀딱 반하게 노력할 거니까."

"――우."

히끅. 에밀리아의 목이 자그맣게 울었다.

그대로 뺨을 붉히고 눈을 내리깔았다. 그리고 자신의 가슴에 손을 짚고서, 웃음을 보내는 스바루의 얼굴을 가만히 응시했다. 그리고――.

"――고마워, 스바루. 날, 구해 줘서."

미소와 함께 에밀리아는 스바루에게 그렇게 말했다. 그것은 과거에 전했던 것과 같은 말.

그 사실을 깨닫고 스바루는 웃었다. 에밀리아도 같은 사실을 깨닫고 웃었다. 웃으며, 웃고, 별안간 그녀의 눈꼬리에서 눈물이 뚝뚝 흐르기 시작했다. 스바루는 손을 뻗어 에밀리아의 길고 아름다운 은발을 빗듯이 다정하게 쓰다듬었다.

부드럽게, 우는 소녀를, 사랑스러운 그녀를 계속해서――.

——저녁이 다가오는 하늘 아래에서, 이방인과 은발의 반마가 몸을 기대고 마음을 주고받는다.

오래오래 이어진, 고난과 절망의 반복.

그것을 극복하고 간신히 얻은, 조용하고 편한 둘만의 시간.

이것은 그저 이런 시간을 얻기 위했을 뿐인 이야기.

멀리 돌아서, 엇갈리고, 방황한, 그저 그뿐인 이야기.

자신감이 없는 한 소년이, 자신감이 없는 한 소녀에게 마음을 전한다.

그저 그것만을 위해서 노력한—— 그저 그뿐인 이야기.

# 막간 『용차에서 보내는 한때』


——덜그럭덜그럭. 용차는 잔잔한 소리를 내면서 가도를 나아간다.

가호에 보호받는 용차 안. 스바루는 사실은 처음이 되는 평화로운 여로를 즐기고 있었다.

스바루가 용차를 탔을 때는 항상 어수선했기에, 평온한 여정은 이것이 첫 경험이다. 유일하게 평화로웠던, 처음으로 왕도로 떠났을 때의 평화로운 여행은 스바루가 맘대로 가혹하게 만들어 망쳐버렸기에.

그리고 그 첫 체험 말이지만——.

"뭔가 말이야……. 페트라, 가깝지 않아?"

"그치만, 아까도 치사하게 언니만 독차지했으니까 별로 상관없잖아?"

그렇게 말하고 쓴웃음을 지은 스바루를 동글동글한 눈으로 쳐다보는 페트라.

소녀는 왼쪽 옆에 앉아 출발할 때부터 줄곧 스바루에 달라붙어서 떨어지지 않고 있다.

"저기, 아니야, 페트라. 아까는 스바루랑, 맞아. 중요하게 할 말이 있었을 뿐이고……."

"베에—. 나, 언니한테는 절대 안 질 거거든."

에밀리아가 얼굴을 붉히며 변명하지만, 페트라는 귀도 기울이지 않았다. 그러나 둘의 태도에는 진짜로 미워하는 낌새는 없다. 오히려 장난으로 투닥거리는 행위의 연장선 같은 대화로 보여서 스바루는 미소를 머금었다.

"에밀리아땅, 어린애가 하는 소리야. 웃으며 미소로 스마일하며 받아 넘겨야지."

"못써. 어린애 상대라고 그렇게 오두방정을 떨 수는 없어."

"오두방정은 또 요즘 못 듣는 말일세……."

"우, 또 그렇게 얼렁뚱땅 넘어가."

에밀리아가 입술을 삐죽이며 불만스러워하자 어린애 취급당한 페트라도 스바루의 소매를 잡아당기며 마땅치 않은 표정이다. 그런 두 사람에게 스바루는 "미안미안." 하고 살짝 쓴웃음지으며 사과했다.

현재, 스바루와 에밀리아는 함정이 있었던 용차와는 다른 용차를 타고 아이들과 함께 왕도로 이동하는 중이다. 아이들은 페트라를 제외하면 완전히 녹초가 되어 잠들어 있다. 솔직히 아이들의 고른 숨소리와 페트라의 스킨십 덕택에 스바루는 마음이 편했다.

누가 뭐래도, 현재는 에밀리아와 단둘이 있으면 화제가 마땅치 않다.

그토록 창피한 말을 꺼냈고 고백까지 한 직후다. 대답은 "기다릴게."라고 멋지게 말하긴 했으나, 냉정하게 돌이켜 보면 얼굴에 불이 날 것만 같았다.

"스바루, 표정 이상하네? 왜 그래?"

"페트라 덕분에 살았다는 이야기. 오, 그러고 보니 에밀리아 땅을 혼자 두지 말란 약속도 지켜 줬잖아. 장하다, 장해—."

"에헤헤—."

스바루는 올려다보는 소녀의 머리카락을 부드럽게 쓰다듬고 이중의 감사를 페트라에게 전했다.

만약 페트라와 아이들이 에밀리아의 손을 놓았다면, 그녀는 또 무리하다가 다쳤을지도 모른다. 그렇게 되지 않고 스바루가 지금까지 노력한 것이 보답받은 것도 페트라를 비롯한 주위 사람들 모두의 덕분임이 분명하다.

정말로, 주위 사람들 덕을 받았다. 덕을 많이 받았다.

"안정되면 고맙다고 인사해야 할 상대가 너무 많군……."

크루쉬 진영에는 큰 감사를. 아나스타시아 진영에도 『철 어금니』의 조력과 함께, 별로 내키진 않았지만 율리우스의 협력도 큰 도움이 됐다. 백경 관련으로는 러셀에게도 신세를 졌고, 마지막 국면에서는 오토에게도 빚을 졌다. 해야만 할 일이 잔뜩 있다.

"생각해야만 하는 사항도 산더미처럼 쌓여 있단 말이지."

백경과 『나태』의 토벌에 대한 논공행상 및 크루쉬 진영과의 동맹 건. 부재중인 로즈월에 대한 책임 추궁 및 아람 마을에 대한 보상과 사후처리 등등이 남아 있다.

앞길은 험난하다. ──특히 스바루에게는 가장 큰 고비인 『대화』가 남은 것이다.

"저기, 에밀리아땅. ……무척, 중요한 이야기가 있는데요."

"응, 뭔데?"

정중하게 말을 꺼낸 스바루를 돌아보는 에밀리아의 눈에는 신뢰가 가득하다.

두 눈에 깃든 감정을 보면 스바루는 자신이 성취한 것을 실감할 수 있었다. 동시에 다음에 할 발언으로 눈이 어떻게 변화할지 생각하는 게 솔직히 무섭다.

스바루가 에밀리아에게 전하는 걸 피할 수 없는 문제── 그것은 당연히 렘 이야기다.

이번 루프에서 렘 이상으로 스바루를 일편단심으로 도와준 존재는 없다.

렘의 깊은 애정과 헌신은 한 번은 꺾였던 스바루의 마음을 부드럽게 치유해 다시금 운명과 싸우기 위해 일어설 기력을 되살려 주었다.

──렘이 없었으면 지금의 스바루도 없다.

그렇기 때문에 스바루가 렘에게 품는 감정 또한 특별한 것이었다.

그것은 에밀리아에게 보내는 것과 다를지언정, 비교할 수 없을 만큼 크고 강한 감정이다.

그러므로 이 시점에서 스바루는 결심하고 있다. ──최악의 발상이긴 하다고 알면서도.

"엄청나게 하기 어려운 말인데, 들어줬으면 해. 물론 람에게
도 똑같은 보고를 하고 날아갈 걸 각오했지만…… 맨 처음은 에
밀리아땅에게."

"……응?"

머뭇거리며 묘한 운을 뗀 스바루의 말에 에밀리아가 곤혹스러
운 표정을 지었다.

그 모습에 결심이 무너질 뻔했지만 마녀교와 싸운 용기를 북
돋아 각오를 다졌다.

뇌를 최고속으로 회전시키고, 『사망귀환』으로 기른 모든 것
을 동원해 최적의 해답을 도출해라——.

"사실은…… 렘, 이야기거든. 렘이 저기, 나를…… 그, 그냥
좀 알잖아? 그래서, 뭐, 이것저것 말해 줬단 말이거든요……."

스바루는 이마에 땀이 슬금슬금 맺히는 것을 느끼면서 필사적
으로 말을 골랐다.

용기도, 각오도, 『사망귀환』의 경험치도, 사상 최악의 고백
앞에선 아무 도움도 되지 않는다.

벌써부터 왠지 변명 같아서 말을 더듬거리고, 식은땀으로 범
벅이 된 스바루의 모습에 에밀리아는 "잠깐." 하고 손을 들었
다.

"스바루, 진정 좀 해 봐. 무슨 말을 하고 싶은지 알 수 없어졌
고, 엄—청 스바루가 열심인 건 알았으니까. 자, 착한 아이니까
천천히."

"착한 아이라니, 뭔가 우울해지는 평가인데! 아니, 내가 남자

답지 않은 거지. 그래, 여기선 팍팍 나가자! 저기, 내가 에밀리 아를 좋아한다고 말한 것과 비슷하게, 렘도 나를 좋아한다고 말 해 주셔서요. 그러니까!"

『그러니까』라고 흐름에 몸을 맡기고 이으려던 말이, 도중에 끊겼다.

그토록 온 힘을 다해 마음을 털어놓은 다음에, 무슨 고백을 하 느냐고 에밀리아 쪽도 놀라고 있을 터다. 그렇게 생각하자 그녀 의 반응이 무섭다. 쭈뼛쭈뼛, 눈치를 살폈다.

"————."

그러나 에밀리아의 반응은 스바루가 상상했던 것과 완전히 달 랐다.

에밀리아는 스바루의 말에 눈썹을 모으고 생각에 잠기듯이 입 술에 손을 짚고서 말이 없다. 그것은 지금 발언을 음미하며 스 바루에 대한 분노를 쌓고 있다. ——그런 분위기가 아니다.

"스바루."

"네."

이름이 불린 스바루는 에밀리아를 똑바로 바라보았다.

에밀리아 또한 각오가 담긴 스바루의 눈빛을 정면에서 봤다. 다만, 그것은 곤혹감을 머금은 것으로, 그렇게 반응하는 건 스 바루에게는 이해할 수 없는 일이어서.

그리고 다음 한마디야말로 진짜 의미로 스바루의 이해를 넘어 선 말이었다——.

"──렘이, 누구니?"

# 단장 『나츠키 렘』

1

——화창하게 갠 하늘 아래, 성대하게 우는 소리가 울려 퍼지고 있었다.

여자아이의, 아기의 울음소리다. 아주 기합을 주고 온 마음을 다해 울부짖고 있다.

자신의 감정을 온 힘을 다해 표현할 수 있는 건 아기만의 특권이다. 그런 감상을 품다가 그것이 참으로 늙은 발상이라는 사실에 스스로 아연실색했다.

"이것이 젊음에 대한 동경……. 나도 스피카처럼 동심으로 돌아가 울부짖어야 하나?"

"큰길 한복판에서 다 큰 어른이 그렇게 굴면 변명해 줄 수도 없거든?!"

나이를 실감한 스바루의 독백에 옆에 있던 소년이 호들갑스럽게 딴지를 걸었다. 그 대화에 스바루의 팔에 안긴 아기—— 스피카라고 불린 소녀가 크게 숨을 빨아들이고.

"악——!!"

"으어어! 스피카가 울었다! 얀마, 리겔! 너 오빠잖아! 어떻게 해 봐!"

"그렇게 말하자면, 댁이 훨씬 더 어떻게 해야 할 입장이잖아!"

길 한복판에서 남자 둘이 아기를 중심으로 빙빙 돌며 책임을 떠넘기고 있다.

그 소란에 길가는 사람들의 눈길이 쏠리지만, 떠드는 세 사람이 누구인지 깨닫자 "만날 있는 일이군."이라는 듯이 관심을 잃었다. 그 결과 우는 여아와 울린 남자 둘은 그대로 남았다.

흐뭇하고도 시끄러운 광경. 그 한복판에서 스바루는 손바닥으로 얼굴을 가렸다.

"이만큼 여자애가 빽빽 울어대는데 돕겠다는 사람이 한 명도 없다니…… 젠장, 인심이 이렇게까지 험해졌나!"

"세상을 비관할 때가 아니라고! 이대로 있다간 돌아왔을 때에 무슨 소리 들을지."

"누가 돌아오면 말인데요, 리겔."

"그거야 당연히……."

리겔이라고 불린 소년은 거기서 말을 끊고, 경악하며 돌아보았다. 리겔의 시선을 따라 스바루는 소년 뒤에 서 있는 인영에 "오." 하고 눈썹을 치켜 올렸다.

"장은, 다 봤어?"

"네, 막힘없이. ……이쪽은 큰일이었나 보네요."

"아니, 스피카 무지 건강하더라. 이거, 혼자 뛰어다닐 수 있게 되면 남자를 휘둘러대는 타입으로 크겠어. 벌써부터 소악마 계열로 클 장래성이 엿보여서 나 두근세근해!"

한마디도 지지 않는 스바루에게 안긴 스피카는 정면에 선 여성에게 단풍잎 같이 작은 손을 뻗었다. 얼른 바꾸라는 말을 들은 것 같아서 스바루는 섭섭하다.

"그렇다고는 해도 또 울어도 난처한 법. 하여서, 맡겼어."

"맡을게요."

어조야 장난기가 가시지 않았지만, 아기를 건네는 스바루의 손놀림은 매우 자상하다.

보물을 다루는 듯한 손놀림에 스피카를 받는 여성은 희미하게 웃음을 지었다. 그리고 스피카를 단단히 가슴에 껴안고, 그 몸을 가볍게 흔들면서 아기를 달랬다.

"네, 참 못난 아빠랑 오빠죠? 스피카도 어서 커서 두 사람을 야단쳐야 한답니다."

"이보셔. 말도 모르는 지금부터 영재 교육하는 건 그만두지?"

장난을 친 다음에 허리에 손을 대고 툴툴대는 그녀와 스피카 사이에 낀 미래를 떠올렸다. 리겔과 함께 혼나는 그 광경은──.

"어라, 왠지 생각보다 나쁘지 않은데. 나쁘지 않아. 나쁘지 않다고! 오히려 행복한 미래상인 느낌이 엄청 들어서 히죽히죽 웃을지도 모르겠어."

"난 싫어. 여동생한테 혼난다니, 오빠 체면 완전 구기잖아."

"나랑 같이 동동 구르던 시점에서 안 구길 체면은 없다. 보여. 보인다……. 여동생이 너무 좋아서 어리광을 마구 받다가 잡혀 사는 네 미래가. 이 시스콘 대왕이!"

"자기가 잡혀 산다고 같은 취급 마! 난 절대로 그렇게 안 돼!"

손가락을 까딱거리며 약을 올리는 스바루의 말에 리겔이 핏대를 세우고 반론했다. 하지만 리겔의 발언에 스피카를 안고 있는 파란 머리의 여성이 눈썹을 찌푸렸다.

"리겔. ——아까부터 바깥에서 무슨 말투가 그렇죠. 눈 뜨고 못 보겠어요."

"우, 그래도, 그치만……."

"그래도도 그치만도 엄마는 싫어요. 그리고 방금 한 말도 틀렸어요."

우물거리는 리겔을 가차 없이 꾸짖은 여성은 팔에 안은 스피카의 볼에 입을 맞추고 말을 이었다.

"엄마는 아빠를 잡고 살지 않아요. 아빠는 언제나 엄마의 첫 번째니까요."

뺨을 붉게 물들이고 큰길 한복판에서 울부짖는 것보다 더 창피한 발언——.

그 말을 당당히 내뱉은 어머니에게 리겔은 이번에야말로 포기하고 두 손을 들었다. 스바루도 단호한 그 말을 듣고 낯이 간지러워 뺨을 긁었다.

사랑스러운 가족들의 반응에 그녀는 행복한 듯 긴 머리카락을 붙잡았다.

하늘을 반사한 것처럼 예쁜 렘의 푸른 머리가 산들바람의 손길에 부드럽게 휘날리고 있었다.

## 2

카라라기 도시국가, 도시 바난의 한쪽—— 놀이기구가 이곳 저곳에 놓인 공원 구석, 설치된 벤치에 앉아서 스바루는 멍하니 공원 내의 모습을 바라보고 있다.

정면. 짧은 청발을 곤두세운 리겔이 친구들과 즐겁게 공원을 뛰어다니고 있다. 아버지에게는 맹랑하기 짝이 없지만, 저런 모습에는 나이에 맞는 귀염성이 있기 마련이다.

"남은 건 저 사람 죽일 것 같은 못된 눈매만 어떻게 하면 되겠는데."

"안 돼요. 저 못된 눈매도 리겔의 일부니까요. 저렇게 즐거워하고 있어도, 아무리 기뻐하고 있어도, 모르는 사람이 처음 보면 언짢게 못된 수작을 부리고 있는 것처럼 보이는 얼굴—— 그게 리겔이니까요."

"다 들리고, 엄마의 두둔이 훨씬 심하게 상처 주거든?!"

스바루가 유행시킨 『얼음 오니』로 놀면서, 오니(鬼)에게 잡혀서 얼음 상태인 리겔이 고함을 터트렸다. 스바루와 렘은 부부가 함께 귀여운 아들을 약 올리듯이 손을 흔들었다.

핏대를 세우며 불만스러운 눈치의 리겔. 그 흉악한 이목구비는 어릴 적의 스바루와 똑 닮았다.

"즉, 저 녀석의 미래는 이미 나라는 형태로 예지되고 있단 뜻이군. 내가 저 녀석이라면 전율하겠어. ……20년 뒤, 내가 된다고 들으면 말이야."

"요리 잘하고 가사만능. 바지런하게 헌신하며 남편 체면도 세워 주는, 이상적이고 훌륭한 색시를 얻을 수 있는…… 장래이지 않나요?"

"그 리얼충 뭐야. 폭발해라. 아, 나였지!"

스바루가 머리에 손을 짚고 혀를 내밀자 렘이 참지 못하고 작게 웃음을 터트렸다.

"부정도 안 하고 과한 칭찬만 하면, 렘이 건방져질 텐데요?"

"괜한 칭찬인가? 사실만 말했을 뿐이라고. 나, 완전, 리얼충."

오히려 스바루가 진심으로 렘에게 칭찬을 퍼부으려 했다간 그 정도로는 전혀 모자라다.

다만 오후의 공원에는 이웃의 눈도 있다. 애정 행각을 시작해선 내일 우물가 화제를 독점할 수도 있다. 그것도 나쁘지 않지만, 지금은 이 행복을 만끽하고 싶다.

놀고 있는 아들. 딸을 자상하게 안고 있는 아내. 그 옆에서 스바루는 어쩐지 졸리기 시작한다.

"──어라."

"자고 싶으면 렘의 옆으로 오세요. 가슴은 지금 스피카가 독점하고 있으니까요."

한쪽 눈을 감자 어느새 옆에 앉은 렘의 어깨에 머리를 기대고 있었다. 바로 옆에서 렘의 향기와 온기를 느끼고 뺨이 느슨히 풀리면서, 스바루는 스피카 쪽을 쳐다보았다.

아버지로부터 물려받은 흑발에, 어머니로부터 물려받은 깜찍한 생김새. 무구하고 섬세한, 사랑스러운 생명이다.

"네 이놈, 스피카. 사랑하는 딸이라고 해도 내 성역을 점령하다니 무시무시한 계략가인데."

"렘의 가슴을 독점하는 건 밤까지 기다려주세요."

"지금, 여기 낮의 공원이니까 발언에는 조심하자. 근데……."

대담한 발언에 스바루가 눈을 부라리자 말한 장본인의 얼굴이 새빨개지는 형국이다.

"우리 마누라, 완전 귀여워."

"매일, 사랑받고 있는지라."

서로 바라보는 것도 멋쩍어 스바루는 호의에 기대어 렘의 어깨에 머리를 맡겼다. 사라락 흔들리는 파란 머리카락이 유달리 기분 좋아 스바루는 무의식중에 볼을 문질렀다.

"간지러워요, 여보."

"아, 미안. 왠지 되게 기분 좋아서. 스피카 본받아서 얌전히 있을게. 침착하지 못한 건 리겔 혼자면 충분하지. 우와, 리겔 어린애네ㅡ."

"다 들었거든, 바보 아버지! 일일이 비교하지 마!"

"리겔, 동생이 자고 있으니 조금만 더 신경을 써요."

"납득이 안 가!"

얼음 상태의 리겔이 부조리함에 부르짖지만, 가족 중 누구도 두둔하지 않는다. 덧붙이자면 아무도 얼음인 리겔을 구하러 오질 않는다. 철저하게 노리개 포지션이다.

외모와 언동이 스바루를 닮았는데도 동네 아이들에게 따돌림 당하지 않는 건 인덕이라고 생각하지만.

"스피카는 저렇게 되면 안 된다—. 저건 오빠의 양식이야. 뭐, 엄마 닮은 네 장래는 밝아. 남은 건 나 같은 몹쓸 남자에게 잡히지 않기만 빌 뿐이지."

"당신을 대신할 사람은 아무 데도 없어요. 렘의 남편은 세계 제일이에요."

렘의 단단한 보증에 쓴웃음 짓고, 두 사람 사이에 잠시 침묵이 내려앉았다. 하지만 그것은 결코 달갑잖은 침묵이 아니다. 화창한 햇살 속, 친구에게 놀림당하는 아들을 멀찍이 보며, 딸을 안고 있는 아내에게 기대어 자신은 선잠. ——그것은 달콤하고 행복한 시간이다.

"——스바루 군."

불현듯 이름이 불려서 스바루는 감고 있던 눈꺼풀을 떴다. 힐끔 시선을 들자 렘의 맑은 연청색 눈동자와 눈이 맞았다. 촉촉한 눈에 스바루는 입술을 누그러뜨렸다.

"……그렇게 부르는 거, 오랜만인데. 내내 『여보』나 『아빠』였었는데."

"———."

몸을 일으킨 스바루의 말에 렘이 떨리는 입술을 다물었다.

렘의 그런 얼굴은 몇 년 전 『도망친 직후』에는 빈번하게 보았었다. 렘은 숨길 작정이었어도 스바루는 알고 있었다. 줄곧 그녀를 보고 있었기에.

바람을 받으면서 스바루는 눈을 가늘게 떴다. 오늘, 가족끼리 외출하자고 권한 것은 렘이었다. 그 의도가 어디에 있는지 짐작은 갔다. 왜냐하면——.

"그날부터, 오늘로 벌써 8년이니 말이야."

"……알고 있었군요."

"거야 나한테는…… 아니, 우리한테는 대전환기인 날이라고? 알아채지. 기억한달까, 못 잊어. ——잊을 수 없지."

운명에 굴복한 날. 모든 것을 내던지고 렘과 둘이서 도망친 날.

모조리 포기할 심산으로, 그래도 하나만은 포기하지 못한 날.

그날의 결단과, 그녀의 사랑—— 그것이 있었기에 스바루는 지금 이러고 있을 수 있다.

"스바루 군은……."

그리운 호칭은 둘이서 카라라기로 도망쳐온 이래, 렘이 의식적으로 쓰지 않은 것이었다. 그것은 팽개치고 온 것에 대한 결별의 의식이었던 것이리라.

오늘까지 구태여 그 참뜻을 캐물은 적은 없었고, 렘도 그 이유를 스바루에게 말하는 일은 없었다. 그동안 계속되던 의식이, 오늘 풀려난 이유는——.

"후회, 하지 않나요?"

"후회?"

"네. 도망친 것을. 포기한 것을. 내팽개친 것을. 렘을……."

"선택한 것을 후회하냐고 물었다간 콱 화낼 거다. 리겔과 스피카 데리고 친가로 돌아가겠습니다! 아, 리겔은 역시 됐다. 두고 갈래."

저쪽에서 리겔이 흉악한 표정을 짓는 게 보였지만 스바루는

"지금 중요한 얘기 중이거든." 하고 아들을 천길 벼랑에 밀어버렸다. 그다음에 "저기 말이야." 하고 렘을 돌아보았다.

"8년이나 지나서 무지 새삼스럽고, 이런 말을 몇 번씩, 몇 십 번씩, 몇 백 번씩 했으니까 얼마나 효과가 있을지 모르겠지만."

"네."

"나는 너를, 세상에서 제일 사랑해. 내 마누라는 너뿐이고, 네 남자는 나뿐이야. 넌 나 같은 남자가, 타협해서 손에 넣을 수 있을 만큼 싼 여자가 아니라고."

서로 마주 보며 스바루는 손끝으로 렘의 이마를 가볍게 튕겼다. 그리고 놀라는 그녀에게 얼굴을 들이밀고 말을 이었다.

"그날의 맹세대로, 내 모든 것은 네 것이야. 네게 헌신하겠어. 네게 바치겠어. 널 위해서만 살겠어. ──지금은 나와 너의 아이를 위해서란 것도 늘었고."

코끝에 주름을 잡고 눈을 감는 렘의 입술을 빼앗았다.

닿기만 하는 입맞춤을 나누고, 숨결이 닿는 지근거리에서 스바루는 웃음을 띠었다. 그것만은 나이가 쌓여도 변하지 않는, 악동 같은 면모 그대로여서.

"그거면 안심 못하겠어?"

"……죄송해요. 렘은 언제나 불안해서 그래요. 스바루 군이 자꾸자꾸 좋아지거든요. 이보다 더 행복한 시간이 없는데, 더욱더 행복해지고 말아요. 행복해서, 좋아서, 불안한 거예요."

렘은 눈에 눈물을 맺으며 행복하다고 단언하면서 살짝 고개를 저었다. 고개를 젓고, 스바루의 이마에 이마를 맞대어 미열을 서로 교환하면서.

"이렇게 닿고 있는 당신을, 언젠가 잃어버릴 것만 같아서."

"안심하고 있어. 난 네게서 떨어지지 않고, 없어지지도 않아. 네가 내게 정이 떨어지지 않는 한, 떨어질 일은 없다고."

"렘이 스바루 군에게 정이 떨어질 일은 없어요——."

"그럼 계속 같이 있는 거지. 사랑해, 렘."

자기 안의 감정을 주체하지 못하는 렘에게 스바루는 다시 입을 맞추었다.

놀라서 군은 그녀의 안쪽에 깊이 잠겨 서로 뜨거운 혀를 얽었다. 치열과 타액의 감촉을 맛보고 입술을 떼자 스바루는 희미하게 숨이 거칠어진 렘에게 "애초에." 하고 말을 이었다.

"타협이니 뭐니, 말도 안 되는 소리 하지 마. 그럼 뭔데? 리겔과 스피카는 애정이 아니라 동정으로 생긴 애라도 돼? 스피카는 나랑 너의 계획성이 가득한 사랑의 결정이고, 리겔은 불타오르는 애정과 젊음이 폭주해서 태어난 아이라고."

"……리겔이 태어났을 때는 정말 큰일이었죠."

허리에 손을 짚고 설교하는 스바루의 말에 추억을 돌아본 렘은 사랑스럽게 미소 지었다.

"카라라기에서 겨우 집과 일을 찾아서 찬찬히 생활을 꾸려야 했었는데."

"아니 그 왜, 젊었으니까 참을 수가 없어서."

"스바루 군도 일하느라 피곤했었는데, 밤이 되면 엄청 기운이 넘쳤고."

"아니 그 왜, 젊었으니까 체력이 남아돌아서."

"정식으로 고용되자마자 아이가 생겼으니까, 그때는 렘도 머리가 새하얘지고 말았어요."

"인정하고 싶지 않군. 내 젊음 때문에 저지른 실수를……."

노도와 같은 렘의 반격에 스바루는 아련한 눈빛으로 감개무량하게 중얼거렸다.

저쪽에서 스바루에게 실수 취급당한 리겔이 떨떠름한 표정을 짓지만, 분위기를 파악해 끼어드는 건 참은 모양이다. 꽤 기특한 아들이었다.

"하지만 렘은 리겔을 배었을 때, 정말로 무척 기뻤답니다."

"거야 나도 기뻤지. 처음에 들었을 때는 콧물 나오고 살짝 지리고, 꿈인지 아닌지 확인하려고 렘더러 때려달라고 해서 유혈 사태가 일어났었으니 말이야."

렘도 나름대로 당황했었기 때문에 풀 스윙으로 후려쳐서 임시 거처가 기울 정도의 위력으로 벽에 격돌했다. 오랜만에 『사망 귀환』을 각오한 수준이었다.

어쨌든 렘이 스바루에게 임신을 보고했을 때의 기억은 선명하게 난다. 그때 스바루의 가슴에 솟구친 따스한 심정도 모두.

그러나 렘은 그런 스바루의 말에 "그게 아니에요."라고 고개를 가로저었다.

"렘이 기뻐한 건, 아마 스바루 군과는 다를 거예요. 렘이 느낀 기쁨은…… 이걸로, 스바루 군을 잃지 않아도 된다는 기쁨이었으니까요."

"————."

"리겔은 렘과 스바루 군 사이에 뚜렷하게 구체화되어 생겨난 유대예요. 표현은 아주 안 좋지만, 아기가 생겨서 렘과 스바루 군 사이에는 결코 뗄 수 없는 확고한 인연이 생겼다. ……렘은 그게 기뻤던 거죠."

불안한 나날이 줄곧 그녀를 압박하고 있었을지도 모른다.

지금까지 쌓은 것과 모든 것을 버리고, 자신과 반려 둘이서만 신천지로 도망쳤다. 이미 서로 기댈 수밖에 나날 속에서, 렘은 언제 또 스바루를 잃을지 모른다는 공포에 떨고 있었다.

자기 자신에게 자신감이 없는 렘의 태도는 스바루와 맞먹는 수준이다.

과소평가가 심한 렘에게 스바루와의 생활은 극한의 행복과 불안이 표리일체인 것으로, 축복과 공포에 마냥 시달리고 있었다.

그런 시간에 종지부를 찍은 것이 두 사람 사이에 생긴 새로운 생명——.

"믿을 수 없었어?"

"아니요. 렘은 스바루 군을 이 세상 누구보다 믿어요."

"그게 아냐. 날 믿을 수 없었던 게 아니고…… 자기 자신을, 믿을 수 없었던 거야?"

부정하는 스바루의 말을 듣고 렘은 살짝 숨을 삼켰다가, 고개를 끄덕였다.

그녀 안에서 스바루의 존재는 너무 크다. 그런 스바루와 나란히 선 자기 자신이, 렘에게는 유달리 작아서 불안한 것이리라.

——스바루도 줄곧 같은 불안을 품은 것을 모를 만큼.

부부 모두 뼛속까지 과소평가주의. 그렇게 스바루가 쓴웃음 짓자 렘이 볼을 부풀렸다.

"됐어요. 렘이 바보였죠. 웃어도 어쩔 수 없을 만큼……."

"아냐, 아냐. 새삼 생각했을 뿐이야. 나랑 넌 본성 부분이 판박이고, 그래서 내 마누라는 역시 세계제일로 귀엽다고."

스바루의 기습적인 고백에 렘은 한순간 놀라다가 얼굴을 확 붉혔다. 그 반응에 가슴이 훈훈해져서, 스바루는 자신이 렘을 사랑한다는 사실을 실감할 수 있었다.

세계제일로 렘을 좋아한다. 사랑한다. 목청껏 외칠 수도 있다. 아니 실제로 가끔 한다. 동네에서도 뜨겁기로 유명한 부부다.

"——리겔, 스피카."

"응?"

별안간 렘이 사랑스럽게 두 아이들의 이름을 불렀다.

갸우뚱하는 스바루에게 렘은 "아뇨." 하고 말하고, 물끄러미 스바루를 올려다보았다.

"둘 다 별의 이름이었죠. 스바루 군이 살던 곳의, 별의 호칭."

"그래그래. 우리 아버지는 기본적으로 딱한 성격이었는데, 내 이름을 스바루라고 지은 것은 솔직하게 감탄하고 있어. 이름이 마음에 들거든. 스바루라는 것도 별의 이름이라서."

초등학교 시절, 자기 이름의 유래를 조사하라는 숙제에서 스바루는 자기 이름의 유래가 밤하늘에 별에 있다는 사실을 배웠다. 그 이래로 별의 도감을 바라보는 건 스바루의 취미가 됐다. 별의 이름은 얼추 알고 있고, 무언가에 이름을 붙일 때는 늘————.

"별의 이름에서 따온단 말이지. 인터넷 닉네임도 별의 이름이고, 가명을 댄다고 해도 아마 별에서 따올걸. 이것도 어떻게 보면 꼴불견 작명?!"

"어떤 의미인지는 모르겠지만 별의 이름에서 따오는 건 근사하다고 생각해요. 셋째가 태어나도 꼭 그렇게 하죠."

"지금부터 셋째 얘기라니 마음이 급하지 않아? 스피카, 아직 젖먹이라고?"

"젖 줄 때 말고는 리겔에게 맡길 수 있을 거예요. 뭐 때문에 리겔이 클 때까지 다음 아이가 안 생기게 주의했다고 생각하세요?"

"내가 있어서 눈에 띄지 않지만, 렘도 리겔에게 꽤 심한데?!"

아내의 일상적인 아들 대접에 쓴웃음을 지은 스바루는 엉덩이를 털고 벤치에서 일어났다.

"슬슬 집에 가자. 바깥이면 남의 눈이 신경 쓰여서 마음껏 애정 행각을 못 벌이니."

"그러네요. 지금 렘은 오랜만에 온 힘을 다 해서 애정 행각하고 싶은 기분이에요."

"지금의 내 리비도로 오니의 체력을 따라갈 수 있으려나……."

조심조심 중얼거리고, 손을 잡은 렘을 일으켜서 안았다. "와." 하고 놀라는 그녀와 스피카를 한꺼번에 껴안고, 스바루는 가족의 온기를 만끽했다.

"자, 돌아갈까. 우리 집으로."

"네, 여보."

한 손에 장바구니를 들고, 다른 손으론 렘의 손을 잡는다. 앞에 걸어가는 스바루보다 반걸음 늦게, 스피카를 안은 렘이 붙어서 걷는 모양새다.

그렇게 공원 한복판, 아직도 얼어붙은 아들 옆으로 걸어갔다.

"이봐, 나 홀로 눈 축제 중인 아들. 너무나도 얼음 오니에 진전이 없어서 보기 따분하니까 나랑 엄마랑 딸은 집에 간다. 너는 오늘 밤 친구 집에라도 묵어."

"노골적으로 쫓아내려 들고 앉았어! 아니 그보다 부모가 대낮 공원에서 당당하게 키스하고 염장질하고 있는 건에 대해서."

"꼴좋네, 질투 즐. 미안하다, 리겔. 이 렘은 내 전용이거든."

"짱나!"

약 올리는 스바루에게 고함친 리겔이지만, 겉치레로 아들 경력이 긴 게 아니다. 그는 곧장 심호흡했다.

"진정해라, 나. 아버지 페이스에 휘둘리지 마. 진정해, 진정하는 거야……. 좋아. 진정했다. 그래서 엄마랑 뭘 얘기했는데?"

"네 이름 유래야. 예를 들어 네 이름의 첫 후보는 베가였다만."

"강해 보이잖아! 왜 그만둔 건데."

"아니, 이거 유래를 생각하면 꽤 독한 이름이라서. 아무리 나라도 아들이 해마다 한 번밖에 못 만나는 애인을 만들면 부담스럽다고. 애인은 소중하지. 우리 마누라는 최고로 귀엽고."

"네, 스바루 군의 렘이에요."

"내 화제를 핑계로 애정 행각 벌이지 말지그래?!"

부부이자 부모의 행태에 진정했을 터인 리겔은 발을 구르며

분화하고 말았다. 그런 리젤의 딴죽을 얼음 오니에 참가하고 있
는 아이들이 알아챘다.

"아, 리젤 움직였다 안카나! 얼음 오니 규칙 깨면 안 된다!"

"으익!"

그때까지 리젤을 방치하고 있던 아이들이 이때라는 듯이 규칙
을 어긴 리젤을 규탄했다. 말문이 막혀 굳는 리젤. 그 어깨를 스
바루가 토닥였다.

"얼음 오니의 규칙을 깬 놈에게는 벌을 준다. 더는 울지도 웃지
도 못할 때까지 오니가 간지럽히는 지옥. ——힘내라."

"진지한 얼굴로 맘대로 규칙 만들지…… 야, 너네 뭐야! 잠깐
만! 이 남자의 말을 진담으로 듣지 마! 그만, 우와아아——!!"

줄줄이 아이들이 밀어닥쳐 리젤은 필사적으로 도망치기 시작
했다. 그러나 가로막히고 말았다. 그대로 땅바닥에 밀려 쓰러
진 리젤에게 손가락이 무수히 다가들고——.

"잘 가라 아들아. 넌 착한 아들이었지만, 네 아바마마가 좋지
않았단다."

"리젤. 아빠랑 엄마는 무척 중요한 이야기가 있으니 밤이 될
때까지 돌아오면 안 돼요. 그리고 뿔을 쓰는 건 금지예요. 옷은
찢지 말고요."

"두, 두고 봐. 매정한 부모——!"

사방에서 닥쳐드는 손가락에 희롱당하며 비명 같은 리젤의 웃
음소리가 공원에 울려 퍼졌다. 오빠의 그런 웃음소리에 스피카
도 꺅꺅 즐겁게 웃기 시작했다.

제법 장래가 유망한 감성이다. 아마 스피카의 성장은 나츠키 일가에서 리겔의 입장을 더욱 탄탄한 것으로 바꿀 것이리라.

사랑해 마지않는 아들에게 살짝 삐뚤어진 형태로 애정을 드러내고, 스바루는 렘의 손을 잡고서 걷기 시작했다.

소중한 가족과 보내는, 안식과 행복이 가득한 보금자리로——.

"스바루 군."

"응?"

문득 팔이 당겨져 스바루는 발길을 멈추고 돌아보았다.

그 순간, 센 바람이 스바루와 렘 사이에 불었다. 무심코 눈을 감고 그 바람이 그친 다음에 천천히 눈을 떴다.

——렘의 긴 청발이 바람에 나부끼며 햇빛에 녹아들 듯이 빛나고 있었다.

머리카락을 길게 기르게 된 렘. 그것이 누구에게 대항한 것이었는지, 지금의 스바루는 왠지 모르게 알고 있다. 그리고 긴 머리 여성을 떠올릴 때, 가장 처음에 떠오르는 건 이미 눈앞의 세계에서 가장 소중한 그녀라는 사실도.

긴 머리카락이 조용히 흐르고, 품속의 딸을 고쳐 안은 렘이 스바루를 향해 웃었다.

그것은 스바루가 더없이 아끼는, 가장 사랑스러운 미소였다.


"렘은 지금, 세상에서 제일—— 행복해요."

# 막간 『잘 먹겠습니다』

1

──가도를 이동하는 용차의 진동에 몸을 맡기고, 렘은 단지
그 사람을 마음속으로 생각하고 있었다.

눈부신 아침 해와 미지근한 바람에 눈을 가늘게 뜨고, 고개를
숙이고 있었던 렘은 천천히 얼굴을 들었다.

정면에서 대열을 짜고 있는 건 왕도로 물러나는 용차 무리다.
용차에는 백경 토벌전에 참가한 부상자를 태웠다. 개중에는 최
소한의 치료만 받은 중상자도 적지 않다.

하지만 부대의 분위기는 음울함과 거리가 멀고, 숙원을 이룩
한 달성감이 가득 흘러넘쳤다.

지금, 그들에게 왕도로 가는 길은 개선이나 마찬가지다. 상처
의 아픔 따위 오랜 숙원을 이룩한 만족감 앞에서는 문제도 안 된
다. 실제로 잘라서 운반하는 백경의 머리를 왕도로 가지고 가면
그 분전은 사람들에게 상찬과 환영을 받으리라.

그들의 감개와 정반대로 렘은 이 자리에 없는 소년을 걱정했다.

"――표정이 좋지 않군, 렘. 역시 걱정은 끊이지 않는가."

"……크루쉬 님."

목소리가 들려 옆을 보니, 렘의 바로 옆에 크루쉬 칼스텐이 앉아 있었다.

경갑 안에 붕대를 감은 그녀는 행동거지에서 상처의 영향을 조금도 느낄 수 없다. 하지만 늠름한 그 표정에도 희미하게 피로가 남아 있었다.

애룡이 아니라 용차에 타고 있는 것도 주위에서 위태롭게 여겼기 때문이다.

그러나 크루쉬는 눈을 한 번 깜빡여 그 피로를 내친 뒤, 렘을 보고 고개를 끄덕였다.

"페리스와 빌헬름, 동행한 토벌대의 용사도 정예다. 리카드 쪽 『철 어금니』의 조력도 있겠지. ……그리고 아나스타시아 호신이 다른 수단을 취하지 않았을 리도 없지. 마녀교의 전력은 미지수지만, 패배할 포진이 아니야."

"그래도 걱정이 드는 건 이기적일까요."

"불안의 원인은 아무리 없애도 끝이 없는 법이지. 그 원인이 자기 자신에게 있다면 본인의 각오나 연마로 어떻게든 될 테지. 하나 상대에게 있다면 그것도 어려워. ――한때의 위안을 거론하는 건 특기가 아니다. 용서하게."

우려가 진해지는 렘의 얼굴을 본 크루쉬는 자신이 말을 실수했음을 깨닫고 눈을 내리깔았다.

그 순간, 그때까지 초연하던 여성이 친근하게 느껴져 렘은 무심코 미소를 짓고 말았다. 그것을 본 크루쉬가 "그러면 된다." 하고 턱을 주억였다.

"나츠키 스바루도 말했었다. 렘에게는 웃는 얼굴 쪽이 어울린다고. 옆에서 들으면 무슨 자랑인가 싶었지만, 의외로 무시할 건 아니군."

"크루쉬 님도 웃으시면 분위기가 바뀔 것 같네요. 평소에는 늠름하시니까…… 분명 멋질 거예요."

"……그렇군. 잘 웃지 못하는 여자다. 그 사실을 후회했는데도 변함이 없고."

렘의 지적을 들은 크루쉬가 시선을 돌리고 중얼거렸다. 그 입매에 어린 것은 웃음이지만, 그것은 미소라고는 부를 수 없는 자조에서 나온 것이다.

크루쉬가 보인 자그마한 자기혐오에 렘은 놀랐다.

항상 용감하고 늠름한 크루쉬는 늘 자신감이 없는 렘에게 이상적인 여성상 중 하나였다. 렘에게 으뜸가는 이상형은 바로 언니인 람이지만.

그러나 그 사실을 언급하기 전에 크루쉬는 웃음을 숨기고 화제를 바꾸었다.

"나츠키 스바루 말이지만…… 에밀리아의 출신이 출신이야. 마녀교의 위협은 처음부터 예상되고 있었지. 메이더스 변경백도 그쪽 대비는 하고 있었을 테지?"

"렘은 로즈월 님의 생각을 알 수 없습니다. 그러니 탐색하셔도 소용없어요."

"따끔하군. 지금은 동맹 상대이니 조금은 말실수해도 상관없을진대."

농담 같은 말투는 필시 렘을 배려한 것이리라. 실제로 크루쉬가 이렇게 말을 붙여 준 덕에 렘은 불안의 늪에 잠기지 않고 있다.

그리고 크루쉬의 추측은 지당한 것이다. 로즈월이라면 이번 사건에도 모종의 대책을 마련했을 것이다. 스바루의 행동은 로즈월을 도울 것이며, 불행히도 손상된 그 명예도 필시 회복될 것이다.

아니, 이미 백경 토벌에 협력함으로써 그 명예는 회복은커녕 더욱 높이 퍼졌을 터다.

——영웅 나츠키 스바루.

그것은 그 사람에게 마음과 미래를 구원받은 렘에게 당연한 평가이자, 앞으로도 스바루가 세울 빛나는 공적의 정당한 평가임이 틀림없다.

그리고 그 빛의 옆에, 때때로 돌아보는 위치에 자신의 존재가 있으면, 렘은 그 이상 아무것도 바라지 않는다. 그것만으로도 렘은 만족한다.

스바루를 생각할 때, 렘의 마음속은 늘 복잡한 감정으로 가득하다.

따뜻하고 편안해지는 듯도 하고. 그런데도 불안하고 어딘가 답답해서, 걱정되어 마음을 조마조마 졸이는 듯한.

그런 식으로 렘의 마음에 끊임없이 일희일비를 주는 사람도 스바루뿐이지만.

"정말로…… 스바루 군은 난처한 사람이니까요."

흐릿하게 미소를 지으며 렘은 뇌리에 정을 준 이의 모습을 떠올리고 사랑스럽게 속삭였다.

그 모습을 옆에서 보고 안심한 듯 크루쉬는 자신의 긴 머리카락을 등에 흘리고, 말없이 용차의 진로에 눈길을 주다가——호박색 눈동자가 갑자기 가늘어졌다.

"——음."

크루쉬가 작게 신음하고, 동시에 렘이 소음을 알아채고 고개를 들었다.

호박색 눈은 전방의 용차를 포착했다. 렘이 알아챈 소음도 같은 방향에서 들렸다. 그 두 가지 이변은, 직후에 한 가지 계기로 결부됐다.

——크루쉬의 정면에서 전방의 용차가 갑자기 『붕괴』했다.

말 그대로, 그것은 붕괴다. 용차는 별안간 그 전체가 압도적인 충격에 삼켜져 원형을 잃고 날아갔다. 렘에게는 그 붕괴의 소리가 마치 빗소리처럼 들렸다.

피보라가 일고, 용차는 한순간에 끔찍한 피바다로 변모했다.

지룡도, 용차도, 차 안에 있었을 부상자들도, 모조리 남김없이 완전히 무자비한 파괴로 말미암아 산산조각 났다.

"——큭! 적습!!"

충격에 따른 동요를 찰나에 찍어누르고 크루쉬는 대열에 경계를 외쳤다. 토벌대의 전사들은 즉각 이변을 알아채 습격에 대비해서 무기를 들었다. 렘 또한 육체의 피로를 무시하고 철구를 들고 일어섰다. ──그리고 피보라 너머로 인영을 보았다.

 비무장. 무방비. 무경계. 그것은 자비가 없고, 선의가 없고, 작위가 없고, 염치가 없는 악의──.

 "──치어 죽여라!!"

 크루쉬가 차부석에 대고 고함쳤다. 그 말을 들은 기사가 수긍하는 대신에 고삐를 휘둘렀다. 울부짖은 지룡이 가속해 용차가 사냥감을 치어 죽이려 돌진했다. 빗나가지 않고 우두커니 선 인영에 직격해 피할 시늉도 없는 상대를 날려버리고──.

 "크루쉬 님──!"

 소리친 렘은 크루쉬의 가는 허리를 잡고 용차에서 옆으로 뛰어 이탈했다. 차부석의 기사에게는 손이 닿지 않는다. 분한 마음에 렘은 이를 갈고, 그 직후에 목소리를 들었다.

 "나 참, 그만뒀으면 좋겠는데. 아무것도 안 했는데 치어 죽이라니, 정상적인 인간이 할 말이 아니군."

 그것은 오후의 공원을 느긋하게 산책이라도 하고 있는 듯한 부드러운 목소리였다.

 실제로 공원에서 그 말을 들었으면 렘도 이렇게까지 전율하지 않았을 것이다. 하지만 그 목소리는 피보라를 뿌리고 용차가 부서지는 참상에서 튀어나온 것이다.

 ──그것은 언뜻 봐서 특이할 것이 없는 인물이었다.

 평범한 체격에 평균적인 키. 길지도 짧지도 않은 천연 백발. 두발에 맞춘 하얀 의상은 화려하지도 궁상맞지도 않으며, 얼굴에도 특징이 없는, 지극히 평범한 외모를 가진 남자였다.

하지만 실제로 그 남자와 접촉한 지룡은 돌진하면서 절반으로 찢겼고, 차부석에 있던 기사도 부서진 용차와 구별도 가지 않을 만큼 한꺼번에 파괴됐다.

그리고 렘이 가장 전율한 것은, 그 참상에 눈 하나 까닥하지 않는 남자의 태도가 아니라, 용차를 부수었을 터인 남자가 『그냥 서 있었다』는 점이다.

남자는 아무것도 하지 않았다. 그냥 서 있기만 했는데 용차와의 정면 충돌을 이겨냈다.

"감사를 표하지, 렘. 덕분에 살았다. ……하나 상황은 좋아지지 않았군."

경직된 렘의 품속에 안겨 있던 크루쉬가 일어났다. 그녀는 빈 손인 채로 남자를 경계하며 산산조각 난 용차와 피웅덩이를 보고 안쓰러운 눈을 했다.

"내 신하에게, 감히 이토록 끔찍한 짓을. ……네놈, 도대체 정체가 뭐지?"

크루쉬는 날카로운 적의를 눈에 새기고 딱딱한 목소리로 남자에게 물었다. 크루쉬의 물음을 듣고 남자는 자기 턱에 손을 짚으며 연방 끄덕였다.

"그렇군, 그래. 넌 나를 모른단 말이군. 하지만 난 너를 알지. 지금은 왕도…… 아니 온 나라가 너희 때문에 들썩이고 있으니까. 여하튼 다음 임금님 후보잖아. 세상 물정이나 직함이란 거? 거기에 관심이 없는 나지만 그게 터무니없이 큰 것을 짊어질 각오란 것쯤은 상상이 가지. 힘들겠더라."

"헛소리를 잘도 주절대는구나. ──질문에나 대답해라. 다음에는 벤다."

"못하는 말이 없네. 하지만 그 정도 방자하지 않으면 나라 같은 건 도저히 못 짊어질지도 모르겠지. 그 감성은 나야 한 톨도 이해 못하겠지만. 뭐, 저 좋아서 왕위 같은 무겁기 짝이 없는 책임을 짊어지겠단 생각을 알 수 있을 리 없나. 아, 이해 못한다고 부정하진 않거든? 내 쪽이야말로 그런 방자한 태도와는 무관해. 나는 너와 다르게……."

장황하게, 남자는 크루쉬의 요구를 무시하고 매끄럽게 굴러가는 혀로 계속 떠들었다. 하지만──.

"──다음은 없다고, 그렇게 말했다."

크루쉬가 냉철하게 말을 끊고, 동시에 그 팔이 바람의 칼날을 휘둘렀다.

바람의 마법과 『풍견의 가호』를 조합한 검술── 크루쉬의 『백인일태도(百人一太刀)』다.

눈에 보이지 않는 참격이 남자를 베고, 당사자는 베인 것조차 깨닫지 못하게 절명하게 한다.

크루쉬의 첫 출진── 옛날 칼스텐 공작령에서 마수 『대토(大兎)』가 출현했을 때, 영지의 피해를 미연에 막은 일화를 지탱하는 『전쟁의 여신』의 검력이다.

백경의 두꺼운 피부조차 가르고 그 거체를 떨어뜨리는 데에 크게 공헌한 검격── 그 마수의 질량과 비교하면 남자의 육체가 버틸 수 있을 리가 없다.

그런데——.

"……남이 기분 좋게 말하는 도중에 칼질이라니, 교육을 어떻게 받은 거야?"

남자는 고개를 갸우뚱하며 참격을 받은 몸을 가볍게 털었다.

그 남자는 백경마저 가른 참격에 미동도 하지 않고, 그 육체에는—— 아니, 육체는커녕 그 의복에도 칼날을 받은 흔적이 남아 있지 않다.

참격이 막혔다. 단순한 그 결과와는 전혀 다른 미지의 현상이다.

크루쉬가 숨을 삼키고, 렘 또한 상식의 범주 밖에 있는 결과에 몸이 딱딱해졌다. 그런 두 사람 앞에서 여봐란 듯이 탄식한 남자는 "이것 봐." 하고 짜증스럽게 앞머리를 쓸어 올렸다.

"내가 말하잖아. 말하고 있었잖아? 그걸 방해한다는 건 말이야, 이상하지 않아? 말할 권리를 주장할 마음은 없는데, 말하고 있는 사람이 있으면 그걸 방해하지 않는다는 건 상식이잖아. 그야 듣고 말고는 그쪽 자유니까 불평은 안 하겠는데, 말을 못하게 하겠다고 판단하는 건 아무래도 아니잖아? 사람이 얼마나 자기 중심적이면 그럴 수 있어?"

말을 빠르게 내뱉으면서 남자는 언짢게 발끝으로 땅바닥을 두드리기 시작했다. 그대로 섬뜩함에 입을 다문 두 사람을 손가락으로 가리키고, 한층 짜증을 내며 혀를 찼다.

"이번엔 입 다무네. 그것도 좀 아니지. 묻고 있잖아. 사람이 묻잖아. 질문했잖아. 했으면 대답해야지. 그런 법이잖아. 그러지도 않아. 하고 싶지 않아. 그래, 자유 맞아. 그건 너희 자유다 마다. 그게 너희가 자유를 쓰는 방식이라 이거야. 좋아. 맘대로 하라고. 근데 말이야. 그건 즉 이런 뜻이지?"

남자가 앞으로 몸을 굽히고, 그 광적인 두 눈의 빛이 강해졌다. 그리고——.

"그건 내 권리를—— 몇 없는 사유재산을, 무시하겠다는 뜻 맞지?"

오한이 렘의 등을 내달린 다음 순간, 남자가 움직였다. 아무렇게나 축 늘어진 팔이 위로 올라가고, 희미한 바람이 일어났다.

직후, 그 팔의 직선상—— 대지가, 대기가, 세계가, 쪼개졌다.

"————."

빙글빙글, 빙글빙글 하고, 어깨에서 절단된 크루쉬의 왼팔이 공중을 날았다.

보이지 않는 검을 잡은 자세로 팔이 날아가고, 피보라를 흩뿌리며 바닥에 떨어졌다. 충격으로 크루쉬의 몸이 주저앉고, 격렬한 통증과 출혈로 경련이 시작되고 있었다.

"크루쉬, 님——."

몇 초 동안 넋을 놓았던 렘은 정신을 차리자마자 크루쉬에게 달려들었다. 그리고 피를 흘리는 크루쉬의 상처에 손을 대 없는 마나를 쥐어짜 지혈과 치료에 온 힘을 쏟았다.

크루쉬의 팔은, 살과 뼈, 신경에 이르기까지 놀라울 만큼 깔끔하게 절단되어 있었다. 그 무시무시한 날카로움은 상황에 안 맞게 감탄을 금치 못할 정도다.

"페리, 스…… 우, 아아, 우?"

렘의 품속에서 크루쉬는 시선을 마구 돌리면서 헛소리를 입에 담고 있다. 오른손으로 렘의 다리를 잡고 그 뼈가 삐걱거릴 만큼 세게 움켜쥐고 있었다.

렘은 살려고 버둥대는 크루쉬의 힘을 이를 악물고 참으며, 눈앞의 남자가 저지른 흉행에 눈을 빛냈다.

이해할 수 없는 남자의 공방. 그 정체는 렘은 전혀 알 수 없다. 부상당한 크루쉬를 감싸며 남자에게서 달아날 방도를 강구하다가 문득 렘은 위화감을 알아챘다.

——이 상황에서, 다른 기사들이 전투에 참전하러 오지를 않는다는 위화감을.

"아아…… 아무리 먹어도 성이 안 차! 이러니까 나들은 사는 것을 그만둘 수 없다고. 먹고, 마시고, 씹고, 바르고, 넣고, 깨물고, 뜯고, 으깨고, 폭음! 폭식! 아아, 잘 먹었습니다!"

직감과 동시에, 등 뒤에서 우렁찬 소년의 목소리가 들렸다.

눈앞의 남자와 동질의 오한에 렘은 아연실색하면서 돌아보았다. 그리고 등 뒤, 정차한 용차 무리 중앙에 쓰러진 기사들을 걷어차는 피투성이 소년의 모습을 보았다.

짙은 갈색 머리카락을 무릎까지 기른, 키가 작은 소년이다. 신장은 렘과 같거나 작을 정도로, 나이도 두세 살 아래일 것이다. 비위생적인 머리카락 아래에는 넝마를 두른 작은 몸이 있고, 드러낸 팔다리에는 진흙과 때, 그리고 대량으로 튄 피로 지저분하지 않은 곳이 없었다.

소년의 발밑에 나뒹구는 기사는 아무도 움직이지 않는다. 백발 남자가 크루쉬에게 공격을 가한 한편에서, 주위 기사들은 이 소년 한 명에게 괴멸당한 것이다.

"당신, 들은⋯⋯."

그 전투의 기척조차 느끼지 못했다는 사실에 렘은 멍하니 입술을 떨었다.

앞뒤로 기이한 기척을 띤 상대에게 낀 렘은 크루쉬를 안고 뒷걸음질 쳤다. 크루쉬의 상처에서 흐르는 피가 평원을 붉게 물들이고, 렘의 공포심을 비웃듯이 공기가 차갑게 식는다.

렘이 떨면서 질문하자 남자와 소년이 얼굴을 마주 보았다.

그리고 두 사람은 서로 합의한 듯이 끄덕이더니, 양쪽 다 몹시 친밀하고 폭력적으로, 악마의 같은 웃음을 띠면서 이름을 밝혔다.

"마녀교 대죄주교 『탐욕』 담당, 레굴루스 코르니아스."

"마녀교 대죄주교 『폭식』 담당, 라이 바텐카이토스."

2

마녀교—— 그것도 대죄주교.

그 단어를 들은 렘이 얼어붙는 것을 아랑곳 않고 흥분한 기색으로 소년—— 라이 바텐카이토스는 쓰러진 기사들을 둘러보며 사랑스럽게 입맛을 다셨다.

"역시 이렇게 직접 먹으러 오는 것도 좋단 말이지. 나들의 애완동물이 당해서 와 봤더니…… 풍작이야. 좋은데, 좋아, 좋다고, 좋은걸, 좋을지도, 좋고말고, 좋잖아, 좋겠거니! 오랜만에 나들의 굶주림이 충족됐다!"

"솔직히 네 그런 면을 이해할 수 없더라. 어째서 지금의 자신에게 만족할 수 없대? 저기 말이야. 사람은 두 손으로 들 수 있는 만큼, 자기 손바닥에 들어가는 것밖에 가지지 못한다고. 그것만 알면 자연히 사욕을 억누를 수도 있는 거 아니야?"

"설교는 나들에게는 필요 없고, 나들은 싫어. 네가 하는 말이 맞는지 아닌지도 관심 없어. 나들은 이 공복감 말고는 아무래도 좋다고."

『폭식』의 바텐카이토스가 침을 훌쩍이고, 『탐욕』의 레굴루스가 어깨를 으쓱였다.

복수의 대죄주교가 동시에 나타난 사태에 렘은 정지할 뻔한 머리를 필사적으로 회전해 어떻게든 상황을 타파하려고 애썼다.

전력적으로 이 자리에서 눈앞의 두 사람을 때려잡기는 불가능하다.

크루쉬는 지혈했지만, 용태는 여전히 위험한 상태였다. 기사들의 생사도 불명확하여 전력으로는 꼽을 수 없다. 렘 본인부터 남은 마나를 모조리 치료에 소비하고 말아 오니화해서 싸운다고 해도 승리하는 미래가 떠오르지 않았다.

"＿＿＿＿＿＿."

힐끗 주위를 살피니 동행하던 『철 어금니』의 무리가 눈에 띄지 않았다. 수인 용병단의 부상자와 회수한 백경의 머리를 나르고 있던 부대다. 아마도 지휘하던 헤타로가 빈틈을 보아 탈출시킨 것이다. 시간만 벌면 원군을 데리고 돌아올지도 모른다.

——그렇다 해도 도저히 제때 맞춰 올 것 같지는 않다.

"당신들은…… 백경이 쓰러져서, 이곳에? 그 마수의 원수를 갚으러……."

"아아, 착각하지 않아도 돼. 우리의 관심은 죽은 백경보다 백경을 죽인 놈들이야. 명색이나마 400년, 맘대로 설친 그걸 죽였잖아. 자못 무르익은 것들이 모였다고 기대했었는데…… 상상 이상이었어!"

유난히 날카로운 이를 드러내고 바텐카이토스는 거센 흥분에 머리를 정신없이 흔들었다.

"사랑! 의협심! 증오! 집념! 달성감! 오래도록 줄기차게 모아서 팔팔 끓는 그것이 목구멍을 지나는 만족감! 이보다 더한 미식이 이 세상에 존재할까?! 없지, 없군, 없어, 없다, 없고말고, 없겠지, 없을 거다마다, 없을 터이기에! 폭음! 폭식! 이렇게나 나들의 마음은, 나들의 위장은 기뻐하고 있으니까!"

말뜻을, 이해할 수 없다.

묶인 게 풀린 듯 바텐카이토스는 계속 몸부림치고 있다. 푸들대는 웃음소리가 울리는 가운데, 렘이 말없이 시선을 옮기자 그 시선을 느낀 레굴루스는 어이없는 표정으로 손을 내저었다.

"안심하지그래. 나는 거기 저 친구와는 전혀 다르니까. 내가 이곳에 있는 건 그냥 우연. 난 저 친구 같은 굶주림이나 갈망 같은 거? 그런, 하찮은 사욕하곤 인연이 없어. 항상 만족하지 못하는 불쌍한 저 친구와는 다르게, 나는 지금의 나 자신이란 것에 만족하고 있어서 말이야."

레굴루스는 크루쉬의 팔을 베어 떨어뜨린 팔을 펼치고 렘 앞에서 환한 표정을 지었다.

"다툼 같은 건 좀 싫더라고. 나는 뭐랄까, 평범하게 따스하고 안정적인 시간이 계속 이어지면 그걸로 충분해. 그 이상은 바라지 않아. 그게 최선이지. 내 손은 요만해서 과분한 욕망도 없어. 내게는 나라는 개인, 그런 사유재산을 지키는 것만으로도 빠듯해서 말이야."

주먹을 쥐고 자신의 연설에 취한 레굴루스. 그 팔을 한 번 휘둘러 지룡과 여러 사람의 목숨을 빼앗고, 한 여성에게 치명상을 입혔는데 이 무슨 말투인가.

이해할 수 없는 식욕에 몸부림치는 바텐카이토스도, 방자한 지론을 내세우며 자기만족에 잠긴 레굴루스도, 모조리 비정상이다. 역시 이놈들은 마녀교도인 것이다.

부글부글 분노가 솟구쳐 렘은 그 자리에서 일어났다.

죽은 듯이 자는 크루쉬를 눕히고 렘은 대신에 자신의 무기를 들어 올렸다. 거의 바닥 난 마나가 휘몰아치고 렘의 주위에 고드름이 여럿 떠올랐다.

그 광경을 보고 바텐카이토스와 레굴루스의 표정이 변했다.

"사람이 하는 말, 들었어? 난 하고 싶지 않다고 말했지? 그 말을 듣고 그 태도라면, 그건 이미 내 의견을 무시한다는 뜻이지. 내 권리를 침해한다는 뜻이지. ——그건 아무리 욕심 없고 마음 넓은 나라도 용서 못하겠는데."

"하고 싶은 말은 그걸로 충분합니까, 마녀교도."

갸우뚱하는 레굴루스에게 렘은 의연한 태도로 내뱉었다. 그 모습에 레굴루스가 머쓱해하자 렘은 철구의 사슬을 울리고 강한 빛을 눈에 머금었다.

"머잖아 반드시 당신들을 처단할 영웅이 나타납니다. 당신들이 얼마나 방자하고, 얼마나 자기만족으로 불행을 만들어 왔는지, 그 사람이 틀림없이 뼈저리게 깨우치게 해 주겠죠. 렘이 사랑하는 단 한 명의 영웅이."

"흐응, 영웅. 그건 나들도 기대되는군. 그만큼 믿을 수 있다는 말은, 그놈도 나들에게 진짜 별미일 테니 말이야!"

바텐카이토스가 바라지 않던 기쁨에 손뼉을 치고 렘을 품평하듯이 노려보았다.

그것은 적을 보는 눈도, 하물며 여자를 보는 눈도 아니다. 그 시선에 깃든 정념은 오로지 순수하게 식재료에 입맛을 다시는 아귀의 그것이다.

광기적인 자아와 폭력적인 기아, 둘에 맞서며 렘은 당당하게 가슴을 폈다.

"로즈월 L. 메이더스 변경백의 사용인 필두……."

자신의 직함을 대려다가, 렘은 도중에 고개를 가로저었다.

지금 이 순간만은, 진실로 내세우고 싶은 그 이름을——.

"지금은 유일하게 사랑하는 사람. ──머잖아 영웅이 될, 내가 가장 사랑하는 사람 나츠키 스바루의 시중꾼, 렘."

이마에서 하얗고 아름다운 뿔이 튀어나오고, 대기에 가득 찬 마나를 긁어모아 렘에게 활력을 준다.

온몸이 힘이 끓어올라 철구를 잡은 팔이 율동하고, 고드름이 이제나 저제나 호령을 기다린다.

눈을 부릅떠 세계를 인식하며 대기를 느끼고, 오로지 뇌리에 그 사람을 그린다.

"각오해라, 대죄주교. ──렘의 영웅이, 반드시 너희를 심판하러 온다!!"

철구를 치켜들고 고드름이 발사되는 것과 동시에 렘의 몸이 쏜살처럼 날았다.

맞받아치듯이 바텐카이토스는 송곳니뿐인 입을 크게 벌리고 말했다.

"아아, 좋은 기개야. ──그럼 사양 않고, 잘 먹겠습니다!!"

부딪친다. 부딪친다. 그리고 그 순간, 생각한다.

바라건대 자신을 잃은 것을 알았을 때, 그 사람의 마음에 잔물결이 일기를.


──그것만이 렘이 마지막 순간에 품은 소원이었다.

## 제6장 『각자의, 맹세』

### 1

——침대에 누운 소녀의 얼굴은 평온해서, 그냥 잠들어 있는 것처럼 보였다.

감은 눈꺼풀에 테를 두른 속눈썹을 보고, 제법 길구나 하고 멍하게 생각했다. 평소에는 의식해서 다잡고 있는 표정도, 잠자는 얼굴을 보면 나이에 맞은 앳된 면이 엿보였다.

생각해 보니 잠든 얼굴을 볼 기회는 한 번도 없었던 것 같다.

언제나 스바루보다 일찍 일어나고, 늘 자기 자신에게 엄격해서, 그 고지식함이 이따금 풀리는 모습이 사랑스러웠다고, 이제야 깨달았다.

놀란 얼굴로, 쑥스러워하는 얼굴도, 토라진 얼굴도, 울 것 같은 얼굴도, 화해하고 나서 보인 미소도, 이제부터 몇 번이든 볼 기회가 있었을 텐데.

"——렘."

이름을 부르고 그 하얀 볼을 만져도 그녀의 대답은 없다.

침대에 눕힌 렘은 낯익은 급사복 차림이 아니며, 예쁜 청발을 치장하는 꽃장식도 달고 있지 않았다. 메이드의 전투복──그 것은 지금의 그녀에게 필요 없으므로.

"이곳에 계셨군요."

고요하고 움직임이 없는 방. 그곳에서 아무것도 하지 않는 시간을 보내는 스바루에게 누군가 말을 걸었다.

천천히 돌아보니 방 입구에 서 있는 것은 짙은 감색 드레스 차림의 여성이다. 머리가 길고 아름다운 그 여성은 청초하며 기품 있는 몸가짐으로 다가왔다.

그러나 그 걸음에는 희미한 당혹감이 있어 타고난 품위와 어딘가 뒤죽박죽인 인상을 받았다. 그리고 그것은 그녀를 대하는 스바루에게도 위화감을 초래하고 있었다.

"그 사람은……."

"아무것도 변하지 않았어요. 뭘 할 수 있는 것도 아닌데, 그냥 있었을 뿐이죠. 스스로 생각해도 처량하고, 사내답지 않은 얘기지만요."

"무슨 말을. 그 사람도, 그 행동을 기뻐해 주지 않을까요."

고개 숙인 스바루에게 여성은 조심스럽게 위로의 말을 입에 담았다. 하지만 조금도 위안이 안 되는 말에 스바루는 무심코 그녀를 노려보고 말았다.

"……죄송합니다. 주제넘은 말을. 기분이, 상하셨죠."

"……저야말로 죄송합니다. 단순한 화풀이였어요. 이래선 렘에게 혼나죠. '그런 식으로 남한테 화풀이하면 안 돼요, 스바루 군.' 이란 느낌으로."

사과하는 여성에게 머리를 숙이고, 스바루는 렘의 말투를 흉내 냈다가 힘없이 웃었다.

뇌리에는 렘의 목소리가, 지금 말을 그대로 따라하고 있다. 그런데도 목소리는 아무에게도 닿지 않는다. 전혀 닮지 않은 스바루의 흉내, 그것을 지적하는 사람 역시 아무도 없다.

스바루의 허망한 익살에 눈앞의 여성은 애처로운 듯 눈을 내리깔았다. 그 팔은 무의식중에 자신의 왼팔―― 갓 붙은 팔을, 오른손으로 받치듯이 안고 있다.

침묵이 내려앉은 방에서, 스바루는 이대로 있으면 안 된다고 고개를 내저었다.

실망에 젖는 건 편하고, 무력감에 발을 멈추는 것은 간단하다. 하지만 그것은 렘이 믿어 준 남자가 해야 할 일이 아니다.

"뭔가, 저한테 용건이 있는 것 아니에요?"

"네. 대화를 하고 싶다고, 다들 담화실에 모여 있습니다. 그래서, 저……."

용건을 알아채고 촉구하자 여성은 다행이라는 표정으로 말을 이었다. 하지만 그 말이 도중에 막혀서 어색한 눈치로 뺨을 굳혔다. 그 모습에 스바루는 본인을 가리키고 말했다.

"나츠키 스바루예요."

"……죄송합니다. 나츠키 스바루 님, 이죠. 똑바로 기억하겠습니다. 대단한 은혜를 입은 분이라고 들었는데, 실례를 거듭해 면목 없습니다."

"어쩔 수 없죠. 지금은 기억해야 할 일이 너무 많을 테니, 괜찮습니다."

 정말로 면목 없는 기색을 보이는 여성의 태도── 그렇게 정
숙하고 여성답게 행동을 할 때마다 위화감이 가슴을 헤집는다.
그걸 입 밖에 꺼낼 만큼 무신경할 수는 없었지만.

 "그럼, 나중에 또 보자. 렘."

 고개를 젓고 스바루는 잠자는 렘의 머리를 다정하게 쓰다듬었
다. 그 가슴은 희미하게 오르내리고, 만진 몸에는 온기도 있다.
생명도, 육체도 분명히 이곳에 존재하고 있다.

 ──모두의 기억에서도 사라진 그녀에게, 그것이 유일하게
남은 것이었다.

 "담화실이었던가요. 너무 기다리게 해도 미안하고, 가 보죠."

 "네. 그러지요. 나츠키 스바루 님."

 말을 걸자 여성이 미소를 짓고, 그 행동에 덧없는 여성다운 면
모가 심히 두드러진다.

 그 사실을 인정하기가 싫어서 스바루는 고개를 돌려 본심을
사교성 웃음 뒤에 숨기고.

 "일부러 부르러 오시게 해서 죄송합니다. ──크루쉬 씨."

 이미 다른 사람 같아진 그녀의 이름을 불렀다.


## 2


 ──스바루가 왕도로 돌아왔을 때는 모든 것이 끝나 있었다.

『——렘이, 누구니?』

　이상하다는 듯이 고개를 갸웃하며, 에밀리아가 스바루에게 그렇게 말했다.

　그 동작과 행동에서 에밀리아의 형편없는 농담의 낌새가 조금이라도 보였더라면, 스바루도 그 농담에 편승해서 넉살을 부릴 수도 있었을지 모른다.

　그러나 스바루는 에밀리아의 모습에서 한 점의 희망도 찾아낼 수 없었고, 아연실색한 스바루에게 에밀리아가 "농담이었답니다."라고 익살부리는 일도 끝내 없었다.

　페트라도, 다른 아이들도 그랬다. 아무도 렘을 기억하지 못했다.

　용차 안에서 그 사실을 목격하고, 스바루는 필사적으로 왕도를 향해 용차를 몰았다.

　무슨 착오라고, 그럴 리는 없다고 믿었다.

　다 잘 풀렸을 테니까. 스바루는 최선을 따냈을 테니까. 소중한 사람들을 모두 지키고, 목적을 달성했다. 슬픔도, 괴로움도, 모두 극복했다. 마음을 여러 번 갈리면서도 발버둥 쳐서 성공했다.

　그런데——.

　"＿＿＿＿＿."

　담화실에 스바루가 발을 들이자 먼저 실내에 있던 이들의 시선이 모였다. 그것을 불편하게 느끼는 것은 자책하는 마음이 부르는 피해망상일까.

담화실에 있는 사람은 에밀리아, 페리스, 빌헬름, 이렇게 세 명이다. 여기에 스바루와 스바루를 안내해 준 크루쉬를 더해 다섯 명이 대화 장소에 모두 모였다.

"……아, 돌아와 줘서 다행이다. 크루쉬 님, 심부름을 시켜서 죄송해요."

"아니요. 괜찮아요, 페리스 씨……."

"——그냥 페리스예요. 페리와 크루쉬 님의 오랜 관계에, 이제 와서 경칭을 붙이면 서운해요. 아유, 깍쟁이라니까아."

돌아온 크루쉬를 맞이하며 페리스가 스스럼없이 말했다. 그 복장은 근위기사의 제복을 벗고 짧은 치마를 입은 여자 모습이다.

난색을 표한 크루쉬는 그런 페리스가 이끄는 손을 따라 그 옆에 앉고 말했다.

"예전처럼은 쉽게 안 되겠지만, 노력하겠습니다. 페리스…… 음, 페리스."

"서두르지 않아도 괜찮아요. 페리는 언제나 크루쉬 님 편이고, 언제까지나 곁에 있을 테니까요. 그리고 지금의 크루쉬 님도 새로운 매력 발견이란 느낌이에요."

기특한 크루쉬의 손을 잡은 페리스는 변함없는 태도로 떠들었다. 그 행동을 본 스바루는 속으로 복잡한 감정을 품었다.

크루쉬가 이토록 변했는데도 페리스는 대하는 방식을 바꾸려 하지 않았다. 그 웃음의 뒷면에 얼마나 큰 갈등이 숨어 있는지 상상할 수도 없다.

"스바루……."

발길을 멈춘 스바루에게 에밀리아가 염려하는 눈길을 보내고 있었다. 그 우려 어린 시선을 받은 스바루는 숨을 내쉬고, 자연스럽게 그 옆에 앉았다.

"괜찮아. 이제 진정했어, 에밀리아땅. ──난, 괜찮아."

목소리는 온건하게, 평정을 유지하고 있었다. 그러나 에밀리아와 시선을 맞출 수는 없었고, 아무 생각 없이 포갠 두 손이 떨고 있다는 사실도 스스로 깨닫지 못했다.

"──그럼, 스바루 님과 크루쉬 님도 돌아오셨으니 이야기를 시작하지요."

꺼림칙한 침묵이 차오르기 전에, 낮은 목소리로 빌헬름이 그렇게 서두를 꺼냈다.

빌헬름이 대화를 주도하다니 희한한 일이다. 그것이 검귀의 서투른 배려라고 짐작한 페리스가 어쩔 수 없는 듯이 대화의 진행 역할을 떠맡고.

"그럼 빌 영감의 말대루…… 우선 상황을 재확인하는 것부터 시작할까?"

그렇게 말하며 이번 백경 토벌과 대죄주교 『나태』 토벌의 전말에 대해서 이야기하기 시작했다.


──렘과, 그리고 크루쉬를 비롯한 토벌대가 처한 상황은 단순하다.

스바루 일행과 갈라져 토벌한 백경의 머리를 회수한 렘 일행은 왕도로 돌아가는 도중 다른 마녀교도에게 습격당했다. 그 결과, 귀환 중이던 토벌대는 절반이 사상── 동행하던 『철 어금니』는 부단장의 지시로 즉시 이탈해 피해를 모면했다고 한다.

"빠져나온 『철 어금니』 애들이 왕도에서 구원부대를 데리고 돌아왔지만…… 대죄주교는 사라진 다음이고, 남은 건 희생자와……."

"저와 비슷한 처지의 분들뿐, 이군요."

페리스의 말에 이어서 크루쉬가 분한 듯이 눈썹을 찌푸렸다. 그 표정에 떠오른 괴로움은 자기 자신의 처량함에서 기인한 것이리라.

그녀에게는 지금 이야기가 남의 일로만 느껴지므로.

"자신의 기억이 지워졌다, 이건가. 이것도 대죄주교의 소행이라고 생각해?"

"십중팔구는. 지금까지도 크루쉬 님과 같은 기억장애를 앓는 사람의 보고는 여러 번 있었어. 본인의 기억이 갑자기 사라져서, 치유술로도 복원할 수 없다는 게. 지금까지는 원인불명이었지만, 『나태』를 감안하면……."

"마녀교, 대죄주교── 그 권능으로 봐도 틀림없겠지요."

무겁게 수긍한 것은 팔짱을 낀 빌헬름이다. 노인은 험악한 표정 속에서 칼날 같은 눈빛으로 크루쉬를 보았다. 크루쉬는 그 시선에 무심코 몸을 움츠렸다.

"아니요. 크루쉬 님께 다른 뜻은 없습니다. 놀라게 해서 죄송합니다."

"……저야말로 한심한 주군이라 죄송합니다. 빌헬름 님의 기억을 떠올리고 싶어서 노력 중입니다만."

크루쉬에게 빌헬름 님이라고 불린 노검사의 얼굴에 희미한 아픔이 퍼졌다.

검을 바친 주군의 애처로운 모습과 그렇게 만든 자신을 부끄러워하는 시종의 책임감 때문일 것이다. 비슷한 후회는 스바루에게도 있으며, 빌헬름의 속내가 지금은 쓰라리도록 이해됐다.

"겨우 『나태』를 정리했는데, 이번에는 곧장 다른 대죄주교라니 최악이지. 뭐, 에밀리아 님이 왕선에 나온 시점에서 마녀교가 호들갑 피울 건 알았지만."

"……역시, 내 탓일까."

페리스의 말에 언급되는 바람에 에밀리아가 희미하게 눈을 내리깔았다. 에밀리아가 목이 멘 소리를 내며 중얼거리자, 페리스는 "그러네요." 하고 주저 없이 긍정했다.

"하프엘프인 에밀리아 님을 마녀교가 못 본 척할 리 없죠. 평소에는 으스스할 만큼 조용한 놈들이 소동을 부리는 이유는 당연히 그쪽 관련이니까요."

"반마를 싫어해서, 상처를 주려는 사람들……이구나."

"싫어한다는 인식은 한참 어설퍼요. 놈들은 에밀리아 님을, 하프엘프를 근절하려고 집착하고 있다고요. 이번 일은…… 아주 사소한 부분에 불과해요."

"사소하게 이런 심한 짓을. 스바루도——."

에밀리아가 목소리를 떨고 스바루를 부르다가 입을 다물었다. 그러나 꺼내다가 만 말은 눈이 마주쳐 전해졌다. 필시 에밀리아는 이렇게 말하고 싶은 것이다.

『스바루도, 나를 원망하고 있는가──.』라고.

"큭──. 어처구니없군. 페리스, 말은 가려서 해. 에밀리아가 잘못했다는 식으로 말하지 말라고. 나쁜 쪽은 처음부터 끝까지, 그 쓰레기들이잖아."

스바루는 언외의 감정에 상처를 받고 자책에 빠진 에밀리아를 감쌌다. 조금 전부터 에밀리아에게 쌀쌀맞은 페리스를 노려보며 그 태도에 반론했다.

"탓할 상대를 착각하지 마. 엉뚱하게 같은 편에게 상처를 줘도 소용이 없잖아."

"흐응. 스바루큥이 말하면 설득력이 다른걸. 경험의 차이란 거냐옹?"

"──큭."

그 야유에는 스바루에 대한 명확한 악의가 있었다. 그래서 스바루는 어금니를 악물고 무심코 일어날 뻔했다. 하지만 그러기 전에──.

"페리스. ──지금 발언은 그냥 넘어갈 수 없습니다. 사과하세요."

무릎에 힘을 주려던 스바루보다 먼저, 페리스를 나무란 것은 다름 아닌 크루쉬다.

드레스를 입은 크루쉬는 아까 보였던 심약한 얼굴을 다잡고 이전의 그녀처럼 늠름하고 날카로운 눈초리로 자신의 기사가 저지른 무례를 엄히 책망했다.

"나츠키 스바루 님의 말씀대로, 사태의 책임을 물어야 할 상대는 명확합니다. 그리고 옳은 의견을 밝힌 분을 비웃을 자격도 당신에게는 없습니다. 알지요?"

"……네, 크루쉬 님."

매서운 말을 마치고 나서 살짝 부드러워지는 것이 지금의 크루쉬다. 그 언동 곳곳에 이전의 그녀다운 면이 있다는 사실에 스바루는 놀랐다.

페리스 또한 놀라움을 숨기지 못하는 기색으로 스바루와 에밀리아에게 머리를 숙였다.

"에밀리아 님, 무례를 사과하겠습니다. 스바루큥도 미안해."

"너 말이다……. 아니, 이제 됐어. 그보다 본론으로 돌아가자. 크루쉬 씨의 기억상실 사건은 어렴풋이 이해했어. 나머지는 렘의…… 다른 사람의 기억에서 사라진 사람들 쪽이야."

끝까지 익살 떠는 페리스의 사과에 스바루는 본론—— 스바루의 본론인, 렘의 상황에 대해서 파고들었다.

"말해 두겠지만, 렘은 내 망상 같은 게 아니라고. 그 아이는 우리 식구고…… 소중한 아이야. 백경도 그 아이 없이는 쓰러뜨릴 수 없었어."

"스바루 님……."

기억이 엇갈려 답답해하는 스바루의 말에 빌헬름도 어조를 낮추었다.

자신의 기억을 잃은 크루쉬와는 별개로, 렘은 타인의 기억에서 사라졌다. 토벌대를 덮친 기억의 피해는 그렇게 두 가지 증상으로 나뉜다. 그러나 후자 쪽, 렘을 덮친 기억의 피해에 관해서 스바루 일행은 비슷한 사례를 알고 있었다.

"백경의 『안개』와 비슷한 결과……지. 그 안개에 지워진 사람도 사람들 기억에서 사라져."

"백경이 『폭식』의 계보라는 것은 스바루 님이 들었습니다. 그 마수와 같은 일을 할 수 있다면, 크루쉬 님 일행을 덮친 대죄주교는 『폭식』이라고."

"대죄주교의 권능이라. ……페리스, 렘의 몸은 조사해 봤어?"

지금도 침대에서 잠들어 있는 렘. 그 육체의 외상은 페리스가 치료를 끝냈다. 그리고 상처의 치료와는 별도로 그녀를 진단한 페리스는 스바루의 말에 고개를 가로저었다.

"분명히 말해서, 이상 없음──. 그 결과가 이상한 건데 말이야. 무슨 짓을 해도 깨어나지 않는데, 몸은 자고 있을 뿐인 거랑 똑같아. 완전히 『잠자는 공주』의 증상이야."

"……뭐라고?"

갑작스러운 비유 표현에 스바루가 눈썹을 치켜떴다. 그러나 대신에 고개를 든 것은 에밀리아다.

"들은 적이 있어. 잠든 채로 깨지 않는 병……이지? 그것도 자고 있는 동안에는 나이도 먹지 않고, 배도 꺼지지 않는다는."

"왕국에도 발병 사례가 적은 병입니다. 『잠자는 공주』의 상황에 빠진 보고는 몇 가지 있습니다만, 깨어났다는 말은 들은 적이 없습니다. 기억 쪽을 제외하면 증상은 매우 비슷합니다."

에밀리아의 지식을 보충 설명한 빌헬름이지만, 그 음색에는 유난히 실감이 담겨 있었다. 어쩌면 지기 중에 그『잠자는 공주』가 있었을지도 모른다.

어쨌든 렘의 상황과『잠자는 공주』의 관련성에 대해서는 억측의 범주를 넘지 못할 것 같다.

"자세한 사정은『폭식』에게서 캐낼 수밖에 없어. 결국 마녀교와 충돌하는 건 피할 수 없단 뜻이군. 각오는, 했었지만."

에밀리아의 옆모습을 살피며 스바루는 새삼 마녀교와 맞상대할 각오를 입에 담았다.

마녀교의 하프엘프에 대한 집착. 그것은 앞으로도 에밀리아의 앞길에 그늘을 드리울 것이다. 렘 때문이 아니더라도 충돌은 피할 수 없다. 그러므로 더욱더 각오한다.

"그렇다면 스바루큥 쪽은 '마녀교, 얼마든지 와라.' 인 거구냥……."

그렇게 생각하는 스바루에게 페리스는 "그렇구나." 하고 어딘가 지친 기색으로 숨을 내쉬었다.

그리고——.

"약속한 동맹 이야기 말인데…… 없었던 걸루 하지 않을래?"

"_____."

——페리스가 던진 그 말에 담화실의 공기가 소리 없이 얼어붙었다.

한순간, 무슨 말을 들었는지 스바루는 알 수 없었다. 그러나 이해력이 내용을 따라잡은 순간, 스바루의 내면에서 격정이 단숨에 열기를 띠었다.

"그건, 무슨 뜻이지? 왜, 지금 흐름에서 동맹을 취소하자는 말이 나와?"

하지만 스바루는 타오르는 흉중과는 정반대로 차분한 목소리로 되물었다. 아무 생각도 없이 이기적인 말을 입에 담을 상대가 아니다. 적어도 스바루는 페리스를 그렇게 믿고 있었다.

그렇기에 페리스는 고함치지 않아 뜻밖이라는 표정을 짓고 대답했다.

"의미고 뭐고, 그냥 그 뜻이야. 동맹은 서로의 이익이 있어서 맺는 법. ……하지만 그 이점도 상쇄됐지. 그러니까 협력해 봤자 의미가 없는 게 아닐까냥 해서."

"숲의 채굴권은 어떻게 돼? 확실히 백경 토벌 협력과 마녀교 관련으로, 채무관계는 없다고 할 수 있을지도 모르지만……."

"──이대로, 마녀교가 노리는 에밀리아 님과 협력하란 말이야? 그래서, 크루쉬 님께서 더 이상 상처 입지 않는다고, 스바루큥이 약속할 수 있어?"

"그, 건……."

페리스의 물음에 스바루는 다음에 할 말을 망설였다.

크루쉬의 변모를 보면 페리스의 염려를 부정할 수 없다. 스바루 역시 그와 똑같은 상처를 받고 있으니까.

따라서 페리스의 발언에 이의를 제기한 것은 스바루가 아니다.

"나는, 그 의견에 반대합니다, 페리스."

의자에 앉은 채로 빌헬름은 페리스의 옆에서 그렇게 말했다.

한 식구의 반대 의견에 페리스는 검귀를 노려보았다.

"왜 빌 영감이 반대하는 거야? 크루쉬 님께서 이렇게『폭식』에게 습격당했는데, 그런데도 에밀리아 님 진영과 협력을 유지해서 무슨 의미가 있다고?"

"예의 일당······『폭식』에게 우리 주군의 복수를 할 기회가 찾아오겠지요."

"──윽. 그게, 크루쉬 님의 생명보다 중요하단 소리야?!"

끝까지 차분하게 반론하는 빌헬름에게, 마침내 페리스의 감정이 폭발했다. 페리스는 자신의 손바닥을 내려다보고, 분한 듯이 입술을 깨물었다.

"마녀교와 계속 얽히면 이번 같은 일이 또 일어날 거야. 그때, 지금의 크루쉬 님께선 당신 자신도 지킬 수 없어. ──나 역시 아무 힘도 될 수가 없어."

"페리스······."

페리스가 하얗고 가는 자신의 손가락에 증오에 가까운 감정을 보내는 걸 알 수 있다. 그 분노의 일부를 접하고, 스바루는 그가 품는 회오의 마음을 겨우 이해했다.

페리스를 괴롭히는 것은 스바루가 품은 것과 같은 무력감이다.

그는 크루쉬를 소중히 여기면서, 그녀를 지킬 힘이 없는 자기 자신을 증오하고 있다. 극도로 단련했을 치유 마법도, 지금의 크루쉬가 입은 상처를 고치지는 못하는 상태──.

"크루쉬 님도 괴로우실 터예요. 아무것도 알 수 없어서, 기억하지 못해서······ 그렇담 싸우려는 생각은 안 하시겠죠? 그렇죠? 네?"

애원하듯이 크루쉬를 돌아본 페리스의 표정이 붕괴했다. 조금 전까지 보였던 평상심이 사라지고, 당장에라도 울 듯한 얼굴이다. 허울뿐인 껍데기로 약한 모습을 숨기고 있었던 것이다.

그것도 모든 것은 크루쉬가 상처 입지 않기를 바라는 한마음으로——.

"기억에 관해서는, 제가 꼭 어떻게든 할게요. 지금은 못 미치더라도 반드시 제 마법으로 해결해 보이겠어요. 그러니 위험한 일은……."

"——페리스, 걱정해 줘서 고마워요."

본심을 그대로 드러내 호소하는 페리스에게, 크루쉬는 자상하게 미소를 보냈다.

그러나 그 미소의 뒷면에 있는 것은 시종의 제의에 따라 위험에서 물러나는 것을 인정하는 자세가 아니다. 그것은 강건한 의지와 각오다.

페리스의 탄원에 대한, 자상하고도 강한 거절의 의지. 싸우려는 각오.

——기억이 없는 그녀 안에, 사라진 크루쉬 칼스텐의 의지가 분명히 남아 있다.

스바루도 알았다. 그녀의 첫째 기사, 페리스가 모를 리가 없다.

크루쉬는 페리스의 떨리는 손에 손을 포갠 다음, 의연하게 스바루 쪽을 바라보았다.

"지금은 아직, 제가 모르는 일이 많습니다. 이전의 저 자신을 하나도 떠올릴 수가 없어요. 여러분도 저와 접하는 것이 당혹스러울 뿐이라고 짐작합니다. ……그런데도 지금의 저를 존중해 주신 여러분에게 먼저 감사를."

"크루쉬 니임……."

"페리스가 절 진심으로 걱정하고, 제가 손을 떼게 하려는 건 알고 있습니다. 당신의 말에 따라 안전한 길을 걸어도 된다고. ……하지만."

크루쉬는 차례대로 스바루 일행을 둘러보고, 마지막으로 울먹이는 페리스를 다정하게 바라보았다.

"아무것도 모르고, 알지 못하는 채로 휩쓸리는 건 싫어요. 뭔가를 선택한다면, 누군가가 시켜서 하는 것보다 자기 의지로 고르고 싶습니다. ——그러기 위한 노력은, 계속할 작정이에요."

——기억을 잃었음에도 인간의 의지는 고상하고 존귀하다.

사람의 의지와 본질이라는 것은, 기억이 아니라면 어디에 깃드는 것일까. 자신의 과거를 상실했는데도 굳세게 있는 크루쉬의 모습에 스바루는 그렇게 생각하지 않을 수 없었다.

그야말로 이전의 크루쉬가 설파한 『영혼』이라고 해야 할까.

"——으, 흑, 훌쩍."

"크루쉬 님께서 이렇게 말씀하시는 이상, 동맹의 해소는 아무도 바라지 않겠지요."

"네. 에밀리아 님과 나츠키 스바루 님에게는 크나큰 폐를 끼쳤습니다."

흐느끼고 있는 페리스는 이미 대화에 참가할 수 있는 상황이

아니다. 대신에 빌헬름이 이야기를 이어받고, 페리스를 껴안은 크루쉬가 사과했다.

"아뇨, 괜찮아요. ……저희도 의견이 통일됐다고 말할 수 없는걸요. 『성역』에 피난한 람 일행과 합류해서, 그리고 로즈월 과도 확실하게 이야기를 해야죠."

"감사합니다. 나츠키 스바루 님도 그 결론으로……."

"──그래, 좋아요. 그리고 이번 일, 아나스타시아 쪽은 어떡하죠?"

에밀리아와 크루쉬가 동맹 지속에 합의하고, 그 끝에 스바루는 그 이름을 꺼냈다.

백경과 『나태』, 두 사건에 간접적으로 관여했음에도 마지막 회담에 초대받지 않은 인물── 아나스타시아 호신에 대한 조치는, 양쪽 진영에게 까다로운 문제다.

"……율리우스는 어쨌든, 아나스타시아 님은 반드시 지금 상황을 이용하겠지."

코를 훌쩍이고 눈이 빨개진 페리스가 크루쉬의 품속에서 밉살 스러운 듯 중얼거렸다.

실제로 크루쉬의 현재 상황이 공표되면 『왕선 최유력 후보』 라는 세평은 크게 흔들린다. 그것은 백경 토벌의 공훈과 비교해 도 큰 문제로, 아나스타시아가 이용하지 않을 리가 없다.

"하지만 토벌의 논공행상에는 그 녀석들도 참가하잖아. 크루 쉬 씨의 상황을 숨길 수 있나?

"그건 이쪽 사정이지. 스바루쿵 쪽은…… 우리 쪽 대응이 결정

될 때까지, 비밀로 해 주면 돼. 이거, 동맹 조건에 추가할 거야."

페리스는 끝부분만 이상하게 빠른 말로, 스바루를 밀치듯이 말했다.

동맹관계를 취소하자는 등, 맘대로 조건을 늘리는 등, 좌우간 방자하기 짝이 없는 태도라고 불평하고 싶지만──.

"그래, 알았어. ──네 울상을 봐서."

스바루와 페리스의 관계는 그렇게 악담으로 마무리 짓는 게 어울린다.

페리스의 무력감도, 소중한 사람에게 위로받은 심경도, 스바루는 쓰라릴 만큼 알 수 있으므로.

3

"빌헬름 씨, 아까는 지원사격 감사했습니다."

담화실의 대화가 끝나 방에 흐느끼는 페리스와 위로하는 크루쉬 두 사람을 남기고, 스바루는 복도로 나온 빌헬름을 불렀다.

돌아보는 검귀. 그는 "아니요." 하고 연전의 피로가 느껴지지 않는 태도로 말을 이었다.

"딱히 대단한 일을 하진 않았습니다. 무엇보다 중요한 상황에서 제 힘은 미치지 못했습니다."

"그렇지, 않아요. 빌헬름 씨가 없으면 백경도 쓰러뜨리지 못했고, 그다음에 에밀리아 쪽도 안심하고 못 맡겼죠. 감사하고 있다고요."

나무랄 곳이 없는 결과는 되지 않았다. 하지만 그것은 스바루의 본심이다.

그러나 그렇게 스바루의 고마워해도 빌헬름의 표정은 밝지 않았다. 의리 깊으며 다른 사람의 상처에도 책임을 느끼는 인물이다. 다정하기 짝이 없는 검귀에게 스바루는 간신히 웃음을 꾸며냈다.

"상황은 안정되지 않았는데 사모님 성묘는 하실 거죠? 아직 안심할 상황은 아니지만 적어도 중요한 원수는 갚았으니까요."

"──음."

화제를 바꾸려던 스바루의 말에 빌헬름의 뺨이 살짝 굳었다.

그 반응에 스바루의 눈이 동그래지며 당혹하자, 그 앞에서 빌헬름은 더욱 놀랄 행동에 나섰다. ──갑자기 그는 깊이 스바루에게 고개를 숙인 것이다.

"스바루 님. 저는 당신에게 사과해야만 합니다."

"잠깐, 그만하세요! 전 진짜, 빌헬름 씨에게는 감사하고……."

"아니요. 그게 아닙니다. 저는 방금, 여러분을 생각해서 편을 들었던 게 아닙니다. 비열하게도 저는 이기적인 이유로 에밀리아 님과 동맹을 유지하자는 의견을 냈습니다. 그리고 그 진의를 숨긴 자신의 후안무치가 이제 와서 부끄럽군요."

빌헬름이 자기반성하는 의미를 알 수 없어 스바루는 물음표만 띄울 수밖에 없었다.

그런 스바루 앞에서 빌헬름은 불현듯 자기 웃옷 소매를 걷었다. 그 왼쪽 어깻죽지에는 붕대가 감겨 있고, 지금도 찔끔찔끔 피가 배어 있다.

"많이 아파, 보이네요. 하지만 상처라면 페리스더러 고쳐 달라고 하면⋯⋯."

"이 상처는 낫지 않습니다. 상대에게 낫지 않는 상처를 주는 『사신(死神)의 가호』를 띤 칼자국입니다."

"낫지 않는다니⋯⋯ 그럼, 빌헬름 씨!"

무겁게 고개를 가로젓는 빌헬름의 말에 스바루는 믿을 수 없다는 표정으로 경악했다.

아물지 않는 상처. 그 공포는 스바루도 상상이 간다. 하염없이 출혈이 멎지 않으면 그것은 생명에 제한 시간이 설정된 것이나 마찬가지다.

그러나 초조함에 엄습된 스바루와 달리 빌헬름은 침착한 기색이었다.

"제 목숨은 이 마당에 문제가 아닙니다."

"그럴 리 없잖아요! 어떡해야 그 상처는⋯⋯."

"이건 어제오늘 사이에 입은 상처가 아닙니다. 꽤 옛날에 입은 해묵은 상처가, 다시 벌어졌을 뿐이지요. ──그리고 그 사실이 지금의 제게는 너무나도 큽니다."

빌헬름의 차분한 목소리를 들으면서 스바루는 자신의 몸이 떨고 있음을 깨달았다.

떨림은 차츰 손발로 전염해 어느새 이가 맞닿지 못하게 됐다. 그리고 금세 그 원인이 눈앞의 검귀에서 넘치는, 무시무시하게 농밀한 검기라고 이해했다.

검귀는 차분한 목소리로 말을 이었다.

"이 『사신의 가호』의 상처는 가호를 받은 이가 가까이 있을수록 힘이 늘어납니다. 상처를 입힌 상대가 접근하면 아문 상처도 다시 벌어지지요. 그런 상처입니다."

"그럼 옛날에 빌헬름 씨에게 그 상처를 입힌 상대가 가까운 곳에……."

"저의 이 왼쪽 어깨에 상처를 입힌 건, 선대『검성』."

그 말에 스바루는 숨을 죽이고 빌헬름을 쳐다보았다.

그는 스바루를 바라보는 눈에 고요히 타오르는 불길을 드리우면서 말했다.

"테레시아 반 아스트레아. 제 아내가 남긴 검상이 벌어졌습니다. ——전 그것을 확인하기 위해, 마녀교를 쫓아야 합니다."

4

아무 생각도 없이 걷고 있다고 생각했지만, 정신이 들고 보니 다시 렘이 잠자는 방 앞에 서 있었다.

스바루의 다리는 틈만 나면 그녀의 곁으로 움직이고 만다. 그것이 잠만 자고 있는 렘에게 매달리고 응석을 부리는 행위라고 자각하고 있어도.

"나는 강하다고 네가 말해 줬는데…… 네가 있어 주지 않으면, 그렇게 강한 척하는 나란 놈도 찾을 수 없나 봐, 렘."

침대에 누운 렘의 상태는 아침도, 점심도, 밤도, 아무 변화가 없다.

숨소리는 있다. 심장도, 맥도 뛰고 있다. 하지만 그 외의 생명 활동다운 활동은 아무것도 하지 않는다. 있는데, 없다. 렘의 존재는 현재 스바루 안에만 있는 것이다.

"_____."

렘의 침대 옆에 앉아서 그 잠자는 얼굴을 보면서 스바루는 회상했다.

——깨어나지 않는 렘을 되찾기 위해서 『단도로 목을 찌른』 기억을.

그 순간의 일은 떠올릴 수 없다. 다만 온갖 난관을 극복하고 모두가 하나로 뭉쳐 따낸 최선. ——그것을 내버리는 것을 망설이지 않았던 건 사실이다.

렘을 잃을 바에는, 그녀가 없는 미래로 갈 바에는, 몇 번이든 『나태』와의 싸움을 반복하고, 지옥을 반복해도 상관없다. 그렇게 생각했었다.

단도를 목을 찌르고, 피와 아픔과 열기와 상실감에 자기 자신을 잃는 감각—— 그것이 걷힌 순간, 『사망귀환』한 스바루 앞에는 침대에서 잠자는 렘의 모습이 있었다.

"……설마, 자살 직전에 자동 저장될 줄이야. 갈수록 엿 같아."

리스타트 지점의 변경에 스바루는 뭔가 착오가 있는 거라고 생각하고, 다시 자살을 시도하려고 했다.

그러나 그렇게 충동적인 행동도, 『사망귀환』해도 렘을 구할 수 없는 패러독스를 깨달은 시점에서 중단됐다. 그리고 스바루는 단도를 떨어뜨리며 주저앉았다.

가령 『사망귀환』으로 페텔기우스와의 결전 전으로 돌아갔다고 해도 그 시점에서 렘 일행과 따로 행동을 시작한 지 몇 시간이나 지나── 귀환 중에 습격당한 렘은 아무리 발버둥 쳐도 따라잡을 수 없다.

만일, 따라잡았다고 쳐도 새로운 대죄주교를 쓰러뜨릴 방책은 아무것도 없다. 그리고 돌아가면 페텔기우스의 만행을 못 본 척해 에밀리아를 희생시키는 꼴이 된다.

렘을 구하려면 에밀리아를, 에밀리아를 구하려면 렘을── 각자 희생하지 않으면 구출하기 위한 가능성조차 손끝에 닿지 않는 것이다.

그 잔혹한 선택지를 깨닫고, 스바루는 자살할 수도 없어지고 말았다.

그리고 지금도 아무런 대책도 없는 채, 줄곧 렘의 곁을 지킬 뿐이고──.

"──역시, 여기에 있었어."

불현듯 등 뒤에서 은방울 같은 음색이 들려와, 스바루는 어깨를 펄떡이며 돌아보았다. 희미한 웃음을 띠고 스바루를 바라보는 것은 요 몇 시간 내내 홀로 방치했던 소중한 소녀다.

무슨 낯짝으로 소중하다고 말할 수 있는지 스스로 생각해도 한심했지만.

"에밀리아구나. ……무슨 용건이야?"

"없으면, 오면 안 돼? 나도 이 아이…… 렘 양의 관계자일 거잖아?"

"렘 양이라."

침대로 걸어와 스바루 옆에서 렘을 들여다보는 것은 에밀리아다. 자신의 은발을 매만지는 에밀리아가 렘에게 경칭을 붙여 부르는 것에 위화감이 들었다.

그런 스바루의 말에 에밀리아는 "그래." 하고 중얼거렸다.

"난 이 아이를 편하게 불렀구나."

"에밀리아땅은 로즈월의 빈객이니 말이지. 람의 여동생인 건 설명할 필요 없지?"

"응. 알 수 있어. 람을 쏙 빼닮았는걸. 착각할 리, 없어."

잠자는 렘의 얼굴을 보는 에밀리아는 뇌리에 람의 모습을 떠올리고 있을 것이다. 쏙 빼닮은 쌍둥이 자매다. 머리카락과 눈동자 색, 눈매와 가슴 크기 말고는 판박이니까.

——이제 와서 람도 렘을 잊었을까 하는 생각이 들어 가슴이 마구 헤집혔다.

"스바루, 내내 잠 안 잤지? 조금 쉬는 편이 나아."

"딱히 피곤한 짓을 하고 있는 게 아니야. 아무것도 못하고 있는 노릇이고."

"하지만 뭔가 하고 싶다는 생각은 진짜잖아. 그렇게 마음이 계속 힘을 쓰면 몸이 먼저 뻗어. 그러니까, 부탁할게."

애원하는 말투에 스바루는 그제야 에밀리아 쪽을 쳐다보았다. 이 방에 들어와 처음으로 두 사람의 시선이 마주치고, 남보랏빛 눈에 떠오른 근심의 기색에 스바루는 숨을 내뱉었다.

에밀리아가 이 방에 정말로 무엇을 하러 왔는지 겨우 알았기 때문이다.

"나도 참 한심하군."

"으응, 그렇지 않아. 나, 스바루에게 엄—청 많이 도움 받았어. 정말, 정말로."

자조하는 스바루의 말에 에밀리아는 고개를 가로저었다. 그녀는 처음부터 초췌해진 스바루를 걱정해서 이 방에 온 것이다. 무리를 하는 스바루를, 다정하게 대하기 위해서.

에밀리아는 몸을 낮춰 의자에 앉아 있는 스바루와 눈높이를 맞추고 열심히 말을 꺼냈다.

"반드시 괜찮을 거라고 아는 척하진 않을게. 스바루의 마음을, 이해하고 싶지만…… 잊어버린 이 아이를 아무것도 모르는 내가 무슨 말을 해도, 스바루에게 상처만 줄 테니까."

"_____."

"하지만 이것만은 꼭 알아 줘. ——렘을, 혼자서 떠안고 고민하려 하지 마. 내게도 스바루가 하는 고민을 떠안게 해 줘."

"에밀리아……."

생각지도 못한 에밀리아의 말에 스바루는 눈을 크게 뜨고 응시했다.

에밀리아의 제의를, 스바루는 정말로 예상하지 못했다.

"하지만 너는 렘에 관해서 아무것도 기억하지 못하는데……."

"기억하지 못하면, 어떻게 해 주고 싶다고 생각하면 안 돼? 스바루가 이렇게 슬픈 표정 지을 만큼 소중히 여기는 애지? 그걸

나도 구해 주고 싶다고, 그렇게 생각하는 게 그렇게 이상해?"

"━━━━."

"스바루가 날 도와준 것처럼, 이번에는 나도 스바루를 돕고 싶어. 스바루가 상처 받는다면, 어떻게든 해 주고 싶어. ━━그건 당연한 일이잖아?"

아무 주저도 없이 보내는 신뢰와, 하나도 의심할 필요가 없는 친애의 정.

에밀리아가 일부러 말로 표현해 줘서, 비로소 스바루는 자신의 고집이 녹아 사라졌다. 그렇게 깨닫고 나니 고집을 부리던 자기 자신이 진짜로 바보 같았다.

"……에밀리아땅, 대단하네."

"그래? 스바루 쪽이 훨씬 엄━청 대단하다고 생각하는데."

"아니, 안 그래. ━━에밀리아라서, 좋았어."

그렇게 읊조린 스바루의 말에 에밀리아는 어리둥절한 표정이다. 알 것 같기도 하고, 모르는 것 같기도 그 태도에 스바루는 쓴웃음을 지었다.

그렇게 입술이 웃는 모양을 짓는 것을 자각하고, 스바루는 그제야 깨달았다.

━━지금 이것이 렘이 잠든 사실을 알고 난 이후로 처음 느낀, 진심에서 우러나온 감정이다.

"에밀리아. 한 가지, 부탁이 있는데."

"뭔데?"

"뒤돌아 줄래? ━━잠깐 울려고."

"응. 알았어."

스바루의 부탁에 에밀리아는 아무것도 묻지 않고 돌아섰다.

그 배려에 고마움을 느끼면서 스바루는 자신의 무릎에 시선을 떨어뜨리고 치밀어 오르는 감정에 몸을 맡긴 채 코를 훌쩍이며 눈물을 흘렸다.

잠만 자고 있는 렘 앞에서 자신의 무력함에 맥을 못 추며 시간만 낭비하고. 에밀리아에게도 걱정을 끼치고. 그런데도 걱정받고 있다는 것도 깨닫지 못하고.

렘을 기억하는 사람은 자기뿐이라고, 걱정하는 사람은 자기뿐이라고, 구하려고 하는 사람은 자기뿐이라고, 독선적으로 고민하고.

그런 자신의 미련함에 스바루는 코를 훌쩍인다.

그리고——.

"————."

자신의 흐느끼는 소리만이 내려앉은 방에서, 스바루는 갑작스러운 따스함에 목이 메었다.

등 뒤에서, 의자 등받이 너머로 에밀리아가 스바루를 안으며 다정하게 머리를 쓰다듬고 있다.

"————."

아무 말도 없었고, 아무 말도 필요 없었다.

그저 다정한 마음씨에 구원 받으면서 스바루는 눈물과 함께 자신의 약한 소리를 모조리 흘려보냈다.

그리고 지금, 맹세하겠다.

"——나는 반드시 너를, 되찾겠어. 렘, 반드시."

스바루는, 그녀에게 말했다.

네 앞에서, 네가 반한 남자가, 최고의 히어로가 되는 모습을 보여 주겠다고.

그렇다면 아직 그 길을 가는 도중이 아닌가.

"내가 반드시…… 네 영웅이 반드시, 널 맞이하러 가마. ——기다려라."

그것은 자기 자신에게 하는 맹세이며, 운명이라는 적에게 보내는 선전포고다.

나츠키 스바루의 앞을 가로막고 마음껏 악의를 휘두르는 자들에게, 결코 침범해서는 안 되는 존재를 더럽힌 자들에게, 들이대 주겠다.

다른 누구도 아닌, 나츠키 스바루가.

"반드시. ——반드시!!"


제로부터 시작하는 시간 속에, 소중한 누군가를, 렘을 **빼놓는** 건 감히 생각할 수 없다.

그러니까 반드시 되찾는다.

잃어버린 나날을, 너와 같이 걸은 시간을, 너와 같이 걸어갈 시간을.

다시 한 번, 이 손으로 되살릴 테니까——.

# 후기

축! 마침내 3장 완결! 길었다!

네, 안녕하세요. 늘 신세를 지고 있습니다. 나가츠키 탓페이/네즈미이로네코입니다.

리제로 4권부터 시작된 제3장 『왕도재래편』, 마침내 완결입니다.

후기부터 읽는 독자분도 계실지 모르겠습니다만, 작가는 자중하지 않고 후기에도 서슴없이 본편 내용을 얘기하므로 아직 안 읽은 분들은 여기서 우향우!

그럼 우향우하셨다고 가정하고, 본편 내용에 들어갈까 합니다.

이 작품, 『Re:제로부터 시작하는 이세계 생활』이라는 이야기는 4권부터 시작된 제3장의 내용을 쓰고 싶어서 시작한 작품입니다. 그에 관해서는 3권인지 4권인지, 혹은 5권인지 6권인지에서도 말씀을 드렸지만, 서적에서 여기까지 도달해 감개무량합니다.

실제로 이 3장을 완결할 때까지 많은 일이 있었습니다. 만화가 나오고, 애니메이션으로 만들자는 얘기를 들어 관련 미팅을 하고, 애니메이션이 방송되고, 방영 종료와 거의 동시에 같은 장면을 그려내고. ──좀처럼 체험할 수 있는 일이 아니죠.

덕분에 애니메이션 쪽도 훌륭한 완성도로, "애니로 리제로를 알았습니다!"라는 메시지도 많이 받았습니다. 애니가 끝나도, 앞으로도 리제로라는 작품은 서적에서 이어집니다. 강적 『나태』를 쓰러뜨린 직후에 나타난 강적! 아직 해명되지 않은 수많은 수수께끼! 그리고 재회와 이별을 반복하는 나츠키 스바루의 이야기!

앞으로도 계속해서 이 이야기를 즐기며 따라와 주시면 고맙겠습니다.

뭐, 작가 나름대로 특대의 클리프행어를 때려 넣었기에 다음 10권을 애타게 기다려 주시지 않을까 생각하고 있지만요!

애니에서 그려지지 않은 『다음 이야기』 부분을 여러분이 어떻게 감상하셨는지, 편지 기다리겠습니다!


자자, 그래서 한 사업 마친 웃음과 함께 늘 하는 감사의 말로 들어가겠습니다!

담당 편집자 I 님, 아마도 인터넷 연재 시절에 눈길이 닿은 가장 큰 요인으로 예상되는 제3장, 마침내 그 끝까지 도달했습니다. 이것도 전적으로 I 님의 진력이 있었기 때문입니다. 앞으로는 특히 골머리를 썩일 전개가 이어집니다만, 앞으로도 서로 부축하며 잘 부탁하겠습니다!

일러스트레이터 오츠카 선생님, 새삼 하는 말이지만 애니메이션 캐릭터들은 정말로 화사하고 멋집니다. 오츠카 선생님의 캐릭터 디자인이 있었기에 애니메이션도 인기가 있었다고 확신을 가지고 말할 수 있습니다! 다음 장에는 등장 캐릭터가 또 늘어납니다만, 작가가 가장 기대하고 있어요! 아, 기대된다!

그 밖에도 MF 문고 J 편집부 여러분, 만화판 담당 마츠세 다이치 선생님, 후게츠 마코토 선생님, 디자이너 쿠사노 선생님, 각 서점 관계자 여러분과 영업 담당자님들, 많은 분께 신세를 지고 있습니다.

그리고 이 자리를 빌려서 리제로 애니에 힘을 써 주신 여러분께 감사를.

와타나베 마사하루 감독님. 애니메이션 제작 WHITE FOX. 요시카와 츠나키 님. 타나카 쇼 P. 각본의 요코타니 마사히로 님에, 나카무라 요시코 님, 우메하라 에이지 님. 캐릭터 디자인 담당 사카이 큐타 님. 음악 담당 스에히로 켄이치로 님. OP&ED에는 스즈키 코노미 님에 MYTH&ROID 님―― 솔직히 이 자리에서 다 적지 못할 만큼 많은 분께 진심으로 감사드립니다.

물론 캐릭터들을 연기해 주신 성우 여러분께도 말로 다 표현할 못할 정도로 감사하고 있습니다. 고맙습니다!

그리고 끝으로, 이 책, 이야기에 따라와 주신 독자 여러분께 최대급의 감사를.

애니화의 꿈이 이루어져도, 다음에는 더 앞에 있는 새로운 꿈을 이루려 노력할 생각이니—— 앞으로 소설도, 만화도, 애니도, 응원해 주시길 바랍니다!

그럼 다음 권—— 새롭게 시작되는 제4장에서 다시 뵙기를!

고마워요!


2016년 8월 나가츠키 탓페이

《애니 종반, 하지만 리제로는 중반, 아직 한참 더 남았다!》

# ③ 나츠키 스바루 집안 설정

※ 카라라기에서 살아서 일본 전통복을 입고 있습니다.

길
길리아를 의식해서
⋯리를 기름

스바루
머리 길렀습니다.
머리 모양은
빌헬름의
오마주(?)

스피카
스바루를
안 닮아서
다행이다...

리겔
어린 시절
스바루와 판박이
머리색은
렘과 동일

Emilia

에밀리아

"에밀리아 님, 마침내…… 3장의 결말이 났어요. 수고하셨습니다."

"응. 그러네. 엄—청, 엄—청 고생한 이야기였지만."

"하지만 스바루 군이 아주 멋있고 근사했어요. 귀여워."

"나도 그 말에는 엄—청 동감해! 스바루에게 지지 않도록 나도 노력해야지."

"네, 그러네요. 그럼 그러기 위해서라도 스바루 군을 대신해서 다음 편 예고를 힘차게 달성해 봐요!"

"알았어! 응, 어디 보자. 우선은 이번 9권으로 리제로 3장이 끝. 그래서 다음 4장이 시작되는 10권 말인데, 세상에 다음 달에 연속 출간이래!"

"9권 스토리는 마침 애니메이션 스토리와 연동하고 있으니, 곧장 다음 이야기를 읽고 싶은 독자분께도 친절하네요. 정말 대단한 배려예요."

"애니메이션도 엄—청 멋지게 만들었으니까 말이야. 그 애니메이션의 『블루레이』 『디브이디』는 매달 한 권씩 발매하고, 원작자가 새로 쓴 특전 소설도 붙나 봐! 아주 부지런한 사람이구나."

렘

*Rem*

"인터넷 연재에서도, 원작 소설에도 묘사되지 않은, 여기서만 나오는 이야기라서 꼭 봐야 해요. 에밀리아 님의 과거와 부끄럽지만 렘과 언니의 과거를 언급한 이야기도 있네요. 다른 왕선 진영 분들의 전일담 등도 있다고 하니까, 이것도 기대해 주셨으면 해요."

"남은 건…… 맞아! 중요한 얘기가 있어! 이 『Re:제로부터 시작하는 이세계 생활』이 게임이 된다! 자세한 이야기는 아직 못하지만……."

"애니메이션과도, 소설과도 다른 스바루 군의 활약이…… 백 개 사겠어요."

"스바루만이 아니라 나와 렘, 그리고 람의 활약도 있을 거야. 기대된다."

"네, 언니의 활약도 기대돼요. 이백 개 사겠어요."

"후훗. 아유, 그렇게 사면 방이 꽉 차잖니."

"그만큼 기대된다는 뜻이에요. ──에밀리아 님, 이제 슬슬."

"응, 알고 있어. 그러면 다음 편 예고는 끝, 10권에서 다시 봐요."

"네, 10권에서 봐요. ──스바루 군과 언니를 잘 부탁합니다, 에밀리아 님."

※ 출간 및 각종 정보는 일본어판 기준입니다.

# Re:제로부터 시작하는 이세계 생활 9

**2017년 01월 25일 제1판 인쇄**
**2021년 12월 03일 제7쇄 발행**

**지음** 나가츠키 탓페이 | **일러스트** 오츠카 신이치로

**옮김** 정홍식

**발행** 영상출판미디어(주)
**등록번호** 제 2002-000003호
**주소** 21311 인천광역시 부평구 평천로 132 (청천동)
**전화** 032-505-2973(代) | **FAX** 032-505-2982

ISBN 979-11-319-5356-3
ISBN 979-11-319-0097-0 (세트)

Re : ZERO KARA HAJIMERU ISEKAI SEIKATSU volume 9
ⒸTappei Nagatsuki 2016
First published in Japan in 2016 by KADOKAWA CORPORATION, Tokyo.
Korean translation rights arranged with KADOKAWA CORPORATION, Tokyo.

노블엔진(NOVEL ENGINE)은 영상출판미디어(주)의 라이트노벨 및 관련서적 브랜드입니다.